박스 1

BOX

Box

Copyright © 2021 Camilla Läckberg and Henrik Fexeus
Korean Translation Copyright ©2024 by Pencil Inc.
Korean edition is published by arrangement with Nordin Agency AB, Sweden, through Duran Kim Agency, Seoul.

이 책의 한국어판 저작권은 듀란킴 에이전시를 통한 Nordin Agency AB와의 독점계약으로 펜슬프리즘(주)에 있습니다. 저작권법에 의하여 한국 내에서 보호를 받는 저작물이므로 무단전재와 무단복제를 금합니다.

박스

1

카밀라 레크베리, 헨리크 펙세우스 지음

임소연 옮김

어느날
갑자기

2월

 타타탁타닥, 초조해진 투바는 손가락을 세워 카운터의 상판을 두드렸다. 원래대로라면 이미 퇴근을 하고도 남을 시간이었지만, 그녀는 여전히 혼스툴에 위치한 카페의 카운터를 지키고 있었다.
 신경질적으로 카운터를 두드리는 소리가 거슬렸는지 카페 구석에 앉은 손님 하나가 그녀를 짜증 섞인 표정으로 바라봤다. 그에 대답이라도 하듯 그녀도 살기등등한 눈빛으로 손님을 쏘아봐 주었다. 그의 얼굴을 똑똑히 기억해 두었다가, 다음번에 그가 카푸치노를 주문하면 우유 거품으로 하트 대신 손가락 욕을 그려 주고 싶은 심정이었다.
 늦는 건 딱 질색인데 벌써 약속 시간이 한참 지나 있었다. 이미 한 시간 전에 어린이집에서 리누스를 픽업했어야 한다. 투바는 무의식적으로 그녀의 금색 머리칼을 귀 뒤로 넘겼다. 늦게 도착한 그녀를 언짢아하는 어린이집 선생님들의 표정은 하도 많이 봐서 별다른 죄책감이 느껴지지 않았지만, 그녀의 세 살배기 아들이 속상해 할 걸 생각하니 마음이 아팠다. 평소 투바는 아이들을 좋아했다. 그런 그녀가 자신의 아들 리누스를 속상하게 만들고 싶을 리 없었다. 그녀는 아들을 위해서라면 기꺼이 죽을 수도 있다고 입버릇처럼 말하고 다닐 정도였으니까. 하지만 현실 속에서 아들에 대한 사랑을 죽음으로 보여 줄 수는 없는 일이다. 그녀가 얼마나 죽을힘을 다해 노력하고 있는지 하나님은 아실 거다. 곧 그녀는 앞치마를 벗고 청소용 도구함을 열어, 금방이라도 무너질 듯 위태롭게 쌓여 있는 빨랫거리 위로 입고 있던 앞치마를 던졌다. 교대가 오기 전에는 카페를 비울 수 없으니, 미칠 노릇이었다. 대체 그는 지금 어디쯤 와 있는 걸까?

리누스의 아빠인 마틴은 아들이 태어나던 날 그녀 곁에 없었다. 예정일보다 2주나 빨리 진통이 와서 앰뷸런스에 실려 분만실로 갔다. 그러니 곧장 달려와 그녀 곁을 지키지 못했다고 그를 탓할 생각은 없었다. 하지만 리누스를 낳고 병원에 입원해 있던 며칠 동안 마틴이 자신들을 보러 오지 않은 것은 이상했다. 난산으로 고생을 많이 해서인지 그때 기억은 희미하게만 남아 있다. 그녀와 신생아의 상태가 완전히 괜찮아지기까지, 두 사람의 맥박과 호흡 등을 체크하러 의사들이 병실에 들락거렸던 것을 제외하면 기억나는 게 별로 없다. 입원해 있는 동안 마틴에게서 짧은 문자 메시지가 와 있었다. 병원에 가려고 하는데, 가기 전에 처리할 일들이 몇 가지 있다고 했다. 병원에서 보낸 기간의 기억은 온통 흐릿한 데 반해, 신생아 리누스를 안고 홀로 돌아온 아파트가 텅 비어 있었던 것은 아직까지도 아주 선명하게 기억이 난다. 그녀가 홀로 병원에서 출산하며 아들을 지키기 위해 사투를 벌이고 있는 동안, 마틴은 아파트에서 그의 짐을 싹 빼서 도망가 버렸다. 그가 말했던 '처리해야 할 일'이라는 게 짐을 챙겨 도망가는 것이었다니. 그날 이후 그 겁쟁이 새끼를 만난 적도, 그에게서 연락이 온 적도 없었다. 그 면상을 보면 죽여 버릴 것 같았으니, 차라리 그 편이 낫다는 생각도 들었다.

이후 그녀는 리누스와 단둘이서 세상과 싸우듯 살아왔다. 세상은 지금처럼 언제나 그녀와 리누스의 사이를 갈라놓으려 했지만. 벌써 한 시간 전에 카페에 도착했어야 할, 오늘 오후 근무 아르바이트생인 다니엘이 아직도 나타나지 않았다. 그가 와야 할 시간이 돼도 오지 않자, 그녀는 직접 전화를 걸어 그를 깨워 주기까지 했다. 그때가 벌써 오후 1시 반이었다. 그녀도 스물 한 살에 이렇게 무책임했던가? 어쩌면 그랬을 것이다. 그래서 마틴과도 안 좋게 끝난 것일 테다. 그녀는 다시 한 번 손목시계를 들여다봤다.

맙, 소, 사.

투바는 곧장 퀼트 재킷을 걸치고 모자를 눌러썼다. 그리고 카페에서 쓰는 잔 하나와 종이컵 하나를 꺼내 더블 에스프레소 두 잔을 내렸다.

오늘도 어린이집에는 마티가 늦게까지 남아 그녀를 기다리고 있을 것이다. 마티는 얼마 전부터 리누스가 아빠라고 부르기 시작한 어린이집 직원이다. 그녀가 픽업에 늦을 때마다 마티는 일을 좀 줄이고 아들과 더 많은 시간을 보내야 하지 않겠냐는 무언의 눈빛을 그녀에게 보내곤 했다. 가뜩이나 엄마가 언제 올지 몰라 울고 있는 리누스를 달래는 것도 힘들어 죽겠는데, 거기에 죄책감까지 더해 주니 아주 고마울 따름이었다.

머리를 삐쭉삐쭉 세운 다니엘이 급한 기색이라고는 없이 어슬렁거리며 문 앞에 나타났을 때, 에스프레소는 다 내려져 있었다. 카페 문이 열리자 살을 에는 듯한 차가운 2월의 바람이 그와 함께 카페 안으로 훅 밀려들어 왔다. 손님 몇몇이 춥다는 듯 몸을 떠는 제스처를 취했지만 다니엘은 보지 못한 것 같았다. 아니, 어쩌면 봤으면서 못 본 척하는 것일 수도 있으리라. 맙소사, 저런 놈을 한때 조금이나마 매력적이라고 생각했다니.

"여기."

그녀는 다니엘에게 커피 잔을 내밀며 최대한 퉁명스럽고 쌀쌀맞게 말했다.

"필요할 것 같아서. 난 간다."

그녀는 다니엘이 뭐라 대답하기도 전에 종이컵을 들고 급히 카페 문을 나섰다. 거리에는 녹을 기미가 보이지 않는 눈이 잔뜩 쌓여 있었다. 급한 마음에 너무 서두른 탓일까. 그녀는 문을 나서자마자 반대 방향에서 걸어오던 노부부와 부딪히고 말았다.

"죄송해요. 지금 어린이집에 아이를 데리러 가야 하는데 너무 늦어서……."

그녀는 노부부를 똑바로 쳐다보지도 못하고 당황해 중얼거렸다.

"걱정 말아요. 애들은 혼자 남겨져도 어른들이 걱정하는 것보다 아주 잘 있는다우."

비난조가 아닌 친절한 목소리였다.

투바는 아무런 대답도 하지 않았지만, 다행히도 더 큰 시비로 번지지 않을 것 같다는 생각에 안도했다. 세상에는 때로 아주 예민한 사람들이 있으니까. 카페에서 일하면서 실수로 손님에게 커피를 살짝 엎었을 때, 몇몇 예민한 손님은 얼룩진 옷의 드라이클리닝 비용뿐 아니라 추가적인 금전 보상도 요구했었다. 투바는 노부부를 향해 미안함이 담긴 미소를 지어 보였다. 그리고 그녀의 손에 들린 컵 안에서 커피가 출렁이는 소리를 들으며, 자신에게 이 커피를 여유롭게 마실 시간 같은 건 없다는 생각을 했다. 그녀는 곧 정신을 가다듬고 노부부에게 다시 한번 사과한 뒤 지하철역을 향해 뛰기 시작했다. 그러면서 종이컵 안의 에스프레소를 단번에 입안에 털어 넣었다. 뜨거운 커피에 그녀의 혀와 위장이 차례로 타들어 갔다. 어쩐지 커피에서 약에 가까운 화학 물질의 맛이 났다. 조만간 커피머신을 청소해야겠다. 추운 날씨 때문인지 커피가 더 뜨겁게 느껴졌다.

리누스를 어린이집에서 찾은 다음에는, 아이를 데리고 다시 카페로 갈 생각이었다. 다니엘은 리누스가 원하는 빵과 케이크를 다 내어 주어야 할 것이다. 지은 죄가 있으니 그 정도는 해 줘야 하지 않겠는가. 원래는 저녁 메뉴로 마카로니와 미트볼을 생각해 두었지만, 카페에서 빵과 케이크를 많이 먹어 저녁을 못 먹게 된다 한들 상관없었다. 내일 그녀는 떠날 예정이고, 오늘 저녁은 리누스와 단둘이 해결하면 될 테니까.

지하철역에 도착해 막 계단을 내려가려는데, 갑자기 다리가 푹 꺼지는 느낌이 들었다. 투바는 외마디 비명을 질렀다. 넘어지기 직전에 가까스로 계단 난간을 잡아 몸을 지탱했다. 발을 헛디딘 모양이었다. 여기서 더 서두를 필요는 없었다. 온통 시퍼렇게 멍이 든 채 어린이집에 도착할 수는 없으니까.

투바는 다시 일어서려 해 봤지만 뼈가 몽땅 없어지기라도 한 것처럼 다리에 힘이 들어가지 않았다. 발이 꺾이고 어지러움과 메스꺼움이 몰려왔다. 당장이라도 쓰러질 것 같았다. 생각해 보니 이전에도 이런 느낌이 든 적 있었다. 아들을 출산하던 날 밤, 의사가 그녀의 몸에 여러 가지 약을 한 번에 넣었을 때 느꼈던 것과 똑같은 감각이었다.

리누스.

엄마가 지금 가고 있어.

투바는 다시 한번 계단의 난간을 잡고 몸을 일으켜 보려 했지만 이번에는 팔이 말도 안 되게 주욱 늘어난 느낌이 들었다. 머리 위로는 난간이 둥둥 떠다녔다. 난간이 원래 뭐에 쓰는 물건이더라, 그것도 기억이 나지 않았다. 그녀의 시야 주변으로 어두운색의 누더기들이 춤을 추며 떠다녔다. 온 세상이 어지럽게 빙글빙글 돌았다. 그녀 안의 작은 목소리가 속삭였다. 지금 그녀는 계단 밑으로 떨어지고 있다고. 하지만 아무것도 느껴지지 않았다.

투바가 다시 의식을 찾았을 때 처음 느낀 것은 관절의 통증이었다. 그녀는 불편한 자세로 어딘가에 누워 있었다. 투바는 혀로 입술을 훑은 뒤 헛기침을 해 목을 가다듬었다. 바싹 마른 입안에는 익숙하지 않은 맛이 맴돌고 있었다. 잠시 후, 의식을 완전히 되찾은 그녀는 자신이 어딘가에 누워 있는 게 아니라 무릎을 꿇고 앉아 있다는 것을 깨달았다. 몸은 앞으로 살짝 기울어진 채였고, 사면에서 벽이 그녀를 짓누르고 있었다. 목에도 압박감이 느껴지는 것으로 보아, 머리 위에도 그녀를 누르는 벽이 있는 것 같았다.

꼭 옴짝달싹할 수 없는 상자 안에 들어와 있는 것 같았다.

꿈이라기에는 너무 아팠다. 하지만 이게 실제일 리도 없었다. 그럴 리 없을 것이다. 그런데…… 현실이 아니라기엔 코에 느껴지는 나무 향이 너무도 생생했다. 빛은 상자에 좁고 작게 난 틈을 통해 안으로 들어와, 그녀의 맨팔과 다리에 가늘고 기다란 사각형 모양으로 맺혔다. 그렇다. 그녀의 맨살 위에…… 옷은 다 어디로 간 걸까? 사라진 건 코트뿐만이 아니었다. 그녀가 입고 있던 후드 티와 청바지도 모두 사라져 있었다. 누군가 옷을 벗겼는지, 그녀는 러닝셔츠와 팬티만 입은 채였다. 말도 안 되는 일이 일어나고 있었다.

투바는 다시 한번 마른 입술을 혀로 축였다. 여전히 화학약품 맛이 느껴졌다. 커피다. 커피에 무언가 들어 있었던 게 분명했다. 누군가 그녀가 보지 않는 사이, 커피에 무언가를 탔다. 어린이집에 늦을까 봐 초조해하느라 그녀는 아무것도 눈치채지 못했고 그 커피를 통째로 들이켰다.

갑자기 느껴지는 공포에 몸속에서 아드레날린이 솟구쳐 돌며 피부에 오도도 소름이 돋았다. 여기서 나가야 한다는 생각뿐이었다. 투바는 비명을 지르며 젖 먹던 힘을 다해 그녀의 양옆을 가로막고 있는 벽을 밀었다. 나무는 조금 움직이는 듯했지만 그렇다고 쩍 갈라지지도, 상자가 벌컥 열리지도 않았다. 그러기엔 힘이 너무 부족했다. 무릎을 꿇고 있는 자세라 상자를 발로 찰 수도 없었다. 아쉬운 대로 손바닥으로 상자의 사방을 쳐 봤지만, 힘을 충분히 싣기에 벽과 그녀 사이의 거리는 너무 가까웠다. 그때였다. 갑자기 한쪽 벽면을 통해 들어오던 빛이 무언가에 의해 가려졌다. 누군가 상자 바깥에 서 있었다.

"날 여기서 꺼내 줘요!"

투바가 외쳤다.

"대체 이게 뭐 하는 짓이죠?"

그녀의 외침에 돌아오는 대답은 없었다. 하지만 상자 밖에 누군가 있다는 것은 분명히 느낄 수 있었다. 누군가의 숨소리가 들려왔다. 다시 한번 비명을 질러 봤지만 그녀에게 돌아온 것은 위협만큼이나 짙은 침묵뿐이었다. 소름 돋는 느낌이 온 몸으로 퍼져 나갔다. 그녀는 다시 한번 있는 힘을 다해 나무 벽을 쳤지만 좁은 공간 안에서 원하는 만큼 힘을 싣기란 불가능했다.

"나한테 원하는 게 뭐예요?"

그녀는 눈물이 차오르는 눈을 깜빡이며 외쳤다.

"저 좀 꺼내 주세요! 제발요! 나가서 우리 제대로 얘기해요. 전 지금 리누스를 데리러 가야 해요!"

투바는 그녀의 팔을 내려다봤다. 손목시계의 유리는 박살이 나 있고, 시곗바늘은 3시 정각에 멈춰 있었다. 지금쯤이면 마티는 분명 그녀에게 전화를 걸어 연락을 시도했을 것이다. 어쩌면 그녀가 어디에 갔기에 아이를 데리러 오지 않는지 의아해하고 있을지 모른다. 아니, 어쩌면 벌써 그녀를 찾아 나서 당장이라도 상자 속에 갇힌 그녀를 찾아낼지도 모르는 일이다…… 아니다. 그녀는 종종 지금보다 더 늦은 시간에 어린이집에 아이를 데리러 갔기에 아무도 이상한 것을 눈치채지 못했을 것이다.

아무도 그녀를 찾고 있지 않다.

그녀가 없어졌다는 것을 아무도 알아채지 못했으니까.

아무도 그녀가 납치된 것을 모른다.

납치, 그 단어의 의미가 이해되자 숨이 잘 안 쉬어졌다. 그때 상자 근처에서 쉿소리가 났다. 그녀는 그 소리에 몸서리를 쳤다.

"여보세요?"

투바가 다시 소리쳤다.

그녀의 왼쪽 아래에 난 상자 틈새 사이로 꼭 칼끝처럼 보이는 날카로운 은색의 물체가 나타났다. 금속의 칼날이 천천히 상자를 파고들기 시작했다. 칼날을 피하려 허벅지를 움직여 봤지만, 공간이 좁아 여의치 않았다. 피할 구석은 그 어디에도 없었다. 어느새 칼끝이 그녀의 허벅지에 닿았다. 그리 날카로운 칼날은 아니었지만 피부를 강하게 누르자 통증이 밀려왔다.

"아악! 대체 지금 뭐 하는 거예요? 제발 멈춰요!"

그녀가 소리쳤다.

칼날은 계속해서 그녀의 허벅지 피부를 강하게 압박했고, 이내 살갗을 뚫는 데 성공했다. 칼날에 찔린 허벅지 피부에

피가 맺혔다. 어쩐 일인지 칼날의 움직임에서는 주저함이 느껴졌다. 그녀를 가지고 테스트라도 하고 있는 것 같았다. 투바는 자신이 무슨 말을 하는지도 모르며 비명을 내질렀다. 그때였다. 그녀의 살갗을 꿰뚫었던 칼날이 예고도 없이 쑥 빠졌다.

이어 상자 바깥에서 엔진이 돌아가는 소리가 나기 시작했다. 칼날이 진동하며 다시 앞으로 움직이기 시작했다. 그리고 이번에는 일말의 망설임도 없이 허벅지를 뚫고 들어와 그녀의 허벅지 근육을 절단 냈다. 칼날이 그녀의 피부 조직을 파고들자 투바는 고통에 찬 비명을 질렀다. 하지만 그녀의 비명은 요란한 엔진 소리에 파묻혔다. 끔찍한 통증이 몰려왔다. 신경 끝이 불에 타들어 가며 눈앞에 온갖 색깔들이 폭발하듯 터졌다. 지금 이 순간, 온 세상은 사라지고 그녀에게 남은 것은 고통뿐이었다. 칼날은 곧 대퇴골에 닿았다. 뼈에 칼날의 진동이 고스란히 느껴졌고, 칼날이 진동함에 따라 온몸도 부들부들 떨렸다. 저도 모르게 구토가 치밀어 올라, 그녀의 온몸과 피로 엉망이 된 칼날 위로 쏟아졌다. 결국 칼날은 뼈를 관통해 반대편 근육을 뚫고 들어가기 시작했다. 반대편 피부를 뚫고 나오는 칼끝이 비현실적으로 보이기까지 했다. 허벅지 하나가 양쪽으로 뚫리자, 상처에서 피가 솟구치기 시작했다. 피는 그녀의 다리를 따라 둥글게 흘러 바닥에 고였다. 칼날은 멈추는 대신, 그녀의 남은 다리를 향해 움직이기 시작했다. 투바는 꼼짝도 할 수 없었다.

"그만! 그만하세요. 제발요."

그녀는 눈물로 애원했다.

"전 지금 리누스를 데리러 가야 해요. 이미 많이 늦었어요. 아이가 혼자 기다리고 있다고요."

칼날은 멈출 기미가 없어 보였다. 날카로운 금속이 또다시 그녀의 남은 한쪽 다리를 뚫고 들어오기 시작했다. 투바는 그녀를 덮칠 또 한 번의 고통에 마음을 단단히 먹으려 했지만, 그런 건 애초에 불가능했다. 그녀는 다시 한번 고통에 찬 비명을 질렀다. 아무 고통도 느끼지 않도록 차라리 이대로 의식을 잃었으면 좋겠다는 생각뿐이었다. 그럴 수만 있다면 미쳐도 좋을 것 같았다. 영원처럼 느껴지는 몇 초가 지나자 눈앞이 캄캄해지고 아무것도 보이질 않았다. 칼날은 결국 그녀의 두 다리를 관통해 그녀의 오른쪽으로 난 상자 틈새로 빠져나간 후에야 움직임을 멈췄다.

하지만 엔진이 돌아가는 소리는 멈추지 않았다.

그때 불쑥 그녀의 어깨 뒤에서 그녀를 찌르는 무언가가 느껴졌다. 그녀는 자신의 이성이 흐릿해져 가고 있음을 느꼈다. 뇌의 일부가 죽어 가는 것이 온몸으로 느껴졌다. 그녀의 등 뒤로도 틈새가 나 있으니 그쪽으로 칼날이 들어온 것일 테다. 어깨에 겨눠진 칼날을 피하기 위해 몸을 앞으로 숙여 봤지만, 몸을 움직이자 양 허벅지에 타는 듯한 통증이 몰려왔다. 투바는 더 이상 상자 안에 있지 않았다. 그녀는 산부인과 병동에서 갓 태어난 아들을 위해 사투를 벌이고 있었고, 운 좋게 취직한 카페에서 다니엘과 키스를 하고 있었다. 그녀의 귓가에 사랑한다고 속삭이는 마틴의 목소리도 들렸다. 곧 등 뒤에서 그녀의 연골과 피부조직이 절단 나는 소리가 들렸다. 그 소리를 들으며 그녀는 리누스가 마티를 항상 아빠라고 부른 것을 떠올렸다.

고개를 숙여 아래를 쳐다보니, 그녀의 쇄골 아래 피부가 칼날에 밀려 불쑥 솟아나온 게 보였다. 이어 칼날은 쇄골을 뚫고 나왔다. 꼭 마술을 보는 것 같았다. 언젠가 TV에서 봤던 것처럼 그녀는 마술사의 조수고, 곧 사람들의 박수갈채를 받을 것이다. 쇄골을 뚫고 나간 칼날이 그녀의 앞으로 난 상자의 틈새로 빠져나가는 동안, 그녀의 가슴팍에서 솟구친 피는 러닝셔츠를 붉게 물들였다. 참을 수 없는 쇠 냄새가 몰려왔다.

눈앞에 리누스의 파란 눈이 보였다.

엄마, 엄마도 나를 떠나는 거예요?

그녀의 달싹이는 입술 사이로 갈라지는 목소리가 새어 나왔다.

"제발요. 아들을 데리러 가야 해요. 늦었다고요."

상자 밖에서 누군가 무언가를 옮기는가 싶더니, 곧 그녀의 얼굴 앞으로 난 상자 틈새가 무언가에 막혀 어두워졌다. 세 번째 칼날이었다. 조금만 움직이면 그녀의 머리에 닿을 정도로 둘 사이 거리는 가까웠다. 그녀의 양 허벅지를 관통한 첫 번째 칼날과 쇄골을 관통한 두 번째 칼날 때문에 피하기는커녕 꼼짝도 할 수가 없었다.

"제발, 이제 그만해요."

그녀가 속삭였다.

하지만 그녀의 애원은 아랑곳 않고 칼날은 천천히 그녀를 향해 다가왔다. 투바는 번쩍이는 칼끝을 바라봤지만 곧 칼날이 코앞으로 다가오자 초점이 흐려져 제대로 볼 수가 없었다.

리누스, 미안해. 엄마가 우리 리누스 많이 사랑해.

칼날이 오른쪽 눈과 콧대 사이를 파고들자 투바는 몸서리를 쳤다. 곧 칼날은 그녀의 살갗을 뚫고 그녀의 안구도 관통했다. 그녀의 뺨을 타고 축축한 것이 흐르기 시작했다. 오른쪽 눈이 시력을 잃은 듯, 앞이 하나도 보이지 않았지만 한 가지 다행이라면 더는 고통이 느껴지지 않는다는 것이었다.

어디선가 타는 냄새가 났다. 투바는 이 냄새가 어디서 나는 냄새일까 생각했다.

그 생각을 마지막으로, 곧 칼날이 그녀의 뇌를 뚫고 들어왔다.

3월

 빈센트는 그의 앞에 놓인 탁자를 젖 먹던 힘까지 다해 세게 내리쳤다. 그에 놀란 관객들이 헉 하고 탄성을 내뱉었다. 그는 얼굴을 찌푸린 채, 극적인 효과를 높이기 위해 잠시 멈추었다가 관객들을 향해 시선을 돌린 뒤 그의 손을 들어 보였다. 그가 내리친 탁자 위로는 하얀 종이봉투가 잔뜩 찌그러져 놓여 있었다. 그가 찌그러진 종이봉투를 바닥으로 밀어 떨구자, 관객들 사이로 신경이 잔뜩 곤두선 웃음이 퍼져 나갔다.
 "5번 봉투도 아니었군요."
 빈센트가 말했다.
 무대는 빈센트를 비추는 스포트라이트를 제외하고는 그 어떤 조명도 없어 어두컴컴했다. 무대 위의 빈센트 옆으로는 탁자 하나가 놓여 있었고, 탁자 옆으로는 여자 한 명이 서 있었다. 그를 비추는 조명에 오늘 공연의 마지막 순서가 가진 무게감이 더욱 부각되어 보였다. 극장 전체는 완벽한 정적에 휩싸여 있었다. 마지막 순서에는 배경 음악도 없어 보는 이를 더욱 불편하게 했다. 탁자 위에는 1부터 5까지 다섯 개의 숫자가 적힌 종이봉투가 위아래가 뒤집힌 채 놓여 있었고, 그는 이미 다섯 개 중 두 개의 봉투를 손으로 내려쳐 찌그러트린 상태였다.

"이제 세 개 남았습니다."

그가 여자를 똑바로 쳐다보며 말했다.

"마그달레나 씨, 탁자 위에 남은 세 개의 종이봉투를 쳐다보지 마세요. 그러면 제가 당신의 눈동자를 따라갈 수 있으니까요. 안에 큰 못이 든 봉투가 몇 번인지만 기억하세요. 이 극장에서 그 번호를 아는 사람은 당신뿐이에요. 여기 관객들은 마그달레나 씨가 그 못을 어디에 숨겼는지 아무도 보지 못했습니다. 물론 저도 못 보았고요. 이제 세 개 남았습니다. 그 못이 얼마나 날카로웠는지, 그 느낌만 기억하세요."

여자는 땀을 뻘뻘 흘리고 있었다. 조명도 뜨거웠지만 무척 긴장한 탓도 있으리라. 어쩌면 나머지 관객보다 더 긴장한 사람은 바로 그녀일 것이다. 빈센트는 그녀를 찬찬히 살펴봤다.

"지금껏 제가 숫자 '3'을 세 번이나 꺼냈는데, 마그달레나 씨는 별 반응을 안 하더군요. 그러니 아마 3번 봉투에는 못이 없을 겁니다."

관객들이 빈센트의 말에 반응하기도 전에, 그는 갑자기 손을 들어 숫자 3이 적힌 종이봉투를 세게 내려쳤다. 쾅 하는 소리에 극장의 관객들 사이에서 비명이 터져 나왔다.

이제 종이봉투는 두 개가 남아, 그가 못에 찔려 다칠 확률은 50퍼센트가 되었다. 사실 그 자신조차도 그가 왜 이렇게 위험한 쇼를 그만두지 않고 계속하고 있는지 이해할 수 없었다. 이런 유의 공연을 하는 사람은 결국에는 크게 다쳐 무대를 내려가기 마련 아닌가. 이는 공연 횟수가 많아질수록 피할 수 없는 일이다. 하지만 관객들이 이런 그의 걱정을 눈치채서는 안 된다. 이 트릭의 중요한 점은 그가 실제보다 훨씬 자신감 넘치고 침착해 보이는 데 있으니 말이다.

"2번 봉투와 4번 봉투, 두 개가 남았습니다."

빈센트가 여자에게 말했다.

"이제 눈을 감고 20센티미터 길이의 큰 못을 떠올려 보세요."

여자가 눈을 감고 불안한 표정으로 고개를 끄덕였다.

"당신 손으로 탁자에 못을 세우던 그 순간, 못이 반짝거렸던 걸 기억하십니까? 이제 그 못은 여기 있는 두 개의 종이봉투 중 하나에 들어 있습니다. 저와 관객 여러분 모두, 간절히 제가 피하길 바라는 그 종이봉투 안에 말이죠."

"제 기억이 확실한지 잘 모르겠어요."

여자가 속삭이자 빈센트가 한쪽 눈썹을 치켜떴다. 극장 안의 긴장된 공기는 칼로 자를 수 있을 것처럼 팽팽하게 부풀어 올라 있었다. 이제 남은 종이봉투는 두 개. 빈센트는 천천히 둘 중 하나의 종이봉투 위에 손을 올렸다가 다시 천천히 다른 종이봉투로 손을 옮겼다. 둘 중 하나는 기립박수를 받으며 공연을 마칠 수 있게 해 줄 것이고, 다른 하나는 손에 못이 박힌 채 앰불런스를 타고 병원으로 실려 가게 만들어 줄 것이다.

"자, 이제 눈을 뜨세요."

그가 말했다.

여자는 내키지 않는다는 듯 천천히 눈을 뜬 뒤, 눈을 가늘게 뜨고 남은 두 개의 종이봉투를 쳐다봤다. 그리고 빈센트는 그런 그녀의 모습을 뚫어져라 쳐다보다가 손을 높이 들어, 둘 중 하나의 종이봉투로 재빨리 손을 내렸다. 여자의 두 눈이 공포에 휘둥그레졌다. 그리고 그런 여자의 표정을 포착한 그는 잽싸게 남은 종이봉투로 방향을 틀었다. 그의 손이 쿵 소리를 내며 탁자를 내리치던 그 순간, 여자는 울음을 터트렸다. 빈센트는 잠시 고개를 숙인 채 미동 없이 가만히 서 있다가 곧 의기양양한 표정으로 찌그러진 봉투를 바닥으로 떨구고 이어 나머지 종이봉투를 들어 보였다. 마지막으로 탁자 위에 남은 종이봉투 안에는 뽀족한 대형 못 하나가 발사 대기 중인 로켓처럼 하늘을 향해 서 있었다. 대형 못이 차가운 조명에 반짝이는 빛을 발했다. 곧 관객석에서는 함성이 터져 나왔다. 때마침 웅장한 배경 음악이 흘러나오자, 관객들은 저마다 자리에서 일어서서 뜨거운 박수를 보내기 시작했다. 빈센트는 네임펜으로 못에 사인을 하고 종이봉투에 넣은 뒤, 부축을 받아 무대 아래로 내려간 여자에게 못이 든 가방을 건네주었다. 여자의 얼굴에는 안도한 표정이 역력했다.

빈센트는 관객석 코앞까지 걸어가 그의 두 팔을 앞으로 쭉 뻗어 보였다. 지금 느끼는 안도감까지 관객에게 숨길 필요는 없을 것이다.

귀가 먹을 정도로 열렬한 박수 세례가 이어졌다. 예블레 극장에서 열린 공연은 이렇게 막을 내렸다. 그는 한껏 허리를 굽혀 관객에게 인사한 뒤, 극장 저 뒤편에 시선을 고정한 채 먼 곳을 바라봤다. 갈채가 계속되는 동안 켜진 요란한 조명 때문에 관객석은 거의 보이지 않았지만, 그는 꼭 관객들이 다 보이는 것처럼 시선을 옮겼다. 요령은 정면을 보며 누군가와 눈을 맞추는 척하는 것이었다. 그는 415명의 관객이 기립 박수를 치며 마스터 멘탈리스트 '빈센트 발데르'를 환호하는 어둠을 향해 호탕한 웃음을 터트렸다.

"오늘 와 주셔서 정말로 감사합니다."

여전히 끊이지 않은 갈채를 받으며 그가 목청 높여 외쳤다.

그의 인사에 관객석의 박수 소리와 휘파람 소리는 더 커졌다. 오늘 공연은 매진이었고, 공연도 훌륭했다. 솔직히 말하면 그녀가 오지 않은 덕분이었다. 그가 인정하고 싶은 것보다 훨씬 더, 그녀의 존재는 그를 불안하게 만드는 모양이었다.

그는 두 눈 위에 손으로 차양을 만들어 조명을 걷어 내고 관객들의 기립 박수를 눈에 담고 싶은 유혹을 간신히 참아 냈다. 이 박수를 받으려 얼마나 노력했던가. 지금은 그가 온전히 승리의 기쁨을 즐길 순간이었다.

지금 이렇게 무대에 꼿꼿이 서서 박수갈채를 받을 수 있는 건 온몸에 솟구치는 순도 100퍼센트의 아드레날린 덕분이었다.

대못이 든 종이봉투를 피하는 오늘 공연의 마지막 순서는 마지막까지 피를 말렸다. 두 시간짜리 공연의 마지막 순서였으니, 피로도 상당했다. 그의 등 뒤로 땀이 비 오듯 흘렀고, 뇌는 당장이라도 폭발할 것처럼 뜨겁게 달궈져 있었다.

……오늘 관객석은 모두 415석, 41 더하기 5는 46. 46은 그의 올해 나이. 적어도 앞으로 몇 주 뒤 그의 생일이 다시 돌아오기 전까진 그럴 것이다.

그만.

그가 하는 공연의 비밀은 청중의 행동을 정확하게 예측하는 데 있지도 않았고, 그가 청중의 생각을 빤히 읽는 것처럼 보여 주는 데 있지도 않았다. 청중의 환상은 무대 위 그가 아주 쉽게 사람의 마음을 읽는 것처럼 보이는 데서 만들어졌다. 실상 무대 위에서 그의 뇌는 엄청나게 과열된 상태지만 말이다. 공연장 로비에는 그를 '마스터 멘탈리스트'라고 소개하는 포스터가 붙어 있었다. 포스터에 저 카피를 써도 되겠느냐는 제안이 올라왔을 때 단칼에 거절했어야 하는데, 그러지 못한 게 내심 후회가 되었다. 뭐랄까, 카피가 너무…… 촌스럽달까. 저속하고 상스러웠다. 그 뒤로 숨어 버리기엔 유용했지만, 어딘지 인위적으로 만들어진 캐릭터같이 들렸다. 사실 그는 그저 탈의실에 드러누워 단 10분이라도 거칠어진 호흡을 가다듬고 싶은 사람에 지나지 않는데 마스터 멘탈리스트라니. 어쨌든 이제 공연이 끝났으니, 그의 머릿속 생각들이 제멋대로 내달리기 전에 바짝 끈을 조여야 했다. 오늘 밤은 그렇게 하는 데 평소보다 시간이 오래 걸리고 있었다.

침착하고 차분하게. 여덟 글자의 단어. 무대부터 발코니까지 배열된 좌석 열의 개수도 여덟 개.

그만.

빈센트는 고개를 들어 첫 번째 발코니를 바라봤다. 오늘 공연의 첫 순서에서 그는 저기 앉은 네 명의 관객들을 상대로 그들이 각자의 이름을 잊어버리게 만들었다. 발코니 구역은 열마다 좌석이 23개, 그러니 총 좌석 수는 184개.

그때 발코니의 누군가가 요란한 휘파람을 불었다.

심호흡하자. 이 생각들에 말리면 안 돼.

……좌석은 도합 184개 그리고 4월 18일은 이 투어의 마지막 공연이 있는 날.

좌석 열마다 좌석은 23개, 좌석 열은 모두 8개, 2 더하기 3 더하기 3은 8, 8은 마지막 공연 날까지 남은 공연 횟수.

그만그만그만.

그는 혀를 꽉 깨물고 무대 밖으로 성큼성큼 발걸음을 옮겼다. 그리고 무대 뒤에 드리운 벨벳 커튼 뒤에 서서 조용히 머릿속으로 숫자를 세기 시작했다. 하나. 그가 열을 셀 때까지 청중의 박수가 그치지 않으면, 무대로 다시 뛰어나가 마지막 인사를 할 것이다. 둘. 무대 옆 컴컴한 공간에서 갑자기 사람의 그림자가 나타났다. 30대로 보이는 여자다. 셋. 온몸이 오싹해졌다. 결국 그녀가 와 있었다니. 넷. 오늘 그녀는 공연이 끝날 때까지 기다리지 못하고 무대에까지 접근했다. 다섯. 이 여자가 어떻게 무대 뒤까지 올 수 있었을까? 공연 중에는 그 누구도 여기에 있으면 안 되는데. 여기에 이 여자를 들여보낸 사람에게는 그 책임을 물을 것이다. 공연장 스태프들에게 그렇게 여자를 주시하라고 일렀거늘. 여섯. 이제 그는 적어도 그녀가 어떻게 생겼는지는 알 수 있게 됐다. 포니테일로 묶은 어두운 색의 머리칼, 터틀넥 상의 그리고 검은색 재킷. 일곱. 그녀가 무슨 말이라도 할 것처럼 입을 달싹이자 순간 그의 동공이 확장되었다. 이 여자가 얼마나 위험한 사람인지 전혀 모르는데. 여덟. 그가 여자에게 조용히 하라고 제스처를 취하고 엄지손가락으로 무대를 가리켜 아직 쇼가 끝난 게 아님을 상기시켰다. 다시 무대로 올라가서 마지막 인사를 한 뒤에 여기가 아니라 다른 경로를 통해 무대에서 내려갈 수 있을 것이다. 아홉. 이 여자 생각은 하지 않도록 노력하자. 그는 심호흡을 하고 굳었던 얼굴에 다시 미소를 띠었다. 열. 그리고 그는 그대로 무대로 뛰어나가 환한 조명 아래 섰다.

"감사합니다. 감사합니다! 관객 여러분도 오늘 최고였어요! 감사합니다!"

빈센트가 목청 높여 외쳤다.

"떠나기 아쉬운 마음은 저도 이해하지만, 이제는 현실로 돌아가야 할 시간입니다. 이따가 오늘 제 공연에서 본 장면 때문에 밤잠 이루기 힘드신 분이 있다면, 모두 재미있자고 한 일이라는 것을 기억해 주십시오."

그가 잠시 멈췄다가 다시 말을 이었다.

"어쩌면요."

관객석에서 조금 신경질적으로 들리는, 요란한 웃음이 터져 나왔다. 그의 얼굴에 절로 미소가 떠올랐다. 이 멘트는 안 먹히는 법이 없었다. 빈센트는 계속해서 박수를 받고 싶은 마음을 애써 누르고, 관객들이 자리에서 일어나기 전에 서둘러 무대를 벗어났다. 관객들이 자리를 뜨기 시작할 때까지 아티스트가 무대에 남아 있는 건 결코 좋아 보이지 않는다. 오늘같이 날씨가 추운 겨울, 로비의 소지품 보관소에 코트라도 맡겼다면 조금이라도 줄을 덜 서고 싶은 마음에 관객들은 더 일찍 자리에서 일어나기 마련이니, 그 또한 더 일찍 무대에서 내려가는 게 맞을 것이다. 무대에서 내려왔을 때, 무대 끝에는 여자가 아직도 서서 그를 기다리고 있었다.

"그 여자가 여기 있어요."

그가 마이크에 대고 목소리를 낮춰 말했다.

"경호원 보내요. 당장."

운이 좋다면 지금쯤 사운드 데스크가 오디오를 내렸다 하더라도 그의 말을 들을 수 있을 것이다. 그를 만나러 찾아오는 대부분의 팬은 괜찮았지만 공연 중에 이렇게 예상치 못하게 들이닥치는 팬은 싫었다. 특히 그의 공연이 끝나기 무섭게 무대로 급히 올라오는 걸로 유명해진 여자는 더더군다나. 그런 행동은 절대 용납할 수 없었다. 이제까지 그는 그 여자와 맞닥뜨리지 않게 용케 여자를 잘 피해 왔다. 적어도 오늘까지는.

정신을 차릴 수가 없었다. 원래 그는 공연 후 긴장을 풀고 한껏 달아오른 뇌의 온도를 평소 수준으로 떨구는 시간을 가져야 했다. 그 시간이 없으면 상황을 제대로 분석할 수가 없다. 하지만 지금으로서는 여자와 적당한 거리를 두고 서서 상냥한 미소를 띤 채 경호원이 나타날 때까지 기다리는 것 말고는 별다른 선택의 여지가 없었다.

그는 시간을 벌기 위해 여자를 향해 출연자 휴게실로 향하는 계단을 가리켰다. 여자가 먼저 앞장서서 걷기 시작했다. 계단은 모두 7개다. 제길! 빈센트는 마지막 계단을 두 번 밟아 계단 수를 짝수로 맞췄다. 앞에 걸어간 여자는 그의 이런 행동을 눈치채지 못했을 것이다.

곧 빈센트와 여자는 응접실로 꾸며진 방으로 들어섰다. 대체 경호원은 어디쯤 오고 있는 거지? 커피 테이블 위에는 밀봉된 탄산수 네 병이 놓여 있었다. 빈센트는 재킷을 벗어 소파에 던지고는, 물병의 라벨이 모두 한 방향을 향하도록 물병 하나의 위치를 살짝 조정했다. 여자는 재킷을 벗지 않았다. 이어 빈센트가 물티슈 몇 장을 뽑아 얼굴의 메이크업을 지우기 시작했다. 여자가 희미하게 얼굴을 찡그렸다. 좋았어. 여자가 그에게 실망할수록 그에겐 좋은 일이었다. 그는 지금 자신의 몸에서 땀 냄새도 풀풀 풍기고 있길 바랐다.

"저기요. 무례하게 굴고 싶지는 않지만 여기는 아무나 올 수 있는 곳이 아닙니다."

그가 물병 하나를 집어 들어 뚜껑을 열었다. 그리고 유리잔에 물을 따른 뒤 유리잔에서 솟아오르는 거품을 의심스러운 눈빛으로 바라보며 입을 열었다.

"계속 이러시면 안 돼요. 무대와 무대 양 끝은 제작 관계자들만 출입할 수 있는 곳입니다. 그리고……."

그때 여자가 그의 말을 자르고 자기를 소개했다.

"전 미나라고 해요. 미나 다비리, 경찰서에서 나왔습니다."

말을 마친 그녀는 그가 물병을 들며 살짝 틀어졌던 물병의 대오를 다시 정렬해, 물병의 라벨들이 다시금 같은 방향을 향하게 만들었다. 그리고 그에게 곧장 손을 뻗어 악수를 청했다. 빈센트는 침묵한 채 그녀가 청한 악수를 받아 주었다. 무슨 말을 해야 하는 걸까. 마스터 멘탈리스트는 완전히 길을 잃었다.

*

미나는 진한 밤색의 작은 커피 테이블 맞은편에 앉은 남자, 빈센트 발데르를 가만히 쳐다봤다. 그녀가 밖에서 기다리는 동안 그는 무대 의상을 갈아입었다. 곧 그는 수수하면서도 우아한 느낌을 주었던 검은 셔츠와 청색 정장을 벗고, 흰 티셔츠에 블랙 진을 입은 캐주얼한 차림으로 나타났다.

예블레는 아직 추운 3월이었지만, 빈센트는 코트도 걸치지 않았다.

그녀로서는 매우 놀랍게도, 그가 매력적으로 보였다. 좀처럼 없는 일이었다. 그를 보고 있으려니 '잘생겼다'는 단어가 머릿속에 절로 떠올랐다. 그는 어딘지 묵직하고 신중해 보이는 데가 있는 사람이었다. 티셔츠와 청바지를 입고 있는데도 고전적인 우아함이 살짝 느껴지는 것만 봐도 그랬다. 아까 무대 의상으로 정장을 입고 있을 때는 더욱 그래 보였고 말이다.

미나는 밀폐된 장소에서 조용히 대화를 나누고 싶었지만 빈센트는 무언가를 꼭 먹어야겠다는 고집을 꺾지 않았다. 계획을 변경해야 하는 건 달갑지 않은 일이었지만 결국 그녀는 그의 뜻에 따라 주었다. 어쨌든 오늘 여기까지 그를 찾아온 것은 그녀니까, 그러는 게 좋을 것 같았다. 그런 이유로 어쩌다 보니 예블레에서 밤 10시가 넘어서도 영업을 하는 몇 안 되는 장소인 하뤼스 펍에 앉아 이야기를 하게 되었다. 이렇게 공개적인 장소에서 업무와 관련된 민감한 이야기를 꺼내게 되다니.

공연이 끝난 후의 빈센트는 그녀가 바랐던 것보다 더 피곤해 보였다. 음식이 들어가면 좀 나아지길 바라는 수밖에. 지금 이 순간 그녀에게는 그의 예리함이 필요했다. 하지만 벌써부터 바에 모여 서서, 목에는 하얀 종이로 만든 이름표를 걸고 강한 스웨덴 남부의 스코네 사투리를 쓰는 손님 무리에 신경이 분산되고 있었다. 아마도 근처 호텔에서 열린 콘퍼런스에 참석한 사람들일 것이다. 그들을 보고 있으려니, 학교 다닐 때 가슴팍에 집 열쇠를 걸고 다니던 덩치만 컸던 아이들이 생각났다.

공기 중에 떠다니는 맥주 냄새와 페로몬 향 때문에 당장이라도 마스크를 쓰고 싶었지만, 미나는 가까스로 그런 충동을 누르고 빈센트에게 정신을 집중했다. 경찰 기록에는 그에 대한 정보가 거의 없었기 때문에 그녀는 다른 방법으로 그에 대해 조사해야 했다. 위키피디아와 구글 검색을 통해 알아낸 정보에 의하면, 그는 앞으로 한 달 안에 마흔일곱이 될 것이고 발데르는 가명이며, 그의 직업은 '멘탈리스트'라고 했다.

인터넷에서 찾아본 내용에 따르면 멘탈리스트는 심리학과 대인 영향력, 그리고 비밀 트릭을 이용해 상대의 마음을 읽는 능력을 가진 듯 환상을 만들어 내는 사람을 말한다. 또 그녀가 읽은 인터뷰 기사대로라면, 그는 이런 멘탈 매직 말고 평범한 마술에도 정통한 사람인 것 같았다. 오늘 그녀는 사람이 어떠한 의도를 가지고 행동하는지에 대해 그의 지식을 구하러 여기까지 찾아왔지만, 그녀의 서류철 안에 담긴 사진들을 고려해 봤을 때 실제 마술에 대한 인사이트를 구한다 해도 나쁠 것은 없어 보였다.

인터넷에서 찾을 수 있는 그에 대한 정보는 그게 다였다. 그가 멘탈리스트가 되기 전 무슨 일을 했었는지, 어디에서 태어났는지 등의 정보는 하나도 찾을 수 없었다. 그의 위키피디아 페이지에서 본 정보에 따르면 빈센트는 15년 동안 이 업계에서 일해 왔지만, 대중들에게 이름을 알리기 시작한 건 최근 TV4 채널에서 황금 시간대에 방송된 시리즈에 출연하고 나서라고 했다.

그중 한 프로그램에서 그는 깜짝카메라를 이용한 심리 실험을 했다. 빈센트는 임의로 선정된 한 남자의 평범한 일상에 눈치채기 어려울 정도로 아주 작은 최면을 걸기 시작했다. 불쌍한 남자는 자신에게 무슨 일이 일어나는지 전혀 모르고 있다가, 어느 날 밤 무작정 공업 단지로 향했다. 그리고 단지 벽에 빈센트 발데르라는 이름을 여러 시간에 걸쳐 백 번이나 썼다.

이 실험에 대해 사전 고지를 받지 못한 공업 단지의 보안팀은 단지의 벽에 잔뜩 낙서한 남자를 붙잡아 대체 이게 무슨 짓이냐고 물었다. 그러자 남자가 믿을 수 없는 반응을 보였다. 낙서라니, 대체 무슨 이야기를 하는 건지 전혀 모르겠다고 답한 것이다. 그는 지난 몇 시간 동안 자신이 무슨 일을 했는지 전혀 기억하지 못하고 있었다. 그리고 자신의 손과 옷에 묻은 페인트 자국을 본 후 경악했다.

미나는 그 프로그램을 보지 않았지만, 어딜 가나 사람들이 그 이야기를 했던 것만은 똑똑히 기억하고 있었다. 프로그램이 방송된 후, 거센 후폭풍이 몰아쳤다. 많은 평론가가 이 실험 이면의 윤리적 문제를 지적하고 나섰다. 이에 대해 빈센트는 그 실험은 광신주의에 관한 것으로, 말도 안 되게 들리는 황당한 생각이 어떻게 우리의 잠재의식을 사로잡아 우리도 모르는 사이에 행동을 통제하는지 보여 주고 싶었던 것뿐이라고 답했다. 벽에 낙서를 하게 만든 것은 영화 〈몬티 파이튼〉에 대한 명백한 오마주라고 했고, '왜 벽에 스프레이 페인트로 낙서를 하게 했느냐'라는 질문에는 그것이 그가 생각할 수 있는 가장 덜 불쾌한 행동이기 때문이었다고 답했다. 그리고 이어서 '무엇보다 모든 아티스트는 자신의 작품에 서명을 남기기 마련 아니겠느냐고 덧붙였다. 그의 마지막 말은 밈으로 만들어져 인스타그램에 빠르게 퍼져 나갔고 수개월 동안이나 화제 몰이를 한 뒤에야 시들해졌다.

웨이터가 빈센트 앞에 햄버거를 놓기도 전에 튀김 기름 냄새와 불에 구운 고기 냄새가 미나의 코를 자극했다. 햄버거 옆에는 각각 마요네즈와 케첩이 담긴 작은 그릇이 놓였다. 뚜껑도 없이 저렇게 들고 오다니, 미나는 경악했다. 저렇게 열린 채로 가져오면 주방에서 테이블로 오는 길에 누군가 손을 댈 수도 있는 일 아닌가, 끔찍하게 비위생적으로 보였다. 그녀는 반사적으로 주머니를 뒤져 얼마 전에 산 손 소독제를 꺼내 손바닥에 조금 짠 뒤 두 손을 비볐다.

"공연이 끝난 다음에는 탄수화물을 먹어 줘야 해서요."

멘탈리스트가 미안해하는 표정으로 입을 열었다.

"안 그러면 머리가 제대로 굴러가질 않거든요."

그는 접시에서 프렌치프라이를 하나 들어 마요네즈에 묻힌 뒤 입에 넣었다. 미나는 그를 자세히 관찰했다. 만약 그가 프렌치프라이에 마요네즈를 두 번 찍는다면, 그녀가 정말 엮이고 싶지 않아 하는 부류라 판단하겠지만 다행히도 그는 마요네즈를 한 번만 찍었다. 아직 희망은 있었다.

"아까는 제가 실수를 했습니다. 다른 분이라고 착각을 해서요. 요즘 지나치게 열정적인…… 팬…… 때문에 문제가 좀 있거든요. 무대 끝에 서 계시길래 그분으로 착각하고 무례를 범했습니다. 죄송합니다."

미나는 괜찮다는 듯 손을 내저었다. 곧 웨이터가 다시 나타나 빈센트 앞에는 맥주를, 그녀 앞에는 제로 콜라를 내려놓았다. 그녀는 주머니에서 일회용 빨대를 꺼내 종이 포장을 벗기고 유리잔에 꽂았다. 빈센트는 아무 말 없이 그런 그녀를 지켜봤다.

곧 웨이터가 그들의 대화를 들을 수 없을 정도로 테이블에서 멀어지자, 그녀가 목소리를 낮춰 말했다.

"빈센트 씨를 만나 이야기를 나눠 보라는 추천을 받았어요. 전해 듣기로 사람 심리에 전문가시라고요. 일반 마술에 대해서도 식견이 있으시고요. 지금 저희한테는 그 두 가지를 모두 잘 아는 사람이 필요하거든요."

빈센트는 고개를 끄덕이며 맥주를 한 모금 들이켰다.

"어렸을 때는 마술을 많이 했죠. 그러다 스물이 되던 해에 카드 마술로는 여자를 꼬시기 어렵다는 걸 알고 그만뒀지만요."

"그래서 다른 방법이 훨씬 더 성공적이던가요?"

"어땠을 것 같나요? 카드 마술을 그만두고 한 달 뒤에 제 첫 번째 아내를 만났다고만 말씀드리죠. 그 뒤로 마술은 취미로만 해 왔어요. 그런데 경찰이 무슨 일로 마술에 대한 조언이 필요한 건가요?"

그녀가 대답하기도 전에 빈센트는 시간을 확인했다.

"이런, 죄송해요. 아내 이야기가 나왔으니 말인데…… 집에 전화를 할 시간이라서요. 이 시간 즈음에 늘 통화를 하거든요. 잠깐이면 됩니다."

미나의 인내심이 슬슬 동나기 시작했다. 이미 그녀는 극장에서부터 그를 기다렸다. 여기까지 왔으니 곧바로 본론을 꺼내고 싶은데 또 기다려야 한다니. 그녀의 동료들은 그녀가 매사에 너무 밀어붙이는 경향이 있다며, 다른 사람들에게서 긍정적인 반응을 얻길 원한다면 사교성을 키우라고 말했다. 하지만 그녀는 딱히 동의할 수 없었다. 경찰로 일한 지난 10년 동안, 그녀가 얼마나 상냥한지에 따라 조사 결과가 달라진 적은 한 번도 없었으니까. 뭐, 어쨌든.

"괜찮습니다."

그녀는 딱딱한 의자에 앉아 자세를 바꾸며 조용히 답했다.

그리고 그녀 앞에 놓인 콜라 잔을 뚫어져라 바라보며, 아내와 통화하는 빈센트의 목소리에 귀 기울이는 대신 일주일 전 그들이 발견한 상자를 떠올렸다. 반짝이로 뒤덮인 상자는 라스베이거스의 마술 쇼에서 등장할 것 같은 외관을 하고 있었다. 이어 그녀는 머릿속으로 마술 쇼의 한 장면을 상상했다. 스팽글이 잔뜩 달린 옷을 입은 조수(물론 여자다. 마술 쇼에서 당하는 사람 역할은 항상 여자가 맡으니까)가 마술 상자 안으로 들어가면, 마술사(당연히 남자다)는 긴 칼을 상자의 틈새로 찔러 넣고, 관객들은 그걸 지켜보며 괴로운 탄성을 지른다. 구글에서 검색도 해봤다. 여자를 인질로 해서 벌이는 이 무대 마술은 미녀 절단 마술, 일루전 마술, 칼 꽂기 마술 등등 다양한 이름을 가졌다. 초반에는 상자가 아닌 작은 바구니에 아이를 넣는 것으로 시작되었다고 했다. 항상 여자와 아이들을 희생자로 하는 이 끔찍한 일루전은 고전이라 여겨지고 있었다.

하지만 동료 경찰들이 집에서 손수 제작한 마술 상자를 찾았다는 이유만으로, 그녀가 이 추운 겨울밤 예블레까지 찾아와 하뤼스 펍에서 빈센트 발데르의 통화가 끝나길 기다리고 있는 건 아니었다. 그녀가 여기 온 것은 그 상자 안에서 시체가 발견되었기 때문이었다. 아직 신원도 밝혀지지 않아, 수사에는 전혀 진척이 없었다. 절차대로 모든 단서를 조사했지만 아무런 수확도 없었다. 결국 미나와 그녀의 상사, 율리아는 이 사건을 해결하려면 기존의 조사 방식을 벗어나 새로운 방식을 시도해야 할 것 같다는 결론에 이르렀다.

미나는 빨대를 쭉 빨아 잔에 담긴 탄산음료를 목구멍 뒤로 넘기며, 바에 서 있는 콘퍼런스 참석자들을 응시했다. 머릿속에 자꾸 떠오르는 소름 끼치는 장면들을 멈추기 위해서는 다른 생각할 거리가 필요했다. 떠올리고 싶지 않은 끔찍한 장면들이 처음처럼 생생하게, 자꾸만 머릿속에 소환되었다. 그녀가 사건에 이렇게 꽂히는 건 드문 일이었다. 하지만 생각해 보면 그녀가 이렇게까지 가학적인 살인 사건을 맡은 것도 처음이긴 했다.

상자는 상단과 왼쪽 면에 칼자루가 꽂혀 있고, 아래와 오른쪽 면에 칼끝이 튀어나온 채로 발견되었다. 상자 안에는 그로테스크한 꼭두각시 인형처럼 젊은 여자 하나가 칼날에 꿰여 있었다. 미나는 더는 생각하지 않으려 눈을 질끈 감았다. 그러나 늘 그렇듯 그러기엔 너무 늦었다.

시신을 발견하고 일주일의 시간이 흘렀지만, 그들은 시신의 신원도 파악하지 못했다. 물론 용의자도 없었다. 검시관인 밀다 요르트는 늘 그렇듯 꼼꼼하게 시신을 검시했다. 하지만 사건 해결에 도움이 될 만한 단서는 아무것도 나오질 않았다. 상자의 포렌식 분석도 진행 중이었지만 미나는 거기서 범인을 밝힐 결정적인 증거가 나오리라는 기대는 거의 하지 않고 있었다. 대신 그녀는 이번 사건 해결의 실마리가 살해 방법에 있다고 확신했다.

어느새 빈센트가 아내와의 통화를 마치고 자신을 쳐다보고 있다는 걸 의식한 미나가 목청을 가다듬고 머릿속의 끔찍한 장면들을 몰아냈다.

그러자 빈센트가 흥미를 보이며, 앞으로 기대어 앉으면서 말했다.

"죄송합니다. 이제 말씀하시죠. 보아하니 여기 분은 아니신 것 같은데, 스톡홀름에서 일하시지요? 그런데 목요일 늦은 밤, 여기 에블레까지 와서 멘탈리스트와 함께 마술과 인간 심리에 대해 이야기하고 싶으시다고요. 아까 누군가가 저랑 이야기를 해 보라고 추천했다고 하셨나요? 그게 무슨 뜻인지 저도 무척이나 궁금한데요."

그녀는 그가 충분히 흥미를 갖도록, 바로 대답하는 대신 잠시 시간을 두었다가 입을 열었다.

"아까 보니까 공연 말미에 사인을 하시던데요. 역시 아티스트는 자신의 모든 작품에 서명을 남기는 법이죠."

미나는 그녀의 능력이 허락하는 한도 내에서 최대한 따뜻하게 미소를 지었다.

그는 조금 당황한 표정을 지었다가 이내 웃음을 터트렸다.

"아, 아까 못에다 사인한 걸 말씀하시는 건가요? 저도 압니다. 진부하죠. 하지만 어쩌겠어요? 그 TV 프로그램이 방영된 이후 관객들은 제가 사인하는 걸 보고 싶어 하거든요. 저로서도 돈과 시간을 들여 공연을 보러 와 준 관객들을 실망시키고 싶지 않고요."

말을 하며 긴장이 풀렸는지 그의 어깨가 내려갔다. 이제까지 그가 경계 태세를 취하고 있었다면 지금은 경계심이 조금 낮아졌다. 적어도 지금은 그랬다.

"대충 생각하고 계신 게 맞아요. 중요한 일이 아니었다면 저도 오늘 여기까지 찾아오진 않았을 거예요. 말씀드리자면, 이해가 가지 않는 사건이 하나 있어요. 언론에 보도되는 건 용케 막았는데, 이제 조금 있으면 신문에 보도되겠죠."

그는 햄버거를 손으로 들어서 먹는 대신 포크와 나이프를 이용해 한 입에 먹을 크기로 잘랐다. 그런 그의 모습에 그녀는 다시 한번 안도했다. 만약 그가 기름이 줄줄 흐르는 버거를 손으로 들고 먹었다면, 그녀는 곧바로 일어나서 자리를 떴을지도 모른다.

"죄송합니다만…… 그게 저랑 무슨 상관이 있다는 말씀이시죠?"

빈센트가 햄버거 조각이 꽂힌 포크를 흔들며 물었다.

미나는 대답하지 않고 서류철에서 봉투를 꺼냈다. 봉투에는 사진 한 묶음이 들어 있었다. 그녀는 사진들을 훑어본 후 처참하게 칼에 꿰인 시신 없이 상자와 칼만 찍힌 사진 하나를 골랐다. 그러고는 해당 사진을 제일 상단에 올려놓고 고무줄로 사진 묶음을 다시 고정했다. 나머지 사진들을 그에게 보여 줄 필요는 없었다.

"이게 뭔지 아시나요?"

그녀가 사진을 가리키며 물었다.

빈센트의 입으로 향하던 포크가 목적지를 눈앞에 두고 멈쳤다.

"칼 꽂기 마술 상자네요. 검 상자라고도 부르죠. 그런데 이게…… 어떻게…… 잘 이해가 안 되는데요."

말을 마친 그가 햄버거 조각을 입에 넣었다.

"이해가 안 가는 건 저도 마찬가지예요. 아니, 이해할 수 없는 가해자가 있다고 하는 게 더 맞겠네요. 그래도 빈센트 씨가 가진 특별한 능력을 감안할 때, 빈센트 씨는 아실 수도 있을 것 같아서 도움을 청하러 여기에 온 거예요. 사실 이 상자는 텅 빈 채로 발견되지 않았어요. 상자 안에 여자 하나가 이 칼들에 찔려 사망해 있었죠. 여자를 칼날에서 풀어 주는 데 꽤 시간이 걸렸고요."

열심히 햄버거를 오물거리던 빈센트가 씹기를 멈췄다. 얼굴도 눈에 띄게 하얗게 질렸다.

"아직 피해자의 신원도 파악하지 못했어요. 전 이런 짓을 벌인 자가 누구인지 알아내려면, 이 사람의 범행 수법부터 파악해야 한다고 생각해요. 제가 보기엔 그게 이번 사건의 유일한 열쇠죠. 토막 살인은 아주 드물게 일어나는 사건이라고 말씀드리고 싶지만, 그렇게 드물지 않은 게 현실이에요. 그런데 마술 상자를 이용한 살인? 이건 전에 없던 방식이에요. 대체 누가 이런 생각을 했을까요? 대체 왜? 그래서 빈센트 씨 도움이 필요해요. 오늘 저도 빈센트 씨 공연을 봤어요. 사람 심리를 아주 잘 이해하시던데요. 어느 누구보다요. 그러니 저희가 이 범인을 이해할 수 있게 좀 도와주세요."

빈센트는 놀란 표정으로 의자에 등을 기대어 앉았다.

"하지만 경찰에도 이런 사건을 전담하는 범죄심리학자들이 있을 텐데요. 제가 그분들과는 다른 이야기를 할 수 있다고 생각하시는 건가요? 제게 구체적으로 어떤 이야기를 기대하시는 겁니까? 범죄 프로파일링은 제 전문 분야가 아니라서요."

그는 프렌치프라이를 여러 개 포크에 찍어 마요네즈를 찍은 뒤 입에 집어넣었다.

"아까도 말씀드렸지만 빈센트 씨는 사람의 심리와 마술에 모두 능한 분이시죠. 경찰 소속 범죄심리학자 중에는 그런 분이 없어요. 게다가……."

그녀는 주변을 살핀 뒤 목소리를 낮춰 말을 이었다.

"게다가 최근에 경찰 소속 범죄심리학자의 프로파일링이 크게 틀린 적이 있었거든요. 우리한테 '상류 사회에 드나드는 중년의 그리스 남자'가 범인일 거라고 했는데, 진범을 잡고 보니 창고에서 일하는 젊은 스웨덴 여자였죠."

빈센트는 웃음을 터트렸다. 그리고 갑자기 터진 웃음에 입안의 프렌치프라이가 튀어 나가려는 것을 잽싸게 냅킨으로 막았다.

"그래도 조금 이상하게 들리는 건 어쩔 수 없네요. 경찰은 민간인이 사건에 관여하는 걸 그리 좋아하지 않는 걸로 알고 있는데요. 게다가 전 프로파일링의 그 어떤 훈련도 받은 적이 없습니다. 사람들이 어떻게 생각하고 행동하는지에 대해서는 많은 걸 알고 있지만, 제 판단은 기본 심리학과 제 관찰, 그리고 일반적인 통계 확률에 근거하죠."

"그게 범죄심리학자들이 하는 일이에요. 그 사람들이 무슨 일을 한다고 생각하시는 거예요?"

"하지만 전 엔터테이너예요. 공연 중에 제가 실수를 한다고 해도 다치는 사람은 없죠."

"대신 빈센트 씨 본인이 다치잖아요. 게다가 빈센트 씨는 손에 못이 꽂힐 위험을 감수할 정도로 사람의 마음을 읽는 자신의 능력을 믿고 있죠."

그가 힘없이 웃어 보이더니 대꾸했다.

"사실 그러면 안 되는데 그러고 있죠. 어쨌든 알겠습니다. 이 사건에서 제 역할이 뭔지, 또 왜 경찰 쪽에서 절 찾아왔는지는 잘 모르겠지만요."

"저희는……."

미나는 잠시 주저하다, 다시 입을 뗐다.

"저희 팀은 경찰 조직 안에서도 조금 특수한 포지션을 가지고 있어요. 기존 조직 구조에 속해 있지 않죠."

"그건 왜죠?"

"제 상사, 율리아 팀장이 경찰서장님의 딸이거든요……."
"낙하산이란 말인가요?"

그의 말에 미나가 발끈했다.

"아니요! 그건 절대 아니에요. 율리아는 출중한 능력을 가진 경찰이자 타고난 리더예요. 언젠가 율리아 혼자 힘으로 경찰서장의 자리에 올라간대도 전혀 놀랍지 않을 정도죠. 하지만 경직되어 있고 통제하기 힘든 경찰 조직에서 일하면서 율리아도 나머지 사람들과 똑같이 좌절감을 느꼈어요. 솔직히 말하면 율리아는 경찰서장의 딸이라서가 아니라 딸임에도 불구하고…… 조금 더 독립적인 팀을 꾸릴 수 있게 해 달라고 윗사람들을 설득한 거예요. 그리고 그 팀을 이끌고 있고요."

"최고 중의 최고만 모인 팀이라는 건가요?"

"음……."

미나가 건조하게 답했다.

"그건 조금 과장된 표현인 것 같고요. 선택의 여지가 없는 사람들이 모인 곳이죠."

"전문가 없는 전문 팀이란 겁니까?"

빈센트가 조금 놀란 표정으로 물었다.

미나는 그가 왜 그런 질문을 하는지 알 것 같았지만 한 마디로 설명하기는 어려웠다.

"사람들은 저마다 특별한 재능을 가지고 있죠. 경찰 조직이 소속 경찰을 새로운 팀에 보내는 데는 수천 가지 이유가 있고요."

"그럼 당신은 왜 이 팀에 파견된 건데요?"

빈센트가 입꼬리를 씰룩이며 말했다.

"저도 잘은 몰라요. 하지만 경찰관으로서 제가 가진 훌륭한 자질이 뭔지는 알고 있죠. 전 강단 있고, 의욕도 넘치고, 기존 방식에서 벗어나 사고할 줄 알거든요."

"그런데……?"

빈센트는 프렌치프라이가 담긴 접시에 손을 뻗으며 물었다.

"그런데 제가 속했던 팀의 팀원들이 저와 일하는 걸 힘들어한 것 같더라고요. 왜 그런지는 잘 모르겠지만요. 저는 아무 문제 없었거든요. 이제껏 함께 일했던 팀들하고도 아무 문제 없었고요. 절 불편해한 건 팀 쪽이었죠."

미나는 다시 목청을 가다듬고 말머리를 돌렸다.

"어쨌든 율리아가 이번 사건에 외부 고문을 두어도 좋다고 허락해 줬어요. 큰 사례금을 드리지는 못하겠지만 그래도 아주 중요한 변화를 가져올 사건에 관여하게 되실 거예요."

"별 볼 일 없는 무대와는 다르게 중요한 변화를 가져올 수 있을 거다, 뭐 그런 뜻인가요?"

그가 사진 묶음을 다시 그녀 앞으로 옮기며 말했다.

"아무래도 '마스터 멘탈리스트'와 현실을 혼동하신 것 같은데요…… 죄송하지만 괜한 헛걸음을 하신 것 같습니다. 전 엔터테이너입니다. 제가 하는 일은 사람들을 즐겁게 만드는 일이죠. '마스터 멘탈리스트'는 제 캐릭터일 뿐, 그 이상도 그 이하도 아닙니다. 제가 무대에서 하는 일은 실제가 아닙니다. 제게 특별한 능력이 있는 것처럼 보일 수도 있겠지만 사실 누구라도 배우면 할 수 있는 일이죠. 하지만 경찰 쪽에서는 지금 살인자의 심리를 프로파일링하는 사람을 찾고 있잖아요. 전 살인자에 대해서는 아는 바가 전무합니다. 아까 뭐라고 하셨죠? 중요한 변화를 가져올 일이라고 하셨나요? 하여튼 살인자의 심리를 분석하는 걸 업으로 하는 분들도 많은데, 굳이 제가 나설 일은 아닌 것 같네요."

빈센트는 미나의 눈빛을 피하며 답했다. 그녀가 예상했던 대답은 아니었다. 거절을 한다 해도 시간이 없다고 하거나, 더 중요한 일이 기다리고 있다는 핑계를 댈 줄 알았는데. 그의 자존심을 상하게 만들 준비는 다 되어 있었는데, 그가 거짓말을 할 줄은 몰랐다.

"네. 잘 알겠습니다."

그녀가 자리에서 일어나며 답했다.

이제는 시간이라는 새로운 전략을 택해야 할 타이밍이었다.

"제가 착각을 했나 보네요. 무대에서 보여 주신 모습에 제가 찾는 분인 줄 알았거든요. 죄송합니다. 그냥 부탁을 드려 보면 어떨까 생각만 해 본 거였으니 너무 신경 쓰지 마세요.

오늘 식사는 제가 대접한 걸로 할게요. 아까 계산서를 저기 스코네에서 오신 분들 옆의 바에 놓은 것 같은데……."

"헬싱보리 출신이에요."

빈센트가 피곤한 표정으로 햄버거를 다시 입에 넣으며 대꾸했다.

"스코네가 아니라 헬싱보리에서 온 사람들입니다. 전기 안전에 관한 콘퍼런스에 참여하기 위해 여기 왔죠. 저 사람들 이름표에 로고가 있거든요. 제가 당신이라면 저 사람들을 방해하지 않겠어요. 저기 우리한테 등을 보이고 서 있는 키 큰 여자가 방금 전 한 남자와 대화를 나누기 시작했거든요. 오늘 밤 내내 상대 남자보다 작아 보이려고 등을 굽히면서 얘기하다가 등을 꼿꼿이 펴도 자기보다 작지 않은 남자랑 처음으로 이야기를 나누기 시작한 거예요. 남자가 유부남이란 게 좀 아쉽기는 하지만요. 남자들은 결혼반지만 빼면 자신이 싱글로 보일 거라고 생각하나 봅니다. 가까이서 보면 유부남인 게 다 티 나는데 대체 무슨 생각인지. 아, 얘기가 샛길로 샜군요. 어쨌든 저 두 사람은 방해받고 싶지 않아 보이는군요. 특히 저 여자는 저 남자와의 대화가 꼭 필요해 보이고요."

미나는 애써 미소를 감췄다. 빈센트는 자신이 무슨 이야기를 하는지도 의식하지 못하는 것 같았다.

"그리고 계산서도 신경 쓰실 필요 없습니다. 제가 벌써 계산했으니까요."

"예블레 극장 말이에요. 무대에서 배우 휴게실까지 몇 계단이나 떨어져 있죠?"

그때 미나가 재빨리 물었다.

빈센트는 어리둥절한 표정으로 그녀를 쳐다봤다.

"여덟 개요. 그런데 그건 왜 물으시죠?"

"사실 일곱 개죠. 짝수를 만들려고 마지막 계단을 두 번 밟으면 여덟 개가 되겠지만요."

빈센트의 입이 떡 벌어졌다. 그녀는 그의 생각을 읽고 있었다. 다른 사람들이 그의 성향을 알아채는 건 좀처럼 없는 일이었다. 그때 미나가 다시 자리에 앉더니, 활짝 미소를 지었다.

"그러니까……."

그녀가 사진 묶음을 그의 앞으로 밀며 다시 물었다.

"뭐 해 주실 말씀 없으세요?"

"좋습니다."

빈센트가 다시 입을 열었다.

"당신이 이겼군요. 적어도 지금은요."

사진 묶음의 제일 위에 놓였던 사진이 한쪽으로 쏠리면서 아래에 숨겨져 있던 사진이 드러났다. 빈센트는 미나가 저지할 새도 없이 아래 사진을 꺼냈다.

"맙소사!"

빈센트의 표정이 잔뜩 구겨졌다.

"이해해요. 이걸 보고 안 놀랄 사람은 없을 테니까."

빈센트는 그새 그 끔찍한 사진에 익숙해진 듯, 가늘게 눈을 뜨고 사진을 들여다봤다.

"이게 뭐죠?"

그가 시신 옆에 놓인 비닐봉지 안의 무언가를 가리키며 물었다.

"아, 그건 피해자 손목시계예요. 시곗바늘이 3시에 멈춘 채 정면 유리는 깨져 있었어요. 오후 3시, 사망 시간하고도 관련이 있어 보이고요."

"아뇨. 시계 말고요. 저거요."

그가 칼이 들어간 틈새 바로 아래 위치한, 피해자의 허벅지에 새겨진 줄들을 가리키며 다시 물었다.

"상처예요. 칼이나 뾰족한 무언가를 가지고 앞으로 일어날 일의 맛보기 삼아 희생자를 겁주려고 한 것 같아요."

"아주 정성 들여 새긴 것 같은데요. 시신이 아주 잔인하게 훼손된 것과는 전혀 다른 패턴입니다. 제가 보기에 저건 고문으로 피부에 상처를 낸 게 아니에요. 저 '사다리'는 어떤 상징일 거예요."

"무슨 상징이요?"

"흠. 여러 종교에서 사다리는 상징으로 쓰이죠. 성경에서

야곱은 사다리를 타고 하늘로 올라갔습니다. 프로이트는 사다리를 성적인 행위와 연관시켰고요. 왜 그런 건지 그 이유는 저도 잘 모르지만 사다리에 어떤 직관적인 의미가 있어 그러는 것 같군요."

그가 사진을 90도로 돌려 보더니 시신의 허벅지에 새겨진 사다리를 가리켰다.

그리고 미나는 자신이 보고 있는 것이 더 이상 사다리가 아님을 깨달았다. 그녀가 보고 있는 것은 로마 숫자 III이었다.

둘은 한참을 침묵했다. 바에 모인 사람들이 웅성거리는 소리 때문에 미나는 생각에 집중할 수 없었다.

한참 후, 빈센트가 다시 입을 열었다.

"정말 묻고 싶지는 않지만……."

빈센트가 말을 마무리 짓지도 않았는데 미나가 고개를 끄덕이며 대꾸했다.

"무슨 질문을 하고 싶으신 건지 알겠어요. 이게 로마 숫자 3이라면 숫자 1과 2는 어디 있느냐는 거죠?"

*

빈센트는 아침마다 정신을 차리는 데 애를 먹었다. 잠에서 온전히 깨기까지의 그 몇 초 동안 느껴지는 것이라고는 몸에 닿는 침대 시트의 촉감과 그의 몸에 내리쬐는 햇살, 그리고 간밤에 먹은 수면제가 남긴 퀴퀴한 뒷맛이 전부였다. 그가 우주의 어느 시간 그리고 어느 공간에 존재하고 있는 것인지 전혀 알 수 없는 그 짧은 몇 초는, 그가 온전히 실재할 수 있는 실로 축복받은 순간이었다.

하지만 늘 현실은 곧 얼굴을 들이밀었다. 쨍그랑 부딪히는 그릇 소리, 마리아가 새로 만들어 놓은 모이통에 모인 새들이 짹짹거리는 소리. 아들 아스톤이 단 몇 초 사이에 기쁨과 분노 사이를 오가며 내는 목소리…….

빈센트는 침대에서 몸을 일으켜 이불을 걷고, 바닥에 발을 내디뎠다. 바닥에 먼저 닿는 건 언제나 왼쪽 발이다. 그는 바지를 주워 입고, 이어 어제 입었던 셔츠를 걸쳤다. 어제저녁에만 입었으니, 아침을 먹은 뒤 빨래통에 넣으면 될 것이다. 맨 위의 단추는 아예 존재하지도 않는 것처럼 가볍게 무시하고, 원래 그러는 게 맞다는 듯 여섯 개의 단추만 채웠다. 왜 셔츠에는 항상 단추가 일곱 개 달려 있는 것일까. 그는 도저히 이해할 수 없었다. 사이코패스가 디자인한 게 아니고서야.

그가 부엌에 들어섰을 땐, 레베카만 빼고 나머지 가족들이 모두 식탁에 앉아 있었다.

"가서 당신 사춘기 딸한테 아침 먹을 시간이라고 말 좀 해 줘."

마리아가 그를 쳐다보지도 않고 말했다.

빈센트는 그들 사이를 스쳐 지나가는 단어에 무언의 숨겨진 의미가 없던 때를 기억하려 노력해 봤지만, 바람과는 달리 아무 것도 생각나지 않았다. 삶과 단조로운 일상, 갈등과 의혹은 한때 존재했던 것들을 천천히 그리고 조용히 잠식해 갔다. 언제부터 그렇게 된 걸까, 궁금했지만 그 시간을 특정하기란 불가능했다.

마리아는 스푼으로 요구르트를 거세게 휘젓고 있는 아스톤에게 사과를 잘게 잘라 주었다. 그녀 옆에 놓인 머그잔 속 녹차는 식은 지 오래였다. 베냐민은 아직도 잠에서 덜 깬 척하며 삶은 달걀 두 개를 까서 한쪽 접시에는 달걀 껍데기를, 다른 접시에는 껍데기를 깐 달걀을 놓고 있었다. 빈센트는 마리아가 시킨 대로 레베카의 방으로 가서 노크했다.

"레베카? 얼른 나와서 밥 먹자!"

딸에게서 무슨 대답이 돌아올지 뻔히 알면서, 그가 문에 대고 소리쳤다.

"배 안 고파!"

문 안쪽에서 레베카의 목소리가 들려왔다.

"그래도 먹어야 돼. 지금 바로 나와."

그는 레베카의 답을 기다리지 않고 곧장 부엌으로 돌아왔다. 식탁에 앉자마자 그의 등 뒤에서 문이 열리고, 이어 문이 쾅 닫히는 소리가 들려왔다. 베냐민은 짜증 난단 표정으로 레베카를 바라봤지만 아무 말도 하지는 않았다.

"엄마아아아아아!"

그때 아스톤이 소리를 질렀다.

"사과를 이렇게 크게 잘라 주면 어떻게 해! 이 조각은 너무 크잖아!"

아스톤이 사과와 요구르트가 담긴 그릇을 마리아에게 확 밀자, 그릇 안에 담겨 있던 요구르트가 식탁에 조금 넘쳤다.

"아니야, 아들. 맨날 먹던 거랑 똑같은 크기인데 왜 그래. 다시 한번 봐 봐."

마리아는 요구르트에 뒤덮인 사과 조각 하나를 손가락으로 집어 들었다. 마리아는 짜증난 표정이었지만 아스톤은 뭐가 우스운지 웃음을 터트렸다.

"엄마, 손가락으로 요구르트를 어떻게 먹어. 그렇게 먹으면 백 년은 더 걸릴걸!"

그때 그릇을 낚아채 가서 사과 조각 크기를 확인한 빈센트가 말했다.

"평소보다 조금 크긴 크네."

그는 칼을 꺼내 요구르트가 묻어 지저분해진 사과를 더 작은 조각으로 자르면서, 아내를 흘끗 쳐다봤다. 마리아는 여전히 짜증 난 표정으로 손가락에 묻은 요구르트를 핥고 있었다. 그는 하고 싶은 말을 할까 말까 고민했다. 그의 말에 대한 마리아의 반응은 그때그때 기분에 따라 달라졌다. 그녀가 듣는 모드일 때는 그가 하는 말을 잘 받아들였지만, 그녀가 말하는 모드일 때는 그가 무슨 말을 하든 전혀 받아들이지 않았다. 그녀가 무슨 모드인지를 맞히는 건 어려운 일이라, 간혹 맞힐 때도 있었지만 틀릴 때가 더 많았다.

"괜한 데 진 빼지 말고, 녹차도 다 식었는데 차부터 좀 마셔."

말할까 말까 고민하던 그가 결국 말을 하자, 마리아가 서러운 표정으로 그를 쳐다봤다. 역시 아무 말도 하지 않는 게 좋을 걸 그랬다.

"아빠 말고 엄마가 잘라 줘."

아스톤이 손바닥으로 식탁을 내려치며 말했다.

"엄마가 더 예쁘게 자른단 말이야."

"사과 정도는 너 스스로 잘라 먹어도 될 만큼 컸어. 네가 하면 네가 원하는 크기로 사과를 자를 수 있잖아. 엄마나 아빠한테 부탁하면, 엄마 아빠가 원하는 대로 잘라 줄 거고."

"하지만 아침을 차려 주는 건 엄마 아빠 일이잖아."

아스톤이 대꾸했다.

"애기같이 굴기는."

레베카가 팔짱을 낀 채 남동생을 보며 코웃음 쳤다.

"아니거든!"

아스톤이 얼굴이 빨개져 소리쳤다.

"애기는 누나지!"

"나는 열다섯 살이고, 넌 여덟 살이잖아. 내가 너보다 두 배는 나이가 많다고. 그러니까 애기는 너지."

"아니라고오오오!"

아스톤이 자리에서 반쯤 일어나자, 마리아가 아들의 어깨에 손을 올렸다.

"레베카가 너보다 누나는 맞지. 하지만 그건 누나가 너보다 나이가 많으니까 사과를 스스로 잘라야 한다는 걸 의미할 뿐이야. 사실 누나는 뭐든 스스로 해야 한단다. 하지만 넌 그럴 필요가 없잖니."

마리아가 아스톤에게 윙크를 하며 말하자, 아스톤은 씩 미소를 지었다. 빈센트는 아스톤이 엄마를 동경에 가까운 마음으로 사랑하고 있다는 것, 그리고 엄마가 누나나 형이 아닌 자기 편을 들어 줄 때 가장 행복해한다는 걸 잘 알고 있었다.

"대체 아침으로 누가 사과를 먹어? 구리게!"

레베카가 궁시렁거렸다.

하지만 이미 빈센트의 신경은 사과에 집중되어 있었다. 지금 사과는 19조각이지만, 이걸 둘로 나누면 모두 38조각이 된다. 홀수에서 짝수가 되는 거다. 그는 침착해졌다. 그는 상징주의가 좋았다. 짝이 안 맞는 것들이 짝을 찾아 평범해지는 그런 게 좋았다. 그는 거기서 희망을 찾았다. 가족을 사랑했지만 가족이 가져오는 혼돈과 혼란은 그가 감당하기엔 벅찬 것이었다. 그는 순서와 구조, 짝수가 좋았다.

"자. 더 작게 잘랐다, 이놈의 자식아."

빈센트가 그릇을 아스톤 앞으로 밀며 말하자, 잠시 사과 외에 무엇을 더 넣을지 고민하는 것처럼 보였던 아스톤은 반항기 어린 눈빛으로 아빠를 흘끗 쳐다보더니 사과를 먹기 시작했다.

그때 마리아가 레베카에게 말했다.

"샌드위치 먹어. 아니면 요구르트라도. 아무거나 먹기만 해."

"엄마 집에서는 굳이 아침 안 먹어도 되거든."

레베카가 여전히 팔짱을 낀 채 답했다.

"우리 엄마도 간헐적 단식 중이라 정오까진 아무것도 안 먹어. 소화계에 휴식할 시간을 줘야 건강에 좋대. 우리 몸은 끊임없이 음식을 먹도록 설계되지 않았으니까. 그런데 우리는 너무 자주 먹잖아. 석기 시대 사람들은 식사를 가끔만 했대. 며칠 동안 아무것도 먹지 않기도 했고."

"그건 네 엄마 입에서 나온 말이지, 네 생각이 아니잖니. 그리고 우린 지금 석기 시대에 살고 있지 않아. 빈센트, 자기 딸한테 말 좀 해 봐."

"사실 맞는 말이지."

빈센트가 잔에 커피를 따르며 대꾸했다.

"우리 몸은 현대식 식단에 적합하게 설계되어 있지 않아. 최근 연구 결과도 그걸 증명하고 있고……."

마리아는 빈센트의 답이 마음에 들지 않는다는 듯 자리에서 벌떡 일어나, 호밀 빵에 아보카도를 올린 샌드위치가 담긴 접시를 들었다. 언제나처럼 샌드위치 위에는 유기농 코코넛 가루를 뿌렸다. 유기농 코코넛 가루는 그 몸값이 금값만큼이나 비싸지만, 항염증 기능이 탁월하다고 했다. 마리아는 그걸 만병통치의 명약으로 여겼다.
　"아니 그게 지금 도와준다고 할 소리야? 당연히 레베카도 먹어야지! 한창 성장 중인 10대인데, 그렇게 끼니를 걸렀다간 여자애들은 생리도 건너뛸 수 있다고!"
　"젠장."
　그러자 베냐민이 끼어들었다.
　"밥 먹는데 꼭 생리 얘기 해야 돼?"
　"베냐민, 열아홉 살이나 먹은 놈이 아직까지도 우리 몸에서 나오는 체액에 그렇게까지 민감하게 굴면 안 되지."
　베냐민은 아빠를 빤히 쳐다보다, 마지막 남은 달걀을 손에 들고 자리에서 일어나더니 고개를 절레절레 흔들며 자기 방으로 돌아갔다.
　"아빠, 아빠는 완전 아스퍼거 증후군 같아."
　레베카가 건조하게 말하자 빈센트도 무심히 대꾸했다.
　"요즘엔 아스퍼거 증후군이라고 안 해. ASD 자폐 범주성 장애라고 하지."

마리아는 둘의 대화를 무시하고, 그녀가 하고 싶은 이야기를 다시 꺼냈다.

"그리고 레베카, 너희 엄마가 어떻게 사는지 자꾸 우리한테 얘기하는데, 이 집 그리고 이 가족에는 이 가족만의 규칙과 루틴이 있다는 걸 알아줬으면 좋겠어. 울리카네서 네가 뭘 어떻게 하든, 우리 가족과는 상관없는 얘기니까."

"네, 마리아 이모."

레베카는 바구니에서 빵 한 조각을 들더니 자리에서 일어났다. 그리고 마리아 면전에 빵을 들어 보이더니, 곧장 방으로 걸어가 쾅 하고 문을 닫았다.

"다 먹었어! 엄마, 고마워! 이제 난 친구들 밥 주러 갈게."

아스톤은 식탁 의자를 뒤로 밀어 의자에서 내려온 뒤 거실의 어항으로 달려갔다.

"친구 말고 물고기! 정식 명칭은 머드미노우! 알겠어?"

달려가는 아스톤의 뒤통수에 대고 빈센트가 외쳤다.

"나도 알아!"

아스톤이 물고기 먹이로 수면을 덮다시피 하며 답했다.

"자, 애들아, 먹어!"

곧 아스톤은 부엌으로 돌아와 주방 조리대 한편에서 충전 중이었던 아이패드를 들고 자기 방으로 뛰어갔다.

"딱 5분이야, 아스톤!"

빈센트가 다시 아들의 등에 대고 외쳤다.

"그런 다음에는 옷 입고 학교 가는 거다. 딱 5분만 해!"

마리아는 무의식적으로 아까 레베카를 따라 하는 듯, 팔짱을 낀 채 조리대에 기대어 섰다.

"마리아 이모'라니…… 날 열 받게 만들고 싶을 때 꼭 저렇게 부른다니까."

빈센트는 어리둥절한 표정으로 아내를 쳐다보며 대꾸했다.

"이모 맞잖아. 레베카 친모인 울리카랑 당신은 자매니까. 레베카가 틀린 얘기를 한 것도 아닌데 왜 그렇게 화를 내?"

빈센트는 객관적인 사실을 인정하지 않으면서 에너지를 소모하는 그녀를 이해할 수 없었다. 그는 호밀 빵 한 조각을 집어 들며 한쪽 면에 조심스레 버터를 바르기 시작했다. 덩어리 지지 않게, 구석으로 잘 펴 발라야 한다.

"지금 그 얘기가 아니잖아. 정말로 몰라서 하는 말이야? 이럴 땐 사람이 아니라 로봇이랑 결혼한 것 같다니까. 걔가 날 짜증 나게 만들려고 일부러 그렇게 부르는 거라고."

그의 얼굴이 구겨졌다. 그도 정말로 아내의 말을 이해하고 싶었다. 하지만 그녀가 보이는 반응의 근간이 되는 논리는 도저히 이해할 수 없었다. 사실은 사실이고, 객관적 사실에 대해 느끼는 감정은 사실과는 별개의 문제다. 어쨌든 사실 자체를 없는 셈 칠 수는 없는 일이니까.

"아, 참. 그저께 밤 말이야. 당신, 저녁을 누구랑 같이 먹은 거야?"

그녀의 목소리 톤이 바뀌었다.

"혹시 울리카랑 먹었어?"

빈센트는 놀란 표정으로 고개를 들어 마리아를 쳐다봤다. 막 샌드위치 한 입을 베어 문 터라, 대답을 하려면 먼저 샌드위치를 씹어 삼켜야 했다. 그는 정확히 입안의 샌드위치를 열 번 씹었다. 거의 열한 번으로 넘어갈 뻔했던 것을 마지막 순간에 간신히 열 번에 맞추는 데 성공했다.

"내가 왜 이혼한 전처랑 저녁을 먹어?"

"은행 앱에 레스토랑 결제 내역 뜬 거 봤어. 그러고 나서 당신 지갑 속에 있던 영수증도 확인했고. 영수증을 보니까 예블레에서 누군가랑 같이 저녁을 먹었던데. 저녁 먹은 다음에는 호텔 방으로 데려갔나? 그래서 같이 잤니? 잤어?"

마리아의 목소리가 높아지자, 빈센트는 나지막이 욕을 내뱉었다. 이럴 줄 알았어야 했는데. 이제껏 수없이 겪은 패턴이었다. 마리아의 근거 없는 질투는 때를 가리지 않고 터져 나왔고, 최근 들어 그 빈도는 점점 더 늘어나고 있었다. 그녀의 질투는 그들이 한 '결혼'이라는 것을 서서히 해체시키고 있는 많은 이유 중 하나였다.

"날 찾아온 여자 경찰이랑 같이 식사한 거야. 수사 중인 사건에 대해 내 의견을 묻고 싶다고 해서."

"하!"

마리아가 높은 톤으로 억지웃음을 짓더니 말을 이었다.

"뭐? 경찰? 하고 많은 남자 경찰 놔두고 하필이면 여자 경찰이 찾아왔다 이거지. 이야기가 어떻게 이렇게 딱 맞아 떨어질까…… 빈센트, 솔직하게 말해. 도대체 날 얼마나 멍청하다고 생각하는 거야? 왜, 경찰이 찾아왔다는 것보다 더 좋은 변명은 없었나 보지? 대체 누가 당신이랑 수사 중인 사건에 대해 이야기를 하고 싶다는 건데? 경찰이 왜 살인 사건을 가지고 당신을 찾아오느냐고. 응?"

"왜냐하면 그게……."

그때였다. 마리아가 한쪽 손을 번쩍 들며 그의 말을 끊었다.

"무슨 일이 있었는지는 이따가 이실직고하고, 지금은 아스톤부터 학교에 데려다줘."

"아니……."

빈센트가 미처 말을 맺기도 전에 마리아는 벌써 아스톤의 방으로 걸어가고 있었다.

"아스톤! 너, 늦었어! 아이패드 얼른 내려놓지 못해? 지금부터 5초 안에 나가야 된다, 알겠어?"

마리아는 말을 하며 곧장 다시 침실로 향했다.

빈센트는 가만히 그의 샌드위치를 내려다봤다. 경찰관. 미

나. 그녀를 만난 후 줄곧 머릿속에서 그녀 생각을 지울 수 없었다. 마음 한편으로는 그녀가 다시 연락을 해 오길 바랐다. 그가 샌드위치를 한 입 베어 물자, 잇자국을 따라 버터가 스며 나와 버터 벽을 만들었다. 그는 버터나이프를 찾아 들어 다시 버터를 평평하게 만든 뒤, 샌드위치의 6분의 1에 상당하는 크기를 다시 베어 물었다. 샌드위치는 여섯 입에 나눠 먹는 게 딱 좋다. 지금은 다섯 입밖에 남지 않았지만.

그녀와 보낸 불과 몇 시간 동안, 미나는 불쾌할 정도로 그를 꿰뚫어 봤다. 그는 평소처럼 점잖은 아티스트인 척 연기하고 행동했다. 그건 기자나 사람들을 만날 때 그의 본모습을 가려 주는 좋은 방패막이이자, 그가 늘 쓰는 익숙한 가면이었다. 대개 그 가면은 사람들을 만족시켜 주었다. 그 가면만 쓰고 있으면 사람들은 그라는 사람을 그들이 예상한 모습 그대로라고 판단했고, 그에 대해 더 깊은 의문을 품지 않았다. 하지만 미나는 달랐다. 그녀는 그가 계단의 개수를 세는 것을 눈치챘다. 그가 휴게실 물병의 대오를 맞춘 것을 눈치챘고, 흐트러진 물병의 대오를 직접 나서 정리해 주었다. 그리고 그날 바에 있던 손님들을 분석하도록 그를 유도했다.

오랜 세월을 함께한 마리아나 울리카도 그 정도로 그를 이해하진 못했는데, 놀라운 일이었다.

그는 한 입, 한 입, 남은 입을 세며 샌드위치를 먹어 치웠다. 세 입이 남았을 때와 한 입이 남았을 땐 특별히 속도를 더 높였다.

미나는 분명 아주 뛰어난 수사관일 것이다. 그가 철저하게 숨기고 있다고 생각했던 것들을 그녀가 너무나 쉽게 눈치챈 것은 놀랍기도 했고 걱정도 되었지만, 그녀의 능력은 뛰어난 주의력에 그치지 않았다. 중요한 것은 그 또한 그녀를 이해했다는 데 있었다. 그건 정말로 좀처럼 없는 일이었다. 그가 사람을 이해하는 일이 거의 없다는 건 마리아가 제일 먼저 증언해 줄 수 있을 것이다. 무대 위에서 사람들의 마음을 읽고 그들의 심리와 행동을 통제하는 것과 현실에서 사람을 상대하는 건 전혀 다른 차원의 문제였다. 무대 위에서 그는 모든 변수를 다 통제했지만 실제 삶에서 그에게 다른 사람은 여전히 미스터리였다. 때로는 이런 생각도 했다. 어린 시절 학교에서 사회생활 기술을 가르쳐 준 날이 딱 하루 있었는데, 아파서 결석을 하는 바람에 그걸 하나도 못 배운 게 아닐까. 그가 점잖은 아티스트의 가면을 최대한 자주 쓰려고 노력하는 이유도 거기 있었다. 아티스트는 다른 사람을 어떻게 대해야 하는지 알고 있으니까. 하지만 빈센트 발데라는 사람은 다른 사람을 어떻게 상대해야 하는지 전혀 알지 못했다.

"아스톤!"

그가 목청 높여 외쳤다.

이어 아들이 조금 놀란 표정으로 방에서 나왔다. 손에 아이패드가 여전히 들려 있는 걸로 봐선 오늘 학교에 가는 날이란 걸 잊고 있었던 모양이었다.

"이제 가야 돼. 얼른 코트 입고 신발 신어."

빈센트가 연회색 니트 후디를 입는 동안 아스톤은 허겁지겁 가방을 메고 복도를 지나 제 엄마를 안으며 인사했고, 마리아는 키스로 인사를 받아 주었다.

하지만 미나는, 그가 이해할 수 없는 미스터리한 사람은 아니었다. 적어도 다른 사람만큼 그렇진 않았다. 그는 그녀의 의식을 알아보았다. 그녀는 얼굴에 붙은 머리카락을 항상 오른손으로 털어 냈고, 반드시 필요한 경우가 아니면 절대로 그 어떤 물건의 표면도 만지지 않았다. 코트 주머니에는 루빅큐브가 들어 있었는데, 그냥 오래되고 평범한 큐브가 아니라 더 쉽게 큐브를 돌릴 수 있도록 사전 윤활 처리까지 한 스피드 큐브였다.

그러니 다시 만나면 분명 재미있을 것이다. 하지만 동시에 그는 그녀에게서 다시는 연락이 오지 않기를 바랐다. 그에게 악몽을 가져다줄 게 분명한 그런 끔찍한 일에는 휘말리고 싶지 않았다. 그의 세상은 이미 충분히 연약했다. 그런 그의 세상에 토막 난 시신까지 더할 필요는 없을 것이다.

*

 늘 그렇듯 샤워기에서는 피부가 델 정도로 뜨거운 물이 흘러나왔다. 미나의 몸은 성난 듯 붉게 달아오르며 반응했지만, 그녀는 더할 나위 없이 깨끗하고 청결해지는 느낌을 즐겼다. 뜨거운 물이 그녀 몸에 달라붙어 있던 모든 미생물을 죽여 그녀를 그 어떤 불순물도 섞이지 않은 깨끗한 캔버스로 만들어주는 것같이 느껴졌다. 그건 굉장한 기분이었다.

 샤워를 하면 기운이 났다. 쉬는 날이면 그녀의 피부가 붉은 건포도 빛을 띨 때까지 몇 시간이고 샤워기 앞에 서서 뜨거운 물을 맞겠지만, 아쉽게도 오늘은 샤워할 시간이 10분도 채 되질 않았다.

 그녀의 머릿속에선 여러 가지 생각이 날뛰고 있었다. 빈센트 발데르. 그녀에게 그의 지식과 도움이 정말 필요한 것일까. 여전히 확신이 들지는 않았다. 그가 경찰에 소속된 범죄심리학자보다 정말로 나은 선택일까. 그를 선택했는데 결과적으로 경찰의 시간과 자원을 낭비하는 꼴이 되면 어떻게 하나. 후자의 경우 그녀는 팀원들에게 멍청한 사람으로 낙인찍힐 것이다. 하지만 그녀는 그녀답지 않게 모험을 택했다. 어쨌든 그에게 이야기를 꺼내 놓았으니 이제 어떤 결과가 나올지 두고 보면 될 것이다. 그사이 그녀는 그가 부쩍 더 궁금해졌다. 그녀가 직접 관찰한 마스터 멘탈리스트, 빈센트 발데르는 눈에 보이는 것 이상의 무언가를 가진 사람이었다. 그는 그녀가 자기 빨대를 가지고 다니는 것을 알아챘다. 또 무엇을 눈치챘더라? 그가 별말을 하지 않았으니, 그가 무슨 생각을 하는지 모두 파악했다고 단정할 수는 없었다. 어쨌든 확실한 건 다른 사람들처럼 그가 그녀에게 연민이나 동정을 보이기 시작한다면, 그의 도움은 받지 않을 거란 것이다. 율리아가 다른 사람을 찾아내겠지.

미나는 물을 잠그고, 조심스레 욕조에서 나와 깨끗한 수건으로 온몸의 물기를 닦았다. 세제와 얼룩 제거제를 함께 넣어 90도의 물로 세탁해 둔 수건에서는 그녀의 피부만큼이나 깨끗한 향이 났다. 하지만 이 청결한 느낌은 잠깐뿐이었다. 집 밖을 나서지 않는다면 24시간 정도 유지되겠지만, 문을 나서는 순간 더러운 바깥세상에 뒤덮여 감쪽같이 사라지니 말이다.

그녀는 샤워를 하기 전 골라 놓은 옷을 입기 시작했다. 팬티, 하얀색 스포츠 브라, 청바지 그리고 검은 양말. 팬티는 새것이었다. 샤워 전에 입은 팬티는 이미 휴지통에 버려져 있었다. 그녀에게 팬티를 세탁하는 것은 무의미한 일이었다. 이 세상의 그 어떤 세제와 얼룩 제거제도 입던 팬티를 입었을 때 깨끗하고 상쾌한 느낌을 주지 못한다. 다행히 면 팬티를 대용량으로 싸게 파는 곳을 발견했다. 한 장에 10크로나꼴이니 합리적인 소비였다.

아침에 일찍 일어난 덕분에 출근하기까지는 한 시간 정도가 남아 있었다. 배 속에서 꼬르륵 소리가 났다. 그녀는 주방 서랍을 열어 일회용 장갑이 잔뜩 든 상자를 찾았다. 물론 장갑이 필요 없다는 건 그녀도 잘 알고 있었다. 요구르트 용기를 만져서 죽는 사람은 이 세상에 없으니까. 그녀도 알았다. 하지만 그녀를 지켜 줄 아무런 보호 장치 없이 냉장고 문을 연다는 생각만으로도 속이 뒤틀려 왔다.

미나는 한숨을 쉬며 장갑을 꺼내, 찢어지지 않도록 조심하며 두 손에 끼웠다. 경찰서의 동료들이 이런 그녀의 모습을 본다면 유별나다며 웃음을 터트릴 것이다. 하지만 지난 크리스마스 때 그녀를 제외한 모든 사람이 노로 바이러스에 걸려 고생한 후로는 아무도 그녀를 비웃지 않았다.

그녀는 냉장고 문을 열어 냉장고 안 먹을거리를 빠르게 스캔한 다음, 저지방 바닐라 요구르트를 꺼냈다. 요구르트를 꺼낸 다음에는 제품이 완벽하게 밀봉되어 있는지 면밀히 관찰한 뒤 조심스레 포장을 뜯었다. 식탁에 요구르트를 내려놓고, 깨끗한 티스푼 하나를 꺼내 물로 씻은 뒤 조리대에 놓여 있던 손 소독제를 가져와 티스푼 위에 한 방울 짜서 조금도 비는 구석 없이 꼼꼼히 발라 주었다. 그리고 이 살균제가 그녀 몸으로 들어올 수 있는 박테리아, 바이러스 등 역겨운 입자들을 모두 죽이는 광경을 머릿속에 떠올려 보았다.

그럴 필요는 없어. 다 깨끗한 거니까. 그냥 씻기만 하면 돼.

하지만 살균을 하지 않는다면, 박테리아가 박멸되었다는 것을 어떻게 알겠는가? 결국 그녀의 입으로 들어갈 것들인데. 그 생각에 그녀는 소독제를 다시 한번 짰다.

소독제 내려놔. 넌 미쳤어. 스푼은. 깨끗하다고. 내려놔.

하지만 그럴 수는 없었다. 플라스틱 뚜껑을 열고 소독제를 다시 짜는 그녀의 두 눈에서 눈물이 흘러내렸다. 그녀도 이러고 싶지는 않았지만 어쩔 수 없었다. 이어 그녀는 새로 짠 소독제를 스푼에 바르고 구멍이라도 뚫을 기세로 세게 문질렀다.

마침내 그녀가 식탁에 앉았다. 그러고는 플라스틱 포장에 감싸여 식탁에 놓인 요구르트를 한참 동안이나 뚫어져라 바라봤다. 이 제품을 포장하며 포장 안의 내용물을 만졌을 사람들과 그 사람들의 손을 기어오르는 수십억 개의 세균들을 생각하지 않으려 애를 썼다. 그리고 이 요구르트를 만든 공장도 청결에 대해서는 그녀만큼이나 민감할 거라고 자신을 설득해봤다. 그렇지는 않을 것 같지만.

어쨌든 뭔가를 먹어야 하니 빨리 해치우는 게 좋을 것 같아, 그녀는 얼굴을 잔뜩 찡그린 채 요구르트에 스푼을 찔러 넣고 먹기 시작했다. 처음 두어 숟갈 정도는 알코올 맛이 났지만, 그 이후부터는 요구르트 맛만 느껴졌다. 이렇게 아침 식사를 해냈다니, 자신이 자랑스러웠다. 매 끼니가, 음식을 먹는 모든 순간이 그녀에게는 승리의 순간이었다.

요구르트를 다 먹고 요구르트 포장지와 일회용 장갑을 쓰레기통에 버린 뒤에는 커피를 내렸다. 이유는 알 수 없지만, 커피를 내리는 건 음식을 준비하는 것보다 늘 쉬웠다. 그래도 커피 머그잔을 사용하기 전에 살균하는 건 잊지 않았다.

출근까지는 30분이 더 남았다. 30분이면 청소를 조금은 할 수 있을 것이다. 청소를 하려는 건 강박이 아니라 상식일 뿐이다. 어제부터 청소를 못 했으니, 할 때가 되었다. 그녀는 커다란 대야에 청소 세제를 풀고, 싱크대 아래 찬장에서 필요한 청소 도구를 꺼냈다. 찬장 안에는 모든 게 다 들어 있었다. 유리 세정제, 주방용 세제, 손 소독제 몇 개 더, 변기용 젤 타입 세제, 철 수세미, 행주, 극세사 천, 각종 솔과 스펀지 등등······. 물론 천과 브러시 같은 것들은 한 번 쓰고 곧장 버렸다. 이런 아이템 또한 도매가로 구입할 수 있는 곳을 찾아 대용량으로 구입했다. 덕분에 원래는 서재로 쓰려 했던 작은 방을 창고로 쓰게 됐고, 창고 방 안에는 새 물건이 담긴 박스들이 가득 쌓여 있었다.

청소를 마치자 몸에 열이 오르고 땀이 났다. 그녀는 팔을 들어 자신의 겨드랑이 냄새를 맡아 봤다. 이내 그러지 말았어야 했다는 후회가 몰려왔다. 출근까지는 딱 10분이 남았다. 마스터 멘탈리스트에게는 마음의 결정을 내리기까지 며칠의 시간을 더 줄 생각이었다. 나머지 팀원들에게 그를 최대한 빨리 소개시켜 줄 수 없겠냐는 율리아의 부탁이 있었지만 며칠 정도는 더 기다릴 수 있을 것이다. 그녀는 그가 그녀와 나머지 팀원들을 도와주면 좋겠다고 생각했다. 그리고 그가 그녀의 호기심을 일깨운 이상, 그를 더 가까이서 관찰해 보고 싶었다.

미나는 시간을 확인했다. 간단하게 샤워를 한 번 더 하고 깨끗한 옷으로 갈아입을 시간은 충분했다.

*

"뭐든 제가 원하는 걸 선택하면 되는 거죠?"

스테포 퇴른크비스트가 그의 앞에 놓인 물건들을 가리키며 물었다.

빈센트는 스튜디오 조명에 눈이 부셔 눈을 깜빡이며 고개를 끄덕였다. TV4 채널의 인기 아침 방송 〈뉘헤츠모론〉에 처음 출연하는 것도 아니니 지금쯤이면 익숙해질 때도 되었건만, 아무리 노력해도 눈에 정면으로 꽂히는 조명에는 익숙해지지가 않았다.

빈센트는 상체를 젖혀 소파에 기대어 앉으며 편안한 표정을 지으려 노력했다. 그리고 머릿속에 떠다니는, 일주일 전 경찰관 미나가 그에게 보여 줬던 사진의 이미지를 잊으려 애써 봤다. 그날 이후 그녀에게서는 아무런 연락도 없었다. 어쩌면 그녀에게 그는 이미 버린 카드일지도 모른다. 지난번 그녀를 만났을 때, 경찰의 살인 사건 조사를 돕는 데 자신이 얼마나 부적합한 인물인지 최선을 다해 설명하지 않았던가. 그런 책임감은 감당할 자신이 없었다. 하지만 동시에 그녀가 평소 루빅 큐브를 어떤 방법으로 맞추는지 궁금한 건 어쩔 수 없었다.

집중해, 빈센트.

지금은 생방송 중, 그는 현재에 집중해야 했다.

"네. 뭐든 마음에 드는 걸로 고르시면 됩니다. 너무 오래 생각하지 마시고요. 기분이 좋아지는 물건을 고르세요."

스테포는 탁자 위에 놓인 물건들을 쳐다봤다. 탁자 위에는 프로그램의 진행자인 예뉘 스트룀스테트의 자동차 열쇠, 출연자 휴게실에 마련된 아침 식사거리 중에서 빈센트가 가져온 페이스트리, 스테포의 휴대폰, 체 게바라 얼굴이 그려진 낡은 가죽 지갑이 놓여 있었다. 마지막 물건인 지갑은 빈센트가 직접 추가한 것이었다.

"이걸로 할게요."

스테포가 지갑을 골라 들며 말했다.

"왜인지는 몰라도 이 지갑을 보니 기분이 좋아져서요."

"네, 지갑을 고르셨습니다. 스테포 씨에게 묻겠습니다. 이 지갑을 본인의 자유 의지로 고르신 게 맞습니까?"

"물론이죠. 뭐든 고를 수 있었는데 이걸 고른 거니까요."

스테포가 웃으며 답하자, 예뉴가 카메라 렌즈를 통해 시청자들에게 윙크를 하며 끼어들었다.

"저라면 페이스트리를 골랐을 텐데요. 아주 맛있어 보이잖아요."

"네. 물론 뭐든 고르실 수 있었죠."

빈센트가 냉소적인 미소를 지은 채 고개를 끄덕이며 대꾸했다. 그의 시선은 탁자 위에 놓인 쪽지에 고정되어 있었다.

그건 이 실험을 시작하기 전에 빈센트가 써서 스테포에게 준 쪽지였다. 곧 스테포는 탁자 위 쪽지를 들어 펼치고 눈으로 읽기 시작했다. 당황했는지 그가 얼굴을 찡그리며 목청을 가다듬었고, 이어 손으로 마이크를 만지자 치칙거리는 소리가 났다.

"스테포 씨, 읽어 주시죠."

예뉴가 말했지만 스테포는 스스로 읽는 대신 예뉴에게 쪽지를 건넸다. 예뉴는 TV 프로그램 진행자답게 똑 부러지는 목소리로 쪽지를 읽기 시작했다.

"내 행동은 언제나 다음의 두 가지 요소에 의해 결정된다. 첫째는 내가 좋아하는 것과 내가 중요하게 생각하는 가치이고, 둘째는 다른 사람들이 내게 미친 영향이다. 이 두 가지 요소의 영향으로 나는 그 이유를 잘 알지 못하면서도 90퍼센트의 확률로 지갑을 선택할 것이다."

읽기를 마친 예뉘는 스테포를 흘끗 쳐다봤다. 스테포는 매우 곤혹스러운 표정이었다. 어색한 분위기에 빈센트는 물을 한 모금 마셨다. 이어 예뉘는 역시나 당황해 고개를 젓고 있는 카메라맨을 향해 돌아서서 카메라를 바라보며 입을 열었다.

"지금 막 TV를 켜신 분들을 위해 다시 한번 설명해 드릴게요. 오늘은 사람의 뇌에 대해 알아보기 위해 빈센트 발데르 씨를 모셨습니다. 배우면 배울수록 더 어려운 게 사람의 뇌겠지요."

빈센트는 카메라 모니터에 찍힌 그의 모습을 바라봤다. 모니터 아래로는 남은 시간을 알리는 붉은 숫자가 떠 있었다. 지금 떠 있는 숫자는 04:14, 그가 어떻게 스테포가 고를 물건을 맞혔는지 설명할 시간이 4분 남짓 남았다는 뜻이었다. 414, 알파벳의 네 번째 글자는 D, 첫 번째 글자는 A, 414 순서대로 글자를 조합하면 DAD가 된다. 어쩌면 아빠로서 오늘 이 방송 스튜디오에 아들 아스톤을 데리고 온 것은 잘한 일이 아닐 것이다. 하지만 여덟 살 먹은 그의 아들은 휴게실에 마련된 온갖 빵과 오렌지 주스에 충분히 행복해 보였다. 학교는 방송이 끝난 후에 데려다주면 될 것이다. 너무 늦지 않아야 할 텐데.

그때 스테포가 살짝 흥분한 표정으로 물었다.

"그러니까 빈센트 씨 말은, 우리가 인식하지도 못하는 것들에 의해 우리 행동이 결정된다는 건데요. 내가 무엇을 좋아하는지, 또 무엇을 중요하게 생각하는지 나 자신도 모른다는 게 말이 됩니까?"

빈센트는 흩어진 그의 생각을 다시 방송으로 돌리기 위해 의식적으로 노력하며 입을 열었다.

"누구나 내가 뭘 좋아하는지, 또 어떤 것을 가치 있게 생각하는지 다 아는 것은 아닙니다. 예를 들어 보죠. 어린 시절 트라우마를 겪은 사람은 성인이 되어서 자신도 모르게 특정 방식으로 행동하게 됩니다. 당사자는 자신의 행동이 어린 시절 트라우마에 영향을 받은 것인지 전혀 인지하지 못하고 있지만, 제3자는 그 행동을 분석하고 트라우마와의 연관성을 발견할 수 있지요."

그러자 예뉴가 끼어들었다.

"그런데 그게 그렇게 간단하게 이야기할 수 있는 문제인가요? 가령 제가 자전거에서 떨어지는 사고를 당했다고 해도 제 남은 평생 자전거를 싫어하지는 않을 것 같은데요?"

그러자 이번에는 스테포가 웃으며 예뉴의 말을 받았다.

"트라우마가 그렇게 쉽게 행동에 영향을 미쳐선 안 되죠. 예뉴 씨가 스튜디오 세트에 얼마나 자주 사고를 냈는데 그게 다 트라우마로 남는다면, 어떻게 되겠어요. 지난번에는 스튜디오 전체를 홀랑 태워 버릴 뻔했잖아요!"

예뉴가 차갑게 스테포를 흘겨봤다. 스테포는 지난번 스튜디오에서 치즈 스낵을 요리하다 불을 내, 전 세계에 큰 웃음을 줬던 에피소드를 말하고 있었다.

"하지만 예뉘 씨가 만약 파란색 아우디 차량에 치이는 사고를 당한다면 그 후 오랫동안 파란 자동차만 봐도 상당한 스트레스에 시달릴 수 있을 거예요. 물론 매번 극적인 반응을 보이진 않겠죠. 하지만 강렬한 감정이 일어나는 것만으로 충분합니다."

이제 딱 1분이 남았다. 서둘러야 했다.

집중해.

그때 스테포가 말했다.

"제가 댄스 경연 대회 프로그램에 출연했을 때 딱 그랬어요. 아주 강렬한 감정이 일어났죠. 특히 마지막 경연 때는 더 그랬고요. 아직도 어제 일처럼 생생하다니까요."

"또 그 얘기예요? 맙소사."

예뉘가 또 시작이냐는 듯, 눈을 굴렸다.

빈센트는 스테포가 드디어 그가 원하는 지점에 서 있다는 것을 직감했다.

"자, 이제 문제의 핵심으로 들어가 보죠. 강렬하고 긍정적인 감정은 스테포 씨가 한 경험의 구체적인 기억과 연결되어 있습니다. 그 디테일이 행복한 감정을 유발하고, 그런 이유로 스테포 씨는 이 지갑에 끌린 거죠. 스테포 씨, 마지막 댄스 경연에서 어떤 옷을 입었는지 기억하고 계신가요?"

"당연하죠. 흰 티셔츠에……."

스테포는 말을 하다 말고 두 눈을 크게 치켜떴다.

"말도 안 돼."

"뭐가요?"

예뉘가 궁금한 듯 재촉했다.

"뭐가 말도 안 된다는 건데요?"

이제 모니터 아래 시계에는 숫자 00:10이 표시되어 있었다. 광고가 나가기 전에 남은 시간은 단 10초. 이번에도 빈센트는 완벽에 가깝게 타이밍을 맞췄다.

"체 게바라가 그려진 흰 티셔츠를 입었어요."

스테포가 지갑을 들며 답했고, 이어 카메라는 마지막 샷으로 쿠바의 혁명가 스티커를 클로즈업해서 잡았다.

"이게 이렇게 쉽게 된다고요?"

예뉘가 놀라 묻자 빈센트가 미소를 지으며 답했다.

"가끔은요."

빈센트가 카메라를 응시하고 1초 뒤, 화면이 광고로 넘어갔다. 빈센트가 TV 프로그램을 기가 막히게 가지고 논다는 데는 이제 의심의 여지가 없었다.

"모두 감사합니다."

빈센트가 미소를 띠며 말한 뒤, 스테포의 팔뚝을 잡으며 덧붙였다.

"지갑은 가지셔도 돼요."

스튜디오를 나서는 그의 뒤로 프로그램 진행자들의 웃음소리가 들렸다. 빈센트는 아스톤이 다른 출연자들도 먹을 수 있게 빵을 반은 남겨 놨길 바라며 휴게실로 발걸음을 옮겼다. 그리고 걸으면서 주머니에서 휴대폰을 꺼내 진동 모드를 해제했다. 전화기 화면에는 알림이 떠 있었다. 부재중 전화 세 통. 모두 미나에게서 걸려 온 것이었다.

*

좁은 계단을 걸어 내려오자 짧은 복도가 나타났다. 한쪽 벽면에 거울이 조로록 달려 있고 거울 아래로는 메이크업 테이블이 놓여 있는 복도를 따라 걷자 곧 더 큰 방이 나타났다. 방 안에는 테이블을 가운데 두고 두 개의 커다란 소파가 놓여 있었고, 테이블 위로는 각각 과일과 사탕이 풍성하게 담긴 그릇들이 놓여 있었다. 유리문이 달려 안이 훤히 들여다보이는 냉장고에는 탄산수 병이 수북이 쌓여 있었다.

"무대 뒤는 관계자 외 출입 금지라고 하시지 않았나요?"

미나가 물었다.

"맞습니다. 제가 모르는 사람은 출입할 수 없죠. 아, 물론 경찰은 예외고요."

미나는 방 안을 둘러봤다.

"아늑하네요. 분장실이라고 하면 벽에는 온통 낙서가 되어 있고 공기 중엔 김빠진 맥주 냄새가 진동하는 정신없고 지저분한 공간인 줄만 알았는데."

사실 빈센트가 그의 스톡홀름 공연장인 리발 호텔 극장의 분장실에서 만나자고 제안했을 때, 그녀는 거절할까도 잠시 생각했다. 어렵게 결심해 오늘 이 자리에 오면서는 만약의 경우를 대비해 일회용 장갑과 일회용 좌석 깔개도 챙겨 왔다.

"스톡홀름에서 제일 좋기로 소문난 분장실이 바로 이 리발 호텔 분장실이거든요. 게다가 여긴 무대 아래라 누군가 우리 이야기를 엿들을 위험도 없고요."

사실이었다. 분장실은 최근에 싹 개비를 한 듯 아주 깨끗해 보였다. 미나는 안도의 한숨을 내쉬고 역시나 새것처럼 보이는 소파에 자리를 잡고 앉았다. 이렇게 새 소파라면 밴드 드러머와 열성 팬이 이 소파 위에서 뒹굴 새도 아직은 없었을 것이다. 일회용 좌석 깔개를 깔 필요는 없어 보였다.

"다시 만나 주셔서 감사해요. 그래서 저희 수사는 돕기로 결정하신 건가요? 최대한 빨리 저희 팀원들에게 빈센트 씨를 소개시켜 주고 싶은데요. 내일이면 제일 좋고요. 만나서 지난번 빈센트 씨가 발견한, 피해자 몸의 상처가 숫자라는 사실을 말씀해 주시면 좋을 것 같아요."

빈센트가 놀란 표정으로 미나를 쳐다봤다.

"하지만 그건…… 경찰도 지금쯤은 알아내지 않았나요?"

"아뇨. 저희는…… 다른 단서를 찾느라 아직 거기까지 가진 못했어요. 우선 피해자 신원을 파악하는 걸 최우선으로 수사를 하고 있거든요. 피해자 신원을 파악하면 가해자에 대한 단서도 얻을 수 있을 테니까요. 하지만 지난주 예블레에서 말씀드렸던 것처럼 아직까지 알아낸 건 아무것도 없어요. 이런 상황에서 피해자 몸에 일종의 상징이 새겨졌다는 발견은 좀 …… 이상해 보일 수도 있을 것 같아서……."

빈센트는 한숨을 내쉬었다. 다시 숨어 버리고 싶은 표정이 그의 얼굴을 스치고 지나갔다.

"전 그 사건 수사에 필요한 전문 지식을 가진 사람이 아니라고 말씀드렸을 텐데요. 이상해 보인다라. 흠. 그게 맞을 수도 있겠네요. 그 말인즉슨 제가 더 이상은 필요하지 않다는 뜻일 테고요. 사탕 하나 드실래요?"

그가 사탕이 잔뜩 담긴 통을 그녀 앞으로 밀며 물었다. 통 안의 사탕은 모두 종이 포장지로 개별 포장되어 있었다. 생면부지의 사람들이 비위생적인 손으로 사탕 통 안을 휘저었다고 해도, 종이 포장지로 낱개 포장되어 있으니 포장지 속의 사탕은 깨끗할 것이다. 그녀는 잠시, 빈센트가 일부러 낱개 포장된 사탕을 분장실에 비치해 달라고 요청한 것일까 생각했다. 지난번 그녀를 면밀히 관찰하고 분석해 그녀의 기벽奇癖을 파악했다면, 곧 그도 그녀를 비웃기 시작할 것이다. 그녀의 기벽을 아는 대부분의 사람이 그녀를 비웃고 조롱했다. 그녀는 그가 그런 사람들과는 다르길 바랐다. 그녀를 전혀 모르는 사람이 그녀의 마음을 속속들이 꿰뚫어 보는 것 같다는 사실만으로도 이미 충분히 불편했으니까.

사탕 통의 제일 아래에는 둠레 토피가 들어 있었다. 그녀가 제일 좋아하는 초콜릿이지만 너무 아래 있었다. 저걸 집으려면 낯선 사람들이 만졌을지도 모르는 다른 사탕들을 너무 많이 만져야 했다. 그녀는 잠깐 먹고 싶다는 표정으로 낱개 포장된 둠레 토피를 쳐다보다 이내 고개를 저으며 사양했다.

"전 그 상처에 대한 빈센트 씨의 해석이 맞다고 생각해요. 그래서 저희 다른 팀원들도 만나 주십사 부탁드리는 거고요. 사실 우리 경찰이 먼저 그 상처가 숫자라는 걸 알아냈어야 하죠. 하지만 그러지 못했잖아요. 그래서 저희한테 빈센트 씨의 도움이 필요한 거고요."

그는 아무 말 없이 그녀를 응시했다. 분장실 위에 위치한 극장에 관객들이 입장하기 시작했는지 웅성거리는 소리가 들리기 시작했다. 이제 20분 뒤면 공연이 시작될 것이고, 빈센트는 마스터 멘탈리스트의 가면을 쓰고 800명의 관객을 매료시켰다 충격을 주었다 하며, 태연하게 관객들의 생각과 행동을 조종할 것이다. 그리고 무대 위의 그는 완벽하게 상황을 통제하는 것처럼 보일 것이다. 하지만 지금 그녀의 맞은편에 앉은 남자는 그 마스터 멘탈리스트와는 달리 불안하고 초조한 표정이었다. 두 남자가 동일 인물이라고는 믿기 어려웠다.

이윽고 그가 입을 뗐다.

"가능하다면 돕고 싶습니다. 하지만 참고로 말씀드리자면, 전 단체 생활은 영 젬병이에요."

누군들 안 그렇겠는가? 직장에서 단체란 단지 같은 공간에서 함께 일한다는 이유만으로 상대를 안다고 생각하는 낯선 사람들의 집합일 뿐이다. 미나는 왜 그렇게 사람들이 지난 주말에 무엇을 했는지, 자기 아이의 이가 몇 개나 났는지를 자꾸 이야기하려 드는지 이해할 수 없었다. 누가 관심이라도 있는 것처럼……

"회의는 내일 아침 9시에 경찰서 건물에서 열릴 거예요."

그녀가 자리에서 일어나며 말을 이었다.

"내일 아침에 정문에서 만나서 같이 들어가시죠. 지금은 관객분들한테 집중하세요. 성격 급한 분들만 모였는지 가만히 기다리질 못하는 것 같네요."

"이제 무대에 올라가서 제가 잘 다듬어 줘야죠. 아, 그리고 여기요."

그가 냉장고 위에 놓인 무언가를 휙 낚아채 그녀에게 건넸다. 그건 뜯지 않은 새 둠레 토피 봉지였다.

"그럼 내일 뵙죠."

그가 인사했다.

*

경찰서는 쿵스홀멘 지구의 폴헴스가탄 거리에 위치해 있었다. 공기는 상쾌했고 하늘은 당장이라도 비를 퍼부을 듯 회색빛을 띠고 있었다. 아마 무언가가 내린다면 비가 아니라 진눈깨비일 것이다. 땅에 닿기 전에 비로 바뀌겠지만. 빈센트는 3월을 그리 좋아하지 않았다. 그는 온기를 잃지 않으려 팔짱을 낀 채 경찰서 정문을 오가는 사람들을 유심히 살펴봤다. 미나일까, 기대감을 가지고 본 얼굴이 미나가 아닌 것을 확인할 때마다 실망을 감출 수 없었다. 첫 회의를 앞두고 두근거리는 가슴은 도저히 진정될 기미를 보이지 않았다. 미나의 동료 경찰들은 그를 어떻게 환영해 줄까, 짐작조차 되지 않았다. 아니, 환영을 해 주기는 할까. 팀 사람들이 그를 배척하고 따돌리면 어떻게 하지, 하는 생각에 긴장이 되어 아랫배가 뒤틀리는 것 같았다.

마침내 미나가 유리문 너머로 나타났다. 빨간 터틀넥 스웨터를 입고 있는 그녀를 보자 빨간색이 그녀에게 정말 잘 어울

린다는 생각이 들었다. 빨간색은 그녀에게 강렬한 인상과 함께 절제된 느낌을 주었다. 물론 그가 이런 생각을 하게 된 이유 중 하나는 빨간색이 그의 몸속 아드레날린 분비를 촉진했기 때문일 것이다. 인류의 수천 년 역사 내내 빨간색은 그런 역할을 해 왔다. 피도 빨간색, 화난 얼굴도 붉은색이지 않은가. 피를 보거나 화가 난 상황이면 사람 몸속에선 아드레날린이 더 활발히 분비되어 그 상황을 모면할 수 있게 도와준다.

"어디 계신지 찾고 있었어요. 왜 바깥에 서 계신 거예요? 도망이라도 가시게요?"

"여차하면 내뺄 생각이었죠."

그의 대꾸에 그녀는 재미있다는 듯 미소를 지었다. 그녀의 미소를 보며 그는 그의 몸속에서 스트레스 호르몬인 코르티솔과 쾌락을 가져오는 도파민이 터져 나오기 시작하는 것을 느꼈다. 동시에 세로토닌 수치도 높아지고 있었다. 이는 그의 테스토스테론 수치가 약 40퍼센트가량 높아진 가운데 그의 뇌가 최고 속도로 회전하고 있음을 의미했다. 그건 '케미'가 잘 맞는 두 사람이 만났을 때 몸속에서 만들어지는 '호르몬 칵테일'이었다. 이 이름이 얼마나 정확한지 사람들이 알면 좋으련만. 아직 과학자들은 우리 몸속에서 이러한 호르몬 칵테일이 만들어지는 이유를 규명하지는 못했지만, 그것이 존재한다는 데는 이견이 없었다. 그는 미나도 자신과 같은 것을 느끼고 있는지 궁금했다. 여기서 내빼는 건 선택지가 아니었다. 그러기엔 미나가 너무 매력적인 사람이었다.

"낯선 사람들 앞에 서서 이야기하는 건 수천 번도 더 하신 일이잖아요. 오늘 회의도 똑같아요. 가시죠."

미나를 따라 경찰서 건물의 복도를 걸어가며, 빈센트는 호기심 어린 눈빛으로 주위를 둘러봤다. 경찰서 안 풍경은 그가 상상했던 것과 비슷했다. 책장에 온갖 서류와 서류철이 질서 정연하게 꽂혀 있는 작은 사무실들이 늘어서 있었고, 탁 트인 커다란 공간에 책상을 줄지어 놓고 그 사이에 파티션을 설치한 커다란 사무실들도 있었다. 그리고 경찰들의 책상 위에는 '경찰'이라는 로고가 박힌 머그잔이 놓여 있었다.

곧 그들은 안쪽에 커튼이 드리워진 유리문 앞에 도착했다. 문 앞에 선 미나는 문을 여는 대신 그에게 말을 걸었다.

"어때요? 사자 굴에 들어갈 준비는 되셨나요?"

빈센트는 이걸 회의라 생각할 게 아니라 공연이라고 생각하면 된다고, 걱정할 것은 없다고 속으로 되뇌며 긴장을 달랬다. 그가 느끼는 이 긴장감과 초조함은 아마도 미나의 빨간색 스웨터로 인해 분비된 코르티솔 때문일 거라고 말이다.

하지만 미나의 질문에 빈센트는 그녀도 꽤나 긴장했다는 것을 알아챘다. 그가 이 수사에서 어떤 역할을 할지, 어떤 기여를 할지 그녀도 100퍼센트 확신은 없기에 긴장이 되었을 것이다. 동료들에게 그를 뭐라 소개해야 할지 눈앞이 캄캄할 수도 있을 것이다. 충분히 할 수 있는 걱정이었다. 하지만 둘 다 그렇게 긴장할 필요는 없다는 생각에, 그는 그녀의 긴장을 풀어 주려고 말했다.

"아까 낯선 사람들 앞에 서서 이야기하는 건 매일 하는 일 아니냐고 하셨죠. 맞습니다. 하지만 이번 일의 핵심은 그보다는 집단 역학에 있어요. 기존의 단체는 언제나 새 구성원 영입에 반응을 하게 되어 있습니다. 프로이트도 시간의 흐름에 따라 형성되는 공동체의 의식을 '집단정신'이라고 명명하고, 그에 관한 연구에 많은 시간을 투자했죠. 그의 이론에 따르면 동일한 자극에도 집단과 집단을 구성하는 개개인은 다르게 반응하고요."

미나는 그를 지그시 응시하며 물었다.

"그 이야기를 지금 저한테 왜 하시는 건데요?"

"글쎄요. 전 공연에서 집단 심리를 자주 사용합니다. 관객도 한 명이 있을 때와 다수가 있을 때 같은 자극에도 다르게 반응하거든요. 전 그 점을 이용해 관객을 통제하고, 제가 원하는 방향으로 관객을 유도합니다. 제 전략은 상당 부분 쿠르트 레빈의 장 이론을 근거로 하죠. 장 이론은 세 가지 변수로 구성되어 있습니다. 첫째는 행동의 동기가 되는 에너지, 즉

힘입니다. 둘째는 개인의 목표와 현재 상황 간의 간극이 유발하는 긴장이고, 마지막으로 셋째는 내면의 긴장감을 일깨우는 육체적 또는 정신적 요구 사항이죠."

미나는 그와 계속 눈을 마주친 채 고개를 절레절레 흔들었지만 빈센트는 그녀의 얼굴에서 긴장이 사라졌음을 알아챘다. 이렇게 사람의 주의를 돌리는 건 그가 자주 쓰는 전략 중 하나였다. 가장 단순하지만 효과는 언제나 좋았다. 이어 그는 자신의 긴장도 완벽하게라고는 할 수 없겠지만 충분히 사라졌음을 깨달았다.

"이 팀은 어떤 직급을 가진 분들로 구성되어 있나요?"

"저희 팀에서 직급은 별로 중요하지 않아요. 경찰의 조직 구조는 아주 복잡해요. 그걸 다 설명하기에는 시간이 너무 걸릴 거고요. 게다가 이 팀은 기존의 위계질서를 무시하고 만들어진 팀이에요. 빈센트 씨는 이 팀을 이끄는 사람이 율리아 팀장이라는 것만 알고 계시면 돼요."

말을 마친 그녀가 곧장 문을 열었다. 둘이 방 안에 들어서자, 세 사람의 시선이 그들을 향했다. 원래는 네 사람의 시선이었어야 하지만, 그중 하나는 책상에 엎드려 잠을 자고 있었다.

"안녕하세요, 여러분. 소개해 드릴게요. 여기 이분은 빈센트 발데르 씨예요. 율리아가 이미 이야기했겠지만, 이번 사건의 외부 고문을 빈센트 씨가 맡아 주시기로 했어요."

방 안에는 무거운 침묵만이 흘렀다. 책상에 엎드려 자는 사내가 얕게 코를 고는 소리를 제외하고, 방 안은 쥐 죽은 듯 조용했다. 회의 중 저렇게 엎드려 자고 있는 사내를 보면서 빈센트는 가능한 시나리오를 머릿속으로 빠르게 돌려 보았다. 사내는 기면증을 앓고 있거나, 얼마 전 아기를 낳아 아빠가 된 사람일 것이다. 그의 어깨에 난 토 자국을 보았을 때 후자의 가능성이 훨씬 높아 보였다.

"안녕하십니까."

빈센트가 조심스레 인사를 건넸다.

그의 시야 한편으로 미나가 초조한지 무게 중심을 왼발에서 오른발로, 또 오른발에서 왼발로 번갈아 옮기고 있는 것이 보였다. 하지만 그는 이 방에 들어오기 전보다 훨씬 편해져 있었다. 어느새 그는 업무 모드로 변했다. 이건 그의 전문 분야였다. 이제 이 탁자에 둘러앉은 사람들을 하나하나 파악하고, 이 집단 역학에서 그의 몫이 될 자리를 찾아내면 될 것이다. 그렇게만 하면 모든 것은 순리대로 술술 풀려 나갈 것이다.

"방금 전 미나 씨가 소개해 주신 것처럼, 전 빈센트라고 합니다. 멘탈리스트로 활동하고 있죠. 사람의 심리와 행동을 조종하는 방법을 알아내는 걸 업으로 삼고 있다고도 할 수 있겠네요. 물론 멘탈리스트도 사람들의 심리를 잘 이해해야만 할 수 있는 일이지만 전 심리학자나 상담 치료사는 아닙니다. 그 대신 전

제가 가진 능력을 이용해 엔터테이너로 활동하고 있죠."

빈센트의 말이 끝나자마자, 군데군데 허옇게 센 머리칼에 지나치게 햇볕에 태운 것 같아 보이는 피부를 가진 사내가 콧방귀를 뀌었다. 셔츠 단추를 너무 많이 풀어 놓아, 얼마 전 가슴 털을 왁싱하며 생긴 것 같은 붉은색 피부 발진이 그대로 들여다보였다. 노화를 막아 보려 다방면으로 노력하는지, 외모는 꽤 괜찮았다. 자의식 과잉에도 불구하고 그런 반반한 외모 덕에 이성에게 꽤 인기가 있는지 자신감도 넘쳐 보였다. 잘 다져진 가슴 근육도 여자들의 시선을 받는 데 한몫했을 것이다. 남자와 여자 할 것 없이 큰 가슴에 끌리는 건 재미있는 일이다. 들춰 보면 그 이유는 완전히 다르지만 말이다. 남자들이 가슴이 큰 여자에게 본능적으로 끌리는 것은 여자의 가슴은 자식을 먹여 살리는 능력과 직결되어 있기 때문이다. 반면 여자들은 남자의 발달된 가슴 근육에서 자신을 보호해 줄 힘과 능력을 찾는다. 물론 과체중으로 툭 튀어나온 남자의 가슴은 완전히 다른 이야기지만.

그때 미나가 끼어들어 꼬리에 꼬리를 물던 빈센트의 생각을 끊었다.

"아, 그러고 보니 팀원들 소개를 안 드렸네요."

그녀는 자의식 과잉인 남자부터 소개를 시작했다.

"이쪽은 루벤 회크, 그 옆은 크리스테르 벵트손, 저희 팀의 원로시고요."

"그렇게 안 늙었대도."

크리스테르가 퉁명스레 중얼거리자, 빈센트의 얼굴에 옅은 미소가 떠올랐다. 크리스테르는 분명 '유리컵에 물이 반이나 비었다'고 생각하는 회의론자일 것이다. 인생에서 어떤 실망과 쓴맛을 봐 왔기에 삶을 그렇게 비관적으로 생각하게 된 건지는 몰라도, 아마 그런 비관적인 생각이 씨가 되어 실제 인생도 그렇게 흘러갔을 공산이 높았다. 자기충족적 예언이라고 할까. 손가락에 반지가 없는 것으로 보아 아마 혼자 살고 있을 테고, 두툼한 뱃살과 조금 힘들어 보이는 호흡으로 볼 때 정크 푸드를 즐겨 먹고, 운동은 거의 하지 않을 것이다. 이는 곧 매일 산책을 시켜 줘야 하는 반려동물도 키우고 있지 않음을 의미했다. 손가락에 신문 잉크가 묻어 있는 것으로 보아, 인터넷이 아닌 종이 신문을 볼 것이다. 빈센트는 크리스테르의 집에 아직도 구식 다이얼 전화기가 있을 거라고 내기라도 하고 싶은 심정이었다.

"누가 페데르 좀 깨워 봐."

미나가 자고 있는 사내를 조금도 탓하지 않는 투로 말했다. 분명 페데르는 동료들과 두루두루 잘 지내고, 인기도 좋은 편일 것이다. 그렇지 않고서야 집에 애가 몇이든, 회의 중간에 저렇게 뻗어서 자게 내버려둘 리 있겠는가.

"페데르! 일어나!"

루벤이 페데르를 흔들어 깨우자, 곧 그가 비틀거리며 자리에서 일어났다.

"뭐? 누가 왔어?"

"여기."

미나가 그의 앞에 레드불 한 캔을 놓아 주자, 페데르는 고맙다는 표정으로 인사를 대신했다.

"여기는 페데르 옌센이에요."

미나는 웃음을 참지 못하며, 페데르를 손가락으로 가리켜 소개했다.

페데르는 방금 잠에서 깨어난 사람이라고는 믿을 수 없을 정도로 또랑또랑한 목소리로 말했다.

"덴마크 사람 이름같이 들리겠지만 아닙니다. 저희 아버지는 덴마크분이시지만, 저는 스웨덴 브롬마에서 나고 자랐거든요."

페데르 옌센에게서 느껴지는 친근함과 솔직함에, 빈센트는 그에 대한 자신의 판단이 맞았음을 확신했다. 하지만 무엇보다 그는 무척이나 피곤해 보였다.

"페데르는 세 달 전에 세쌍둥이를 봤어요."

미나의 부연 설명에 빈센트는 휘파람을 불었다. 세쌍둥이라니, 그러니 직장에서 안 졸고 배기겠는가.

그때 테이블의 상석에 앉은 여자가 입을 열었다.

"그리고 마지막으로 제가 있죠. 율리아 함마르스텐이라고 해요. 오합지졸로 구성된 이 팀을 이끌고 있죠. 저 또한 책임 수사관으로 여전히 현장에서 일하고 있고요. 우리 팀은 전부 그래요. 직급에 상관없이 다 같이 현장에서 일하고 있죠."

율리아가 팀원들을 가리키며 말을 이었다.

"우리 팀원들은 각기 다른 경찰 조직에서 이 팀으로 전출되어 왔어요. 경찰 내에서 우리 팀은 일종의 실험과 같죠. 그걸 부인할 생각은 없어요. 참, 미나가 이미 말해 주었겠지만 저희 아버지는 스톡홀름 경찰서의 서장이세요. 경찰에 더 유연하고 역동적인 조직이 필요하다는 의견에 동의해 이 팀을 만들어 주셨죠. 이번 수사는 우리 팀의 필요 여부를 가릴 시험대가 될 거예요. 성과를 내지 못하면 이 실험은 실패로 간주될 테고, 그러면 우리에게 주어졌던 기회도 그 즉시 사라지겠죠."

율리아의 체념한 것 같은 말투와 절제된 보디랭귀지는 그녀가 자신의 가장 내밀한 자아를 둘러싸고 철옹성을 세워 놨음을 말해 주었다. 그녀에게서는 슬픔의 아우라가 느껴졌다. 무언가가 그녀를 무겁게 짓누르고 있었다. 평소 대부분의 시간, 그녀의 생각을 지배하고 있을 무언가가. 빈센트는 그것이 이 팀을 성공시켜야 한다는 업무상 책임과는 전혀 관련 없는, 순전히 개인적인 일일 거라 확신했다. 대부분의 사람은 감정

표현을 제어할 때 얼굴의 윗부분을 신경 쓰지 않는다. 그렇기에 대개 이마와 눈썹, 눈꺼풀을 눈여겨보면 진짜 감정을 쉽게 파악할 수 있다. 하지만 율리아는 얼굴 전체의 감정을 통제하고 있어, 그녀가 그녀의 인생에 누구도 들이지 않으려 한다는 어렴풋한 느낌 말고는 아무것도 파악할 수 없었다.

곧 방 안은 다시 정적에 빠져들었다. 빈센트는 나머지 사람들이 자신이 입을 열기를 기다리고 있단 걸 깨닫고 목청을 가다듬었다.

"이제 제 차례인 것 같군요. 제가 가진 능력이 이 사건 수사에 도움이 될 수 있을 거라고 들었습니다. 어디서부터 이야기를 시작해야 할지는 모르겠지만, 지난번 여기 미나 씨와 짧게 만난 자리에서 벌써 몇 가지…… 단서를 발견하긴 했어요."

그가 미나를 쳐다보자, 미나도 그를 쳐다보며 고개를 끄덕였다.

그때 율리아가 끼어들었다.

"계속하기 전에 다들 스트레칭 한 번씩 하시죠. 모두들 잠에서 깨어 정신 차리자고요. 페데르는 레드불 한 캔 더 마시고."

자리에서 일어나는 크리스테르의 관절에서 우두둑 요란한 소리가 났다. 루벤은 복도 끝에서 섀도복싱을 하기 시작했는데, 어쩐지 조금 우스꽝스럽게 보였다. 페데르가 두 번째 레드불을 들어 캔을 따자, 치이익 하고 김빠지는 소리가 들렸다.

그 광경을 보며 빈센트는 쿠르트 레빈의 장 이론이 놀랄 만큼 정확하다는 생각을 했다. 지금 그의 안에서 장 이론의 세 변수는 이론 그대로 작용하고 있었다. 먼저 미나의 관심을 끌고 싶다는 그의 욕망은 긴장으로 발전했고, 그에게 행동의 동기를 부여하고 있었다. 그리고 그 근저에는 그녀가 자신을 좋아하게 만들고 싶다는 그의 욕망이 깔려 있었다.

*

짧은 휴식이 끝나고 팀원들은 모두 자기 자리로 돌아와 앉았다. 루벤은 아무래도 율리아의 결정이 못마땅한 듯 손가락으로 탁자를 끊임없이 두드렸다. 외부 전문가의 도움을 구하는 건 그렇다 쳐도, 멘탈리스트를 데리고 오다니. 조직에 이 사실이 알려지면 조롱을 받을 게 뻔했다.

경찰 내의 많은 사람이 이 팀이 얼마 가지 못해 해체될 거라고 예상하고 있었다. 그런데 율리아와 미나가 이런 식으로 말도 안 되는 마술사를 데려다가 그의 말을 듣는다는 게 알려지면 이 실험은 당장에 끝이 날 수도 있었다. 여자랑 일하는 건 이래서 힘들다. 도무지 어떤 시도를 할지 예측이 불가능하니까. 이렇게 가다간 다음번엔 점쟁이를 데려올지도 모른다. 타로 카드를 펼쳐 놓고 영혼을 불러 살인자를 찾아 달라고 비는 거 아닐까. 말도 안 되는 이야기다.

"TV에서 봤어요."

그때 페데르가 빈센트에게 친근하게 말을 걸어왔다.

"엄청 잘하시던데요."

그러자 크리스테르도 입을 열었다.

"나도 봤습니다."

그의 말투는 페데르보다 훨씬 회의적이었다.

"그런데 오해는 말고 들어 주세요. 빈센트 씨는 마술사 아닙니까? 우리 경찰에도 소속 범죄심리학자가 있을 텐데요."

"마술사가 아니라 멘탈리스트입니다."

빈센트는 그의 말을 고쳐 주었다.

"그리고 경찰 소속 심리학자라면 뜬금없이 그리스 남자를 찾으라는 조언을 해 준 걸로 들었는데요……."

그의 말에 율리아가 헛기침을 터트렸고, 페데르는 웃기 시작했다.

"하하, 맞아요. 얀이 완전히 잘못 짚었죠."

페데르가 고개를 절레절레 저으며 덧붙였다.

"다시 한번 말씀드리지만 저는 마술사가 아닙니다. 공연에서 종종 일루전 트릭을 사용하고, 어렸을 때는 다양한 마술을 배워서 마술에 대한 지식도 가지고 있지만 요즘은 기껏해야 카드 속임수인 폴스 셔플 정도나 하죠. 지금은 마술보다는 사람들의 머릿속에서 일어나는 일에 훨씬 관심이 많습니다."

"거기 더해 인간의 행동에 대해서도 해박한 지식을 가지고 계세요. 패턴 파악에도 아주 뛰어난 능력을 가지고 계시고요."

미나가 그녀의 동료들을 바라보며 덧붙였다.

그녀는 빈센트와 그의 능력을 철저히 방어하겠다는 듯 단단히 팔짱을 끼고 있었다. 그리고 왜인지 루벤은 그게 짜증이 났다. 왜 미나는 저 멘탈리스트 편을 못 들어 안달인 걸까? 뭐 그리 잘난 사람이라고?

이제껏 루벤은 여자들이 무엇을 원하는지 잘 안다고 자부해 왔다. 그에게 특별한 능력이 있다면 그건 여자를 유혹하는 능력이었다. 모든 여자는 그를 사랑했다. 나이, 외모, 출신, 정치적 성향이나 문화적 배경과 상관없이 여자라면 누구나. 그가 유혹하지 못한 여자는 그의 평생 한 명도 없었다. 미나가 나타나기 전까진 말이다. 그녀가 그를 싫어한다거나 하는 건 아니었다. 그녀는…… 그저 무관심했다. 그리고 그에겐 증오보다 무관심이 더 나빴다.

처음에는 작업을 걸어 보기도 했다. 그녀가 그에게 넘어오길 바라며 책에서 배운 모든 기술과 전략을 사용했다. 그녀에게 조금이라도 이성적인 매력을 느껴서는 아니었다. 미나는 평소 그가 선호하는 스타일인 풍만한 몸매를 가진 금발의 여자랑은 거리가 멀었으니까. 미나에게 작업을 걸었던 건 그가 어디까지 갈 수 있는지 시험해 보는 연습 정도였다. 여자를 유혹해 침대로 끌어들이는 건 루벤에게 살아갈 힘을 주는 가장 중요한 동력이었다. 아주 특별한 경우가 아니라면 그는 섹스 행위 그 자체에서는 재미를 못 느꼈다. 게다가 보통 침대로 끌어들인 여자에 대한 흥미는 오래 지속되지 않았고, 그는 곧장 다음 대상을 물색했다. 일단 먹잇감을 찾으면 그에게 실패란 없었다. 그건 그의 명예에 직결된 문제였다. 그는 물고기를 잡은 뒤 다시 바다에 풀어 주는 낚시꾼들을 이해할 수 없었다. 사냥은 그러라고 하는 게 아니지 않은가.

하지만 미나는 그가 사용한 모든 전략과 기술에 조금도 반응하지 않았다.

오늘 그녀의 모습은 평소보다 그를 더 흥분하게 만들었다. 그는 화이트보드 앞에 서서 보드에 사진을 붙이고 글씨를 쓰고 있는 그녀를 응시했다. 진청색 청바지에 브라 표시도 전혀 나지 않는 빨간색 터틀넥 스웨터를 입고, 머리칼은 한 가닥도 삐져나오지 않도록 깔끔하게 정리해 포니테일로 묶었다. 늘 그렇듯 얼굴은 메이크업의 흔적을 찾아볼 수 없이 깨끗한 민낯이었다. 미나에게서 유일한 흠을 찾자면 그건 그녀의 손이었다. 책상에 상시 구비해 두고 쓰는 손 소독제로 얼마나 손을 문질렀는지, 그녀의 손은 붉게 트고 갈라져 있었다. 문득 그녀의 옷 속이 궁금해졌다. 그는 여자의 속옷을 맞히는 데 기가 막힌 능력을 가지고 있었다. 여자의 겉모습만 보고도 그는 언제나 그 안의 속옷을 맞혔다. 고급 란제리 브랜드 라펠라에서 나오는 값비싼 진주색 실크 란제리를 입었을지, 값싸지만 섹시한 빅토리아 시크릿의 빨간 레이스 속옷을 입었을지, 아니면 정숙하지 못하게 까만 티 팬티를 입었을지, 그것도 아니면 포르노 사이트에서 판매하는 가랑이 부분이 뻥 뚫린 팬티를 입었을지, 그는 곧바로 맞힐 수 있었다.

그는 한숨을 내쉬었다. 미나는 아마 실용적인 면 팬티를 입었을 것이다.

"저희 자료를 보여 드리자마자, 빈센트 씨는 곧바로 몇 가지 단서를 발견했어요. 우리가 미처 파악하지 못한 것들이었죠."

미나가 말을 멈추고 빈센트를 쳐다보자, 그가 한 발자국 앞으로 나오며 말을 받았다.

"사진으로 봤을 때, 피해자의 몸에 난 상처는 임의로 낸 게 아닐 겁니다. 피해자의 이 상처는 가해자가 고의로 새긴 로마 숫자로 보입니다. 구체적으로 숫자 3이죠."

"숫자요?"

먼저 크리스테르가 놀라 반응했다.

이어 루벤이 크게 코웃음을 쳤다. 미나는 한쪽 눈썹을 치켜올린 채 그를 쳐다봤다.

"넌 어떻게 생각하는데?"

그녀가 얼음장같이 차가운 목소리로 묻자, 루벤은 그녀의 질문을 이해하지 못한 것처럼 태연히 되물었다.

"뭘?"

의도했던 것보다 더 공격적인 말투가 나갔다. 율리아는 못마땅한 눈빛으로 루벤을 쳐다봤다. 페데르는 이야기가 점점 흥미로워진다는 듯 몸을 앞으로 기대어 앉았고, 크리스테르는 하얗게 센 휑한 머리칼 사이로 훤히 들여다보이는 두피를 긁으며 알아들을 수 없는 말을 중얼거렸다.

"이 상처가 의도적으로 새긴 숫자일 거란 빈센트 씨의 가설에 대해서 전문 경찰로서 어떻게 생각하냐고."

그는 어깨를 으쓱했다. 그에게는 말도 안 되는 이야기로 들렸다.

"황당한 얘기로 들리는데."

루벤은 한숨을 내쉰 후 다시 말을 이었다.

"어디선가 말발굽 소리가 들리면 저만치 말이 있구나 하고 생각하지, 얼룩말이 있구나 하지는 않지. 이전에도 살인의 순간에 사로잡혀 피해자의 몸에 이런저런 상처를 낸 가해자들이 있었잖아. 그리 새로운 것도 아닐 텐데."

빈센트는 상체를 앞으로 숙이며, 양손의 손가락 끝을 맞댔다. 루벤은 짜증이 치솟아 온몸이 가려워 왔다. 저렇게 우쭐대며 잘난 척하기도 쉽지 않을 텐데. 미나는 저 남자 말을 믿는 걸까? 여자들이란…… 정말 이해할 수 없는 존재다.

"그래서 난 빈센트 씨 말이 더 맞는 것 같은데. 안 그래? 가해자는 이 범죄의 모든 부분을 치밀하고 꼼꼼하게 준비했어. 굳이 마술에 쓰이는 마술 상자를 똑같이 제작해서, 의도적으로 마술 트릭을 연출하기까지 했다고. 그만큼 시간을 들여 철저하게 계획하고 신중하게 계획을 실행에 옮겼다는 거야. 그런 사람이 '살인의 순간에 사로잡혀서 피해자 몸에 이런저런 상처를 냈다'는 게 말이 돼?"

루벤이 다시 한번 어깨를 으쓱했다.

"말이 되지. 흠, 안 되기도 하고……."

그때 율리아가 자리에서 벌떡 일어나 화이트보드 쪽으로 걸어오며 말했다.

"순간의 결정으로 성급하게 벌인 일 같지는 않아요."

루벤은 속으로 하얀색 라펠라 속옷을 떠올렸다. 다만 이건 추측이 아니라 그의 경험으로 아는 것이었다. 5년 전, 발트해 크루즈에서 열렸던 경찰서의 크리스마스 파티에서 율리아의 속옷과 그 안에 든 것들을 친히 경험한 적이 있었다. 그날 밤 그는 술에 취해 엉망이 된 그녀와 그의 선실에서 짐승 같은 섹스를 했다. 그녀가 지루하기 짝이 없는 지금의 남편, 토르켈을 만나기 전의 일이었다. 루벤은 율리아가 남편과 정상위의 딱 한 자세로만 지루한 섹스를 한다고 확신했다. 크루즈에서의 그날 밤 그녀는 생리 중이었다. 다음 날 아침, 그가 잠을 깼을 때 그녀는 그에게 한마디 말도 없이 선실을 빠져나간 후였고, 선실은 간밤에 가축을 도축하기라도 한 듯 피바다가 되어 있었다. 뭐, 파티를 즐기다 보면 종종 있는 일이지만. 율리아가 그의 상사인 것이 좀 그렇긴 했다. 어쨌든 그날 이후 그도 그녀도 그날 밤의 원 나이트 스탠드를 한 번도 입에 올린 적은 없었다. 토르켈은 절대 그의 상대가 되지 못한다. 그가 아주 눈곱만큼이라도 율리아에게 관심이 있느냐 물으면 그건 아니지만, 어쨌거나 그렇단 거다. 다른 사람 전에 내가 그 고지를 정복했었단 사실을 생각하면 늘 기분이 좋아지니까.

율리아가 화이트보드를 자세히 볼 수 있도록 미나가 눈치껏 옆으로 물러섰다. 그러던 중 둘의 동선이 살짝 겹치며 율리아가 미나의 팔꿈치를 살짝 스칠 뻔했다. 그러자 미나가 전기 충격이라도 받은 것처럼 움찔하는 것을 루벤은 똑똑히 보았다.

"이 상처들은 완벽한 대칭을 이루고 있어요. 분명 의도적으로 새긴 것처럼 보여요. 그런데 이게 숫자일지는 잘 모르겠네요. 그렇다고 단정하기엔 아무 맥락이 없으니까요."

말을 마친 율리아가 페데르와 크리스테르 쪽으로 돌아섰다. 페데르는 피곤에 찌든 표정을 하고 있다가 율리아의 눈빛에 고개를 끄덕이기 시작했다.

"피해자가 발견된 장소에 대해서 새롭게 알아낸 정보는요?"

율리아가 물었다.

실내는 정적에 휩싸였다. 루벤이 눈치껏 페데르 앞으로 볼펜을 던져 주자, 그제야 페데르가 입을 열었다.

"네? 뭐요?"

그는 졸린 눈으로 좌우를 두리번거렸다.

"시신이 발견된 장소."

미나가 율리아의 질문을 반복했다.

"그 장소에 대해 새롭게 알아낸 게 있어? 과학수사 팀에서는 뭐라고 해?"

페데르는 쏟아지는 잠을 물리치려 물에 젖은 개처럼 온몸을 부르르 떨었다. 그러고는 탁자 위, 그의 앞에 놓인 종이 한 장을 들며 다시 입을 뗐다.

"피해자 시신은 그뢰나 룬드 놀이공원 정문 바깥에서 발견됐어. 하지만 현장에 혈흔이 거의 남지 않은 걸로 봐서는 2차 범죄 현장으로 보여. 아마 다른 장소에서 피해자를 살해한 뒤 상자를 그곳으로 옮겨 전시했을 거야."

"목격자는요?"

빈센트가 물었다.

"그 부근이 사람이 사는 동네가 아니라서요. 그래도 아바 박물관 직원들하고 근처 레스토랑 직원들을 전부 탐문 수사해 봤는데, 뭔가를 보거나 들었다는 사람은 아무도 없었습니다."

"피해자 신원은 파악됐나요?"

크리스테르가 침울하게 고개를 저었다. 하지만 그가 만사에 침울하다는 걸 감안했을 때 그 제스처 자체에 큰 의미는 없다고 봐도 무방했다.

"아직이야. 비슷한 연령대의 실종 여성을 찾고 있는데 아직까지는 피해자의 인상착의에 부합하는 실종자를 찾지 못했어. 피해자의 실종 신고가 아직 안 되어 있을 수도 있고. 만약 피해자의 주변인이 실종 신고를 하지 않았다면 신원을 파악하는 게 거의 불가능할 거야. 30대의 금발 여성은 경찰서에도 차고 넘치니까."

"그래도 계속 찾아봐야죠. 이렇다 할 신체 특징이 없다는 이유만으로 피해자의 신원 파악을 포기하는 건 안 될 말이니까요."

율리아의 비난조 대답에 크리스테르는 알겠다는 듯 어깨를 으쓱했다. 이어 율리아는 다른 팀원들을 향해 돌아서서 미나 쪽으로 다가갔다. 그러자 혹시라도 율리아와 부딪힐까 봐 미나가 몸을 쓱 피하는 걸 이번에도 루벤은 똑똑히 보았다. 루벤은 잠자리에서 미나가 어떤 모습일지 상상했다. 사람을 상대할 필요 없이 혼자 자위를 즐기는 부류일까? 배터리로 작동하는 딜도를 깨끗이 살균해서 쓰려나? 아니면 남자를 집으로 데려와 수산화 나트륨이 든 살균제로 남자를 씻기고 거사를 치르는 부류일까? 어쩌면 남자에게 병원에서 쓰는 전신 방호복을 입힐지도 모른다. 성기 부분에 작은 구멍만 뚫어서 말이다. 루벤은 저도 모르게 소리를 내어 낄낄대다가, 율리아의 날카로운 시선에 허겁지겁 표정을 가다듬었다. 하지만 전신 방호복을 입은 남자가 미나를 안고 있는 장면은 머릿속에서 사라지지 않았다. 무슨 영문인지 방호복을 입은 남자는 빈센트의 얼굴을 하고 있었다.

"크리스테르는 계속해서 피해자 신원 확인해 주시고요. 페데르는 과학수사 팀의 분석 결과를 이 잡듯 샅샅이 뒤져 줘. 아주 사소한 정보도 중요할 수 있으니까 하나도 놓치지 않도록 주의하고. 알아서 잘 하겠지만."

율리아가 빈센트에게 돌아서며 설명했다.

"분석에 있어서는 우리 중 페데르를 따라갈 사람이 없어요. 우리가 몇 주를 매달려도 못 끝낼 명단을 페데르는 말도 안 되게 짧은 시간 안에 완벽하게 검토하거든요. 그 어떤 정보도 놓치지 않고요."

율리아의 칭찬에 페데르는 수줍은지 얼굴을 조금 붉혔지만 기분은 좋아 보였다.

"루벤."

율리아가 계속 말을 이으려 하던 그때, 루벤이 말을 끊고 끼어들었다.

"난 상자를 맡지."

"그 말을 하려던 참이야. 마술 상자의 제조업체, 재료, 구조를 포함해 누가 그 상자를 만들었는지, 또 누가 그 상자를 샀는지 단서가 될 만한 것들을 샅샅이 조사해 줘. 마술 상자에 꽂은 칼들도 어디서 온 것들인지 알아봐 주고. 그리고 그만 쳐다봐."

루벤은 악동같이 웃으며 시선을 위쪽으로 옮겼다. 머릿속으로는 율리아의 라펠라를 상상하면서.

"미나, 검시관하고 얘기해서 피해자 몸의 상처에 대해 더 알아보고, 새로 발견된 정보는 없는지 확인해 봐. 피해자의 깨진 손목시계 분석 결과에 대해서는 내가 과학수사 팀하고 얘기했으니 그건 건너뛰고. 그리고 빈센트 씨는 가해자의 프로파일을 작성해 보는 게 도움이 될 거예요."

"작성해 보는 게 도움이 될 거라고 하셨나요? 한번 시도해 보라고 하신 말씀인 것 같긴 한데, 이전에 말씀드렸던 것처럼 전 전문 프로파일러가 아닙니다. 대신 제게는 사람들을 꽤 정확하게 관찰하는 다른 능력이 있죠."

"그래도 한번 시도라도 해 준다면 감사하겠어요."

율리아는 이 멘탈리스트에게 정말로 일을 시킬 셈인 듯했다. 경찰의 모든 기밀문서에 열람 권한을 주고 말이다. 루벤은 참을 만큼 참았다는 듯 입을 열었다.

"적당히 하자. 이 사람은 엔터테이너야. 광대라고. 우리는 경찰이고. 지금 진짜 이 사람 말을 듣겠다는 건 아니지?"

갑자기 사방이 물을 끼얹은 듯 조용해졌다. 사람들은 침묵하며 루벤을 쳐다봤다. 방 안 공기는 금방이라도 끊어질 듯 날카롭고 팽팽한 긴장감으로 가득 찼다.

"사건이 언론에 공개되기 전까지 남은 시간이 별로 없어. 할 수 있는 건 다 해 봐야지."

율리아가 이를 악물며 답했다.

루벤은 양팔을 뻗어 으쓱하는 제스처를 취했다. 여자들에게 일을 맡기면 이 모양 이 꼴이 되지. 그는 포기하기로 했다.

"그럼 난 과학수사 팀으로 가 볼게."

루벤이 자리에서 일어나며 덧붙였다.

"비품으로 수정 구슬부터 신청해야겠네."

페데르와 크리스테르, 루벤이 회의실을 나가고 선약이 있던 빈센트도 먼저 떠난 후 회의실에는 율리아와 미나, 두 사람만 남았다. 둘은 사진을 붙인 화이트보드 앞에 서 있었다. 사진을 바라보는 것만으로도 불결함이 느껴져, 미나는 책상에서 손 소독제를 가져오지 않은 자신을 탓했다.

"오늘 회의, 괜찮았던 것 같아?"

율리아가 먼저 물었다.

"잘 모르겠어."

미나가 사진을 바라보며 답했다.

"두 팔 벌려 환영하는 분위기는 아니었지."

팔뚝을 문지르며 미나가 답했다. 하루의 이 시간쯤이면 팔뚝에 죽은 각질이 쌓인다. 그걸 없애 줘야 했다.

"빈센트 씨가 프로파일링을 할 수 있을 거 같아? 아까 말하는 걸로 봐서 자신은 없는 것 같던데."

율리아가 묻자 미나는 어깨를 으쓱했다.

"난 빈센트 씨가 우리의 기대를 넘어선 여러 가지 능력을 보여 줄 거라고 생각해. 게다가 지금 당장 우리한테 다른 대안이 있는 것도 아니잖아. 또다시 상류 사회에 드나드는 그리스인을 찾다가 망신을 당할 수는 없어. 나는 빈센트 씨와 계속 일하고 싶고, 그 사람한테 기회를 주고 싶어. 지금 우리는 물에 빠졌고 붙잡을 지푸라기가 필요하잖아. 빈센트 씨가 우리 지푸라기야."

"적어도 미나만큼은 그 사람이 적임자라고 100퍼센트 확신해야 해. 이미 알고 있겠지만, 팀원들이 다 회의적이잖아. 페데르는 아닐지 몰라도 루벤이랑 크리스테르는 우리랑 같은 배에 올라타지 않고 있어. 특히 루벤은 선착장 근처에도 안 왔고."

이어 율리아도 회의실을 떠나자, 홀로 남은 미나는 깊은 한숨을 내쉬었다. 오늘 회의는 완전 실패였다. 어떻게 봐도 그랬다. 율리아가 빈센트에게 프로파일링을 해 보라고 숙제를 줬지만, 그가 작성해 온 프로파일을 팀원들이 귀 기울여 들을 것 같지는 않았다. 오늘 회의에서 그가 보여 준 모습에 문제가 있는 건 아니었다. 오히려 그는 늘 그렇듯 뛰어난 활약을 보였다. 그는 이미 그녀에게 이번 일의 핵심은 집단 역학에 있다고 경고했으니, 그를 탓할 수도 없었다. 팀원들과 잘 섞여 보려 한 그의 노력이 아무 성과를 거두지 못한 게 안타까울 뿐이었다. 루벤과 그의 선입견 앞에서 빈센트가 뭘 할 수 있었겠는가? 그녀는 극장에서 그의 공연을 본 그 순간부터 그와 일하고 싶었지만 보수적인 경찰서 사람들의 생각은 그녀와 다른 것 같았다.

미나는 화이트보드에 붙은 사진들을 응시했다. 하얀 팬티와 러닝셔츠만 입은 채 상자를 관통하는 칼에 꽂혀, 피로 얼룩진 시신이 보였다. 더는 보고 싶지 않았지만 봐야만 했다. 칼날 중 하나는 여자의 눈을 관통해 그녀의 머리 뒤로 나와 있었다. 클래식 일루전. 누가 마술을 재미있다고 했는가. 그런 말을 하는 사람은 모두 사이코인 게 분명하다.

1982년 크비빌레

예인은 바위에 신발을 비벼 신발 밑창에 낀 진흙을 긁어냈다. 신발이 진흙으로 엉망이 되는 건 정말 질색이었다. 진짜 싫었다. 시골로 이사를 오자고 한 건 그녀가 아니었건만, 시골로 이사를 와서 개고생을 하는 건 그녀뿐인 것 같았다.
"예인, 얼른!"
잔디밭 저만치서 남동생이 소리쳤다.
"누나가 와야 케이크를 자르지!"
엄마는 벌써 남동생 옆에 서 있었다. 늘 그렇듯 엄마가 손수 만든 원피스를 입고서 말이다. 언젠가는 엄마도 옷을 직접 만드는 대신 나가서 사 입는 날이 오려나? 그래도 오늘 엄마는 엄마가 만든 옷 중 가장 멋진, 표범 무늬 천으로 만든 원피스를 입고 있었다. 엄마가 어떻게 표범 무늬 천을 살 생각을 했는지는 미스터리였다. 하지만 사실 생각해 보면 엄마는 옷감에 신통하다고 할 만큼 뛰어난 감을 가지고 있었다. 저 표범 무늬 원피스는 집에서 만든 것임에도 엄마를 세련된 여자에 가깝게 만들어 줬다. 맨발만 아니었다면 괜찮았을 텐데…… 생일을 기념해서 오늘 엄마는 머리에 화관도 쓰고 있었다. 예인은 한숨을 내쉬고는 자신을 부르는 남동생의 목소리를 못 들은 체했다.

곧 열여섯 번째 생일을 앞두고 있는 예인은 이 농장에서 인생의 절반을 보냈다. 처음 이곳에 온 건 엄마와 예인이었다. 1974년 여름, 엄마는 스톡홀름에서 잘 다니고 있던 직장을 그만두고 스톡홀름 시내에 있던 아파트에서 방을 빼고, 예인의 정든 친구들이 있던 도시를 떠나 이곳으로 이사를 왔다. 히피였던 엄마는 친구들과 함께 크비빌레 교외의 농장에 공동체를 꾸리고 함께 살 계획이었다. 덧붙여 설명하자면 크비빌레는 스웨덴 할란드주에 위치한 아주 작은 마을로, 마을에 있는 대형 치즈 공장이 아니었다면 아무도 모를 마을이었다. 스웨덴 사람들에게 크비빌레는 치즈 공장이 있는 마을, 그 이상도 그 이하도 아니었다.

심지어 예인이 사는 곳은 크비빌레도 아닌, 크비빌레의 교외였다. 온통 진흙 바닥이라 멋지고 예쁜 옷이나 신발은 입을 수도, 신을 수도 없는.

예인은 다시 한번 그녀의 신발을 살펴봤다. 하얀 밑창은 더 이상 어떻게 구제해 볼 수도 없게 더럽혀져 있었다. 정말 싫었다. 정말.

예인은 집으로 올라가, 한숨을 푹푹 내쉬며 신발을 벗고 장화로 갈아 신었다. 엄마가 여기 살겠다고 결정했다고 해서 나까지 여기 살아야 하는 건 아니지 않나 하는 생각이 절로 들었다. 곧 예인은 엄마와 남동생이 기다리고 있는 잔디밭으로 내려갔다.

"엄마, 우리 언제 이사 가?"

예인은 잔디에 깔아 놓은 담요 위에 앉으며, 언제나처럼 늘 하던 질문을 했다.

"그래, 인사 고맙고."

"에리크 아저씨는 갔잖아. 그런데 우리는 왜 안 가?"

에리크는 엄마의 지인 중 실제로 여기 나타난 유일한 사람이었다. 하지만 그도 고작 6개월을 버텼을 뿐이었다. 엄마가 임신을 하자, 자연을 벗 삼기 위해 이렇게까지 시골에서 살 필요는 없다는 생각이 들었는지 에리크는 그길로 튀었다. 한 번은 포도밭에서 에리크는 은행원인데 몇 달 휴가를 받아 여기 온 거라는 이야기를 들은 적도 있었고, 또 한번은 사실 에리크는 여기저기 떠돌아다니며 스포츠용품 물건을 파는 영업사원이라는 이야기를 들은 적도 있었다. 하지만 그의 진짜 정체는 무엇인지, 어떤 이야기가 진짜인지는 알 수 없었다. 엄마는 이제 에리크가 어디 있는지도 모른다고 했다.

"여기 시골에선 일자리를 찾기가 힘들잖니. 에리크는 그래서 간 거야. 그래도 시골은 생활비라도 싸지. 이 농장에서 사는 한 우리 가족 생활비는 얼마 안 들잖아. 그리고 우리가 이사를 어제 온 것도 아니고, 넌 네 인생의 절반 넘게 여기서 살았는데 어째 아직도 도시로 못 돌아가서 안달이야. 도시는 네 기억 속의 그 모습이 아니야. 넌 우리가 거기 살 때의 기억을 미화시킨 것 같구나. 도시에서 우린 그렇게 행복하지 않았어. 여기가 훨씬 낫지. 어쨌든 그 이야기는 그만하고, 이제 케이크나 먹자. 아, 그 전에 네 동생이 준비한 마술부터 봐야지."

엄마는 피곤해 보였다. 더 이상 물고 늘어져서 좋을 건 없을 것이다. 오늘은 엄마 생일이니, 엄마가 행복하게 내버려 두는 게 더 나았다.

"이건 엄마 생일 선물이야."

마술을 시작하기 전, 동생이 말했다.

동생은 지난 동생의 생일에 예인이 만들어 준 망토를 입고 있었다. 1년 사이에 훌쩍 컸는지 망토는 어느새 작아져 있었다.

"나도 선물."

예인이 작은 꾸러미를 엄마에게 건넸다.

"선물은 카드를 읽은 다음에만 열어 볼 수 있어."

선물 아래로는 여러 개 선이 그려져 있는 종이 한 장이 매달려 있었다. 선 중에는 점선도, 실선도 있었고, 그 선들을 따라 여기저기에 글씨의 일부로 보이는 것들이 흩어져 있었다. 엄마는 종이를 이렇게 저렇게 살펴보았다.

"이걸 어떻게……."

잘 모르겠다는 얼굴로 엄마가 중얼거리자, 예인은 한숨을 내쉬었다. 사람들이 제대로 시도조차 안 해 보고 지레 못 하겠다고 말하는 건 짜증 나는 일이다.

"종이접기라고 생각해 봐."

예인이 힌트를 주었는데도 엄마는 여전히 잘 모르겠단 얼굴로 예인을 쳐다봤다.

"맙소사, 엄마. 종이비행기 접기를 생각해 보라고."

"그러니까 이걸 접어야 한다는 거니? 재미있네!"

엄마가 웃으며 말하더니, 혀끝을 입꼬리 밖으로 내밀며 한껏 집중해서 선을 따라 종이를 접었다. 엄마가 종이를 접는 동안 예인은 담요 아래에 있는 나무 잔가지에 허벅지를 찔려 얼굴을 찡그렸다. 앉은 자세를 바꿔도 봤지만 불편하기는 마찬가지였다. 이곳의 모든 것은 그녀를 짜증 나게 만들기 위해 존재하는 것 같았다.

"다 했어. 그런데 어쩐지 잘못한 것 같네."

엄마가 걱정스러운 말투로 말했다.

엄마의 손에는 형태를 알아볼 수 없는 종이 뭉치가 들려 있었다. 예인과 남동생, 엄마는 깔깔 웃음을 터트렸다.

"엄마, 고양이도 이것보단 잘 접겠어."

동생이 의미심장하게 엄마의 표범 무늬 원피스를 잡아당기며 놀리듯 말했다.

예인의 웃음소리가 더 커졌다.

"누나가 종이비행기 접듯이 접으랬잖아. 점선은 안으로, 실선은 바깥으로 접어야지."

엄마는 접었던 종이를 다시 풀고, 아들이 말해 준 대로 다시 종이를 접기 시작했다. 곧 완벽한 모양의 육각형이 만들어졌다. 엄마는 육각형 모양의 카드 위에 완성된 딸의 메시지를 읽었다.

"크비빌레에서 보내는 마지막 생일을 축하해요!"

엄마가 예인을 흘겨보자, 예인이 태연하게 대꾸했다.

"누구나 희망은 갖고 살 수 있는 거잖아."

"알겠어. 누나. 이제 내 차례야."

그때 동생이 나섰다. 그리고 카드 한 벌을 꺼내더니 꼭 살아 있는 생명체라도 되는 양 현란하게 카드를 눈앞에서 흔들어 보였다.

"오늘을 기억하시라. 7월 8일, 오후 3시! 당신들은 먼 훗날, 손자 손녀한테 오늘 봤던 마술을 이야기해 주게 될 겁니다!"

동생이 연극 톤으로 말했다.

그러자 예인이 웃음을 참지 못하고 눈을 굴리며 말했다.

"손자 손녀가 어떻게 만들어지는 건지 알긴 해?"

동생은 누나의 말을 못 들은 척하고 마술을 계속 진행했다.

"자, 이 카드를 받으세요. 그리고 잘 섞은 다음에 한 장을 골라 주세요. 그리고 카드를 확인하고 혼자만 알고 계세요."

동생은 늘 행복해 보였다. 불행한 자신에 비해 늘 행복해 보이는 동생을 보며, 예인은 세상은 불공평하다고 생각했다. 가끔 동생은 미친놈처럼 굴었지만, 그래도 농장에서 태어나 평생을 살았으니 농장 밖의 세상을 알지 못했다. 그저 헛간에서 나무를 가지고 무언가를 만들 수 있게만 해 주면, 또 마술을 연습할 수 있도록 해 주면 동생은 행복해했다. 동생의 마술 실력은 일취월장했고, 얼마 전부터는 꽤 뛰어난 실력을 보여 주기 시작했다. 예인은 항상 동생의 트릭을 알아챘지만 그건 동생이 못해서 그런 게 아니었다. 예인은 기억도 나지 않을 만큼 까마득한 옛날부터 논리에 강했다. 동생의 마술이 끝나면 예인은 마술의 과정을 되짚어 생각했고, 무슨 일이 일어났던 건지 어렵지 않게 파악할 수 있었다. 물론 동생에게는 항상 깜짝 놀란 척을 해 주었지만.

예인은 건네받은 카드를 잘 섞은 뒤, 그중 하나를 뽑아 확인하고서는 다시 제자리에 넣었다. 그녀가 뽑은 카드는 클럽 8이었다. 그 카드는 뒤집혀 있는 카드 중 열한 번째 혹은 열두 번째 자리에 놓여 있었다. 그걸 알아챈 예인이 동생을 놀리듯 물었다.

"이 카드 위치도 기억해야 하는 거야?"

동생은 아무 대답 없이 어두운 표정으로 예인을 쳐다봤다. 동생은 마술이라면 언제나 아주 진지했다.

"엄마. 이제 엄마 차례입니다."

동생은 예인에게서 카드를 받아다가 엄마에게 건넸다.

"섞은 다음에 다시 한 장 뽑아 주세요. 아무거나 뽑으시면 됩니다."

엄마는 온 신경을 집중해서 카드를 섞은 뒤 한 장을 뽑았다.

"아무 카드나 선택할 수 있었던 거 확실하죠?"

동생이 진지한 목소리로 물었다.

"네."

엄마도 진지한 표정으로 답했다.

한쪽 눈썹을 치켜올린 예인도 진지한 표정을 지으려 노력했지만, 결국 웃음이 터져 나오고야 말았다.

그때 동생이 그녀를 향해 돌아서며 말했다.

"그럼 아가씨, 이제 어떤 카드를 봤는지 얘기해 주시겠어요?"

"좋아요. 제가 본 건 클럽 8이었어요. 마술사님은 모르시겠지만."

"그럼 여기 여사님, 지금 손에 들고 있는 카드는 무슨 카드죠?"

동생이 엄마에게 손에 든 카드를 보여 달라는 제스처를 취했다. 엄마가 곧 카드를 뒤집어 보여 주었다. 놀랍게도 클럽 8이었다.

"아, 쌍!"

"예인!"

예인이 깜짝 놀라 저도 모르게 욕을 하고 웃음을 터뜨렸다.

엄마는 예인을 나무랐다.

　이번에 동생은 예인을 감쪽같이 속이는 데 성공했다. 조금 이상했지만 기분은 정말 좋았다. 곰곰이 따져 보면 동생의 트릭을 알아낼 수 있겠지만, 그러고 싶지 않았다. 적어도 오늘은. 마술 공연을 성공적으로 마친 동생이 허리를 굽혀 인사하자, 예인과 엄마는 늘 그렇듯 열정적인 박수로 화답했다.

　모든 것이 있어야 할 제자리에 있는 평범한 일상이었다.

　하지만 예인은 이 평범한 일상이 머지않아 사라질 거란 것을 알고 있었다. 올 여름, 그녀의 인생은 송두리째 바뀔 것이다. 이제 예인은 엄마에게 방학이 끝나자마자 이곳을 떠날 것이라고, 그녀는 새로운 곳에서 새로운 인생을 살 것이라고 말해야 했다. 곧, 엄마에게 말할 것이다. 곧.

*

　빈센트는 허리를 굽혀 오른발의 신발 끈을 고쳐 맸다. 신발 끈의 오른쪽 리본 고리가 왼쪽보다 조금 크게 묶여 있었다. 평소에는 거의 없는 일이었다. 하지만 바람과는 달리 머릿속 생각들이 자꾸 어지럽게 흩어져 집중을 할 수 없었다. 그는 자리에서 일어나 옷걸이에서 코트를 내렸다.

　"그래서 진짜 나 혼자 거길 가라고?"

그의 등 뒤, 주방에서 마리아가 물었다.

마리아 앞에는 조사방법론 책이 펼쳐져 있었다. 그녀는 요즘 사회 복지사 자격증을 따기 위해 공부를 하고 있었다. 하지만 사회 복지사가 되기 위해 어떤 공부를 어떻게 해야 하는지 제대로 알고 있는 것 같진 않았다. 이론적으로 더 어려운 과정을 공부해야 할 때마다, 그녀는 "빌어먹을, 사람들에 대해서 배우는 건 줄 알았는데 이게 뭐야" 하고 끊임없이 투덜댔다. 하지만 지금 그녀가 괴로운 이유는 공부가 아니었다. 빈센트의 가슴이 답답해져 왔다.

"우리 아빠 칠순인 거 오래전부터 알고 있었잖아. '마스터 멘탈리스트'치고 너무 계획성 없는 거 아니야? 에이전시의 움베르토한테 당장 전화해서 공연 취소해 달라고 해. 아직 한 달이나 더 남았으니까 별문제 없이 취소할 수 있을 거야."

마리아의 말에 빈센트는 돌아서서 식탁에 앉은 아내를 쳐다봤다. 마리아는 손가락 마디가 하얗게 드러날 정도로 머그잔을 꽉 쥐고 있었다. 문을 나서기 직전이었는데, 이렇게 발목을 잡히다니. 신발을 다시 벗고 싶지는 않았다. 무엇보다 신발 끈을 완벽한 대칭으로 다시 묶을 자신이 없었다. 빈센트는 아내의 머그잔에 쓰인 문장을 응시했다. '글리터 푸씨*'. 하

---

* Glitter Pussy, 반짝이는 여자 성기라는 뜻

지만 지금 천둥 번개를 동반한 짙은 먹구름에 감싸인 그녀는 전혀 반짝여 보이지 않는다. 이건 폭풍 전야다.

"공연 스케줄을 정하는 건 내가 아니라는 거, 당신도 잘 알잖아."

그가 솔직하게 이야기하면 마리아가 그 설명을 군말 없이 받아들이는 날이 있다. 빈센트는 오늘이 제발 그런 날이길, 그래서 요란한 천둥 번개를 무사히 피해 갈 수 있길 바라며 말했다.

하지만 이미 힘주어 쥐고 있던 머그잔을 더 꽉 움켜쥐는 마리아를 보며, 그는 그런 바람을 조용히 접어야 했다.

"그러니까 지금 당신 말은……."

마리아는 더 극적인 효과를 위해 잠시 말을 멈추었다. 그녀의 바람대로 분위기는 더 차갑게 얼어붙었다.

"지금으로부터 4개월 전 당신 에이전시가 공연을 계획하기 시작했을 때, 당신이 직접 에이전시에 장인의 칠순 날에는 공연을 할 수 없다고 얘기했대도 아무도 처듣지 않았을 거다, 이건가? 아, 참고로 당신은 우리 아빠 칠순 날짜를 6개월 전부터 알고 있었지!"

빈센트는 당장이라도 어깨로 문을 밀고 밖으로 뛰쳐나가는 상상을 하며 생각에 잠겼다. 생각해 보면 재미난 일이었다. 제아무리 청산유수로 말하는 사람과 붙어도 논쟁에서는

지는 법이 없는 그였는데, 마리아와 싸울 때면, 솔직히 말해 그에게는 단순하기 짝이 없는 그녀의 분석력이 항상 그를 코너로 몰았다. 그가 사용하는 트릭들은 마리아에게는 전혀 통하지 않았다. 생각해 보면 그의 트릭들은 울리카에게도 통하지 않았었다. 유전적인 요인이라도 있는 것일까. 그리고 지금 와서 공연 스케줄을 바꿀 수는 없다고 하더라도, 장인의 칠순에 공연을 잡지 않도록 사전에 조율할 수 있지 않았냐는 마리아의 말은 사실이기도 했다.

"입이 있으면 무슨 말이라도 해 보시지?"

마리아를 둘러싼 먹구름에서 번개가 내리치기 시작했다. 그는 그가 너무 오래 생각에 빠져 있었음을 깨달았다.

"말했어야 하는데 깜빡했어. 그런데 어떻게 해. 실수는 실수고, 지금 와선 어쩔 수 없잖아."

그는 마지막 문장을 너무 아무렇지도 않은 표정으로 말한 것을 깨달았다. 아뿔싸, 이건 돌이킬 수 없는 실수다. 그는 한숨을 내쉰 후 허리를 숙여 완벽하게 맸던 신발 끈을 풀고 신발을 벗었다.

"지금 와선 어쩔 수가 없어?"

마리아가 그의 말을 따라 했다.

"지금 와선 어쩔 수가 없다고? 그게 지금 할 말이야? 사람이 어쩜 그렇게 무심할 수가 있어?"

마리아의 목소리가 찢어질 듯 높아졌다. 빈센트는 그녀가 곧 울음을 터트릴 것임을 알아챘다. 그는 번개가 내리치는 쪽이 더 낫다고 생각했다. 그녀의 눈물은 늘 그를 꼼짝 못하게 만들었으니까. 결국 그는 주방으로 걸어가 그녀의 맞은편에 앉았다. 목제 식탁의 작은 소용돌이 패턴이 눈에 들어왔다. 사람의 지문을 연상케 하는 무늬였다. 그는 가운뎃손가락으로 뱅글뱅글 그 패턴을 따라 손가락 그림을 그렸다.

빈센트는 반짝이는 결혼반지를 끼고 있는 마리아의 손을 보며, 마리아의 손을 잡을까 말까 고민했다. 하지만 그가 그녀의 손 위에 그의 손을 올리려는 찰나, 그녀가 식탁 위에 놓여 있던 손을 빼서 자신의 무릎 위로 옮겼다. 그는 애써 그녀의 시선을 피했다. 눈물이 그렁그렁 차오른 눈과 떨리는 아랫입술을 보고 싶지 않았다.

"일부러 그런 건 아니야."

그는 계속해서 시선을 식탁에 고정한 채 말을 이었다.

"미리 이야기를 안 한 건 내 잘못 맞아. 인정할게. 그런데 그게 얼마나 큰 잘못이었던 간에 지금 와서 달라질 수 있는 건 없어. 물론, 지난 가을에 장인어른 칠순 날짜를 내 일정표에 표시했어야 했지. 그런데 내 실수로 그러질 못했어. 알아. 지금 상황이 말도 안 되는 거. 그래도 어쩌겠어. 어쨌든 일이 이렇게 되었으니, 지금 상황에 맞춰서 생각을 해야지."

마리아는 울음을 터트렸다. 그리고 머그잔을 들어 녹차를 크게 한 모금 삼키고서는 얼굴을 찡그렸다. 빈센트는 마리아가 녹차를 좋아하지도 않으면서 하루에 몇 리터씩 그걸 마셔대는 이유를 이해할 수 없었다. 하지만 녹차와 녹차가 가지고 있다는 건강상의 효능은 마리아가 가진 수많은 믿음 중 하나였다. 한동안은 그와 아이들에게도 마시라고 강요했는데, 그도 아이들도 펄쩍 뛰며 강력하게 저항했더니 며칠 못 가 포기하고 말았다.

빈센트는 식탁 의자에서 일어나 싱크대 위의 수납장 문을 열고 머그컵 하나를 꺼냈다. 마리아의 '글리터 푸씨' 머그와 세트로 산 머그였다. 그의 머그 위에는 '페스티브 파터*'라는 문구가 쓰여 있었다. 그는 저도 모르게 고개를 절레절레 저었다. 'F'로 시작하는 두운도 재미있었고, 단어의 자음들이 혀에서 미끄러지듯 술술 발음되는 것도 흥미로웠지만 삐뚤빼뚤한 글자의 레이아웃이 심히 눈에 거슬렸다. 줄 맞춰 단정하게 글씨를 쓰는 게 뭐 그리 어려운 일이라고.

그의 10대 자녀들은 마리아의 유머 센스에 경악하며 몸서리를 쳤지만, 결국 아이들의 반대 의견은 인간의 신체 기능은 지극히 정상적인 것이며, 모든 사람은 자신의 몸을 더 편하게

---

* Festive Farter, 신난 방귀쟁이라는 뜻

받아들여야 한다는 그녀의 일장 연설로 이어졌다. 정작 마리아가 자신의 몸에 얼마나 불편함을 느끼는지를 생각하면 아이러니한 설교였다. 요즘 그녀는 그와 섹스를 할 때면 조명이란 조명은 다 끄고, 커튼을 완전히 내리고, 대화를 일절 허용하지 않았다. 옛날에도 이랬던 건 아니었다. 빈센트는 그녀가 이렇게 변한 이유는 섹스의 상대가 자신이기 때문일 거라 생각했다.

원칙적으로는 빈센트도 가족끼리 모든 주제에 관해 열린 태도로 솔직한 의견을 주고받는 건 바람직하다고 생각했다. 그렇다고 마리아에게 완벽한 언행일치를 바라는 것도 아니었다. 하지만 그녀가 그녀의 말과는 다르게 살고 있으면서 아닌 척하는 건 짜증이 났다. 정작 자기 몸에 거부감을 느끼는 사람은 마리아인데, 아이들한테는 사람은 자기 몸에 편안함을 느껴야 한다고 연설을 늘어놓다니. 과거의 그녀는 이렇지 않았다. 그의 머릿속에 식탁 위, 땀에 흠뻑 젖어 그의 밑에 깔려 있던 마리아의 모습이 스치고 지나갔다. 그가 지금 손가락으로 더듬고 있는 식탁에서 일어난 일이었다.

이어 그의 생각은 미나에게로 옮겨 갔다. 마술 상자에서는 지문이 발견되었을까. 궁금했다. 아마도 아닐 것이다. 다음번에 미나를 만나면 지문 채취는 어떻게 하는 건지 물어봐야겠다.

"그럼 어떻게 하자는 건데? 파티 말이야."

그때 마리아가 다시 입을 열었다.

그는 일어나 머그잔에 커피를 따르고 다시 식탁에 앉았다. 그리고 계속 대화를 이어 나가기 전, 마리아의 몸속에서 솟구쳤던 아드레날린이 조금은 가라앉았길 바라며 마리아의 얼굴을 유심히 살펴봤다. 하지만 그의 바람과는 달리 마리아의 얼굴은 여전히 분노로 벌겋게 달아올라 있었고, 속눈썹에는 눈물이 맺혀 있었다.

"움베르토가 뭘 어떻게 해 줄 수는 없을 거야. 벌써 700명 가까이 되는 사람들이 그날 공연 티켓을 샀는데, 공연 날짜를 변경하거나 취소할 수는 없어. 파티에 당신이 갈지 말지는 전적으로 당신이 결정할 문제야."

그가 커피를 한 모금 마셨다. 너무 오래 내렸는지 썼다.

"내가 파티에 갈지 말지?"

마리아는 녹차를 한 모금 삼키더니 말을 이었다.

"지금 그게 무슨 소리야? 우리 아빠 칠순 파티에 내가 안 갈 수도 있다는 말이야? 대체 왜?"

마리아의 목소리가 갈라졌다. 그는 뭐라 대답해야 할지 몰라 침묵했다. 결국은 또 그 이야기인가. 둘의 싸움은 항상 같은 결론으로 치달았다.

논리는 명확했다. 그는 파티에 갈 수 없고, 마리아는 아이들을 데리고 파티에 참석해야 할 것이다. 설마 아이들 없이 가서 혼자만의 시간을 가질 셈일까? 아스톤이 제 할아버지를 얼마나 끔찍이 생각하는데 그럴 리가. 어쩌면 파티에 가지 않고 집에 있으려 하는 걸까?

어쨌든 그는 마리아에게 자신의 마음을 간파당한 것을 알았다.

"내가 가면 분위기가 어떻게 되는지 당신도 잘 알잖아."

마리아가 말을 꺼내기 전에 빈센트가 먼저 선수를 쳤다.

그는 식탁 밑으로 발가락을 꼼지락거렸다. 이 이야기만 나오면 늘 초조하고 불안해졌다. 그녀의 가족 모두가 아직도 그 일을 떨치지 못하고 계속 곱씹고 있는 건 그들 일이니 문제 삼지 않기로 했지만, 가족 식사 때마다 그 이야기를 꺼내는 건 참을 수 없었다.

"우리 부부 사이에 문제가 있다고 생각하게 만들고 싶지 않아."

이윽고 마리아가 입을 열었다.

이 싸움의 뿌리가 드러나는 순간이었다. 마리아는 겉으로 드러나는 모습이 중요한 사람이었다. 특히 그녀의 가족 앞에서는 더욱 그랬다. 그가 전처를 버리고 전처보다 8살 어린 전처의 여동생, 마리아에게 갔을 때 처가는 발칵 뒤집어졌었다. 가족들이 상황을 잘 받아들이지 못한 것은 충분히 이해할 수 있는 일이었지만, 그렇다고 영원히 그래도 된다는 뜻은 아니었다. 그 일이 일어난 후 벌써 10년의 세월이 흘렀다. 가족들도 진정하고 상황을 받아들일 충분한 시간을 가졌다는 뜻이다. 10년이 흘렀는데도 가족들이 아직도 그 일에 대해 이러쿵저러쿵하는 건 별로 이성적이지 않았다. 애초에 가족들이 당사자인 일도 아니었다. 가족들의 태도는 비논리적이고 불합리했고, 빈센트는 그들을 이해할 수 없었다. 그런 이유로 그는 그의 에이전시에 장인의 칠순 날짜에 대해 아무 말도 하지 않았다. 때로는 비논리적이고 불합리한 상황을 피하는 게 가장 논리적인 선택이니까 말이다.

"우리한테 문제가 있다고 하면 언니가 얼마나 좋아하겠어? 지난 세월 내내 우리가 헤어지길, 당신이 날 떠나길 목 빠지게 바라 왔는데 말이야. 다른 여자 때문에 날 떠나면 더 좋아하겠지. 언니는 당신이 언니한테 돌아오길 바랄지도 몰라. 언니가 나한테 무슨 말까지 했는지 알아?"

이미 수백 번 되풀이했던 이야기다. 과거를 곱씹는 이야기.

"그게 뭐?"

빈센트가 그녀의 말을 끊었다.

"울리카가 당신을 이렇게 휘두를 수 있는 건, 당신이 그럴 힘을 울리카한테 줬기 때문이야."

"그럼 당신은 언니한테 전혀 휘둘리지 않는다는 말이야? 당신, 한 달에도 몇 번씩 언니랑 연락하잖아."

"마리아, 당신 언니랑 나 사이에는 애들이 있어. 내가 같이 사는 건 당신이지만."

"당신과 나 사이에도 아이가 있어."

"그래, 아스톤이 저한테 엄마 말고 아빠도 있는 걸 알고는 있는지 가끔은 헷갈리지만 말이야. 아스톤한테는 오로지 엄마뿐이야. 아마 할 수만 있다면 당신하고 결혼하겠다고 할걸."

마리아의 입가에 아주 옅은 미소가 스쳤다가 사라지고, 씁쓸한 표정이 떠올랐다. 그녀가 다시 입을 열었지만 들을 기분이 아니었던 빈센트는 그의 앞에 놓인 머그잔을 뚫어져라 쳐다봤다.

'Festive Farter', 모두 열세 글자, 여덟 개의 자음과 다섯 개의 모음, 1 3 8 5. 그는 식탁 아래로 휴대폰을 꺼내 위키피디아에서 1385를 찾아봤다. 1385년, 노르웨이의 올로프 왕은 자신을 스웨덴의 왕으로 선언했다. 올로프는 빈센트의 아들 베냐민의 가운데 이름이기도 했다. '그 자신 - 머그잔 - Festive Farter - 1385 - 올로프 왕 - 베냐민 - 그 자신'으로 완성된 닫힌 구조의 순환 논법이 만들어졌다. 빈센트는 뒤늦게 마리아가 베냐민에 대한 이야기를 하고 있다는 것을 알아차렸다.

"당신 애들한테 파티에서 날 이모라고 부르면 절대 안 된다고 얘기 좀 단단히 해 둬. 걔들이 날 그렇게 부를 때마다 울리카가 얼마나 좋아하는데."

어느새 마리아의 눈가에 눈물은 말라 있었다. 그는 그녀의 표정을 보며, 그녀가 이제 속상한 단계를 넘어 분노하고 있음을 눈치챘다. 그로서는 속상한 그녀보다 분노한 그녀가 여러모로 다루기 더 쉬웠다.

"꼭 일러둘게."

빈센트가 답했다.

그러고는 휴대폰을 주머니에 넣고 자리에서 일어났다.

그런데 그 순간 마리아가 다시 입을 뗐다.

"나한테서 멀어지는 이야기가 나와서 말인데, 그 경찰에 대해선 나한테 언제쯤 말할 생각이야?"

그는 다시 자리에 앉았다. 그가 경계를 낮출 때까지 마리아는 일부러 기다린 것 같았다.

"그게 무슨 말이야?"

그가 물었다.

"리발 호텔에서 그 여자 만났잖아. 나 다 알아."

"그래. 회의가 있었다고 했잖아."

"내 말 끊지 마!"

마리아가 소리를 질렀다.

새로운 이야깃거리에 마리아는 화가 가라앉기는커녕 더 흥분한 것 같았다.

"당신, 몸은 여기 있지만 정신은 딴 데 가 있잖아. 빈센트, 말해 봐. 지금 무슨 생각 하는데? 다음에는 어디서 그 여자랑

잘까? 지난번에는 정말 좋았지, 그런 생각 하니? 아니면 지난번 리발 호텔 소파에서 개랑 뒤치기할 때 보니까 소파 높이가 마땅치 않디? 당신이 그 여잘 내 집에 끌고 오지 않는 걸 고마워라도 해야 하는 거야?"

그는 끓어오르는 화를 진정시키려 손으로 얼굴을 감쌌다. 처음 몇 번 마리아의 질투가 폭발했을 때, 그는 극도로 분노했다. 처음부터 질투가 문제가 되었던 건 아니었다. 하지만 둘의 관계가 악화되는 과정에서 질투는 둘 사이에서 점차 그 몸집을 불려 왔다. 그는 마리아의 질투에 대해 자신의 반응을 통제하는 법을 배우고 또 익혔다. 하지만 그래도 마리아가 이렇게 질투를 할 때면 그의 안 깊숙한 곳에서 강력한 반응이 먼저 일어나는 건 어쩔 수 없었다. 네가 날 배신했다는 비난은 그의 깊숙한 곳에 있는 원초적인 무언가를 건드렸다. 그녀의 질투가 그에 대한 것이 아니라 다른 모든 것과 마찬가지로 그녀 자신에 대한 것임을 알고 있었지만, 그래도 어쩔 수 없었다.

"여보."

그가 그의 혈관을 타고 흐르는 아드레날린을 다스리기 위해 호흡을 조절하며 입을 열었다.

"당신이 그런 생각을 하고 있는 거라면, 지금 당신이 스물다섯 살짜리들과 공부하는 건 차라리 잘된 일이겠네. 당신도 하나 골라서 자면 되잖아. 그런데 나는 아니야. 마지막으로 미나 씨를 만난 건 경찰서에서였어. 나는 미나 씨를 돕고 있어. 아니, 정확히 말해 경찰의 사건 수사를 돕고 있어. 그런데 당신이 매번 이렇게 나온다면 이 일 나도 더는 못 해. 말해 봐. 내가 경찰에 뭐라고 말했으면 좋겠어?"

그를 쳐다보던 마리아가 다시 흐느껴 울기 시작했다.

"나한테 그 팀하고 연락할 수 있는 전화번호를 줘."

"빌어먹을. 알겠어. 전화번호를 달라 이거지. 좋아. 그런데 지금은 나 진짜 가 봐야 돼. 파티를 못 가게 된 건 미안하고, 이 빚은 다음에 어떻게든 갚을게."

그는 자리에서 벌떡 일어나 어색하게 마리아의 뺨을 가볍게 두드렸다. 이번에는 그녀도 그를 붙잡지 않았다. 빈센트는 복도로 저벅저벅 걸어가 신발을 신고 다시 신발 끈을 묶었다. 역시나 신발 끈은 아까처럼 완벽하게 묶이지 않았다. 하지만 이대로 나가야 했다. 그는 문을 열고 잔디를 덮은 눈 위를 저벅저벅 걸어 길가로 올라온 다음, 그 자리에 멈춰 서서 신발 끈을 풀고 다시 묶었다. 뭐라도 제대로 된 게 하나쯤은 있어야 하지 않겠는가.

*

미나는 택시를 타고 솔나에 위치한 국립법의학연구소로

향했다. 경찰서에서 출발한 건 아니고, 개인적인 모임에 갔다가 거기서 직접 출발한 참이었다. 그녀가 일주일에 한 번 혹은 필요할 때마다 AA, 즉 알코올 중독 방지 모임에 간다는 걸 동료들은 아무도 몰랐다. 사실 동료들이 알 필요는 없는 일이었다. 특히 그녀는 알코올 중독자가 아니란 점을 고려하면 더 그랬다. 그녀는 알코올 중독이 아닌 다른 문제 때문에 모임에 참석했다. 꽤 오랜 기간 동안 그녀는 그 문제에 시달려 왔다. 그 문제로 많은 대가를 지불해야 했고, 아직도 매일매일 그녀의 실수로 인한 대가를 치르고 있었다. 하지만 그건 그녀의 개인적인 문제일 뿐, 동료들이 알아야 할 이야기는 아니었다.

모임 장소는 쿵스홀멘의 경찰서에서 고작 수백 미터 떨어진 곳에 위치해 있었다. 다른 모임이 아닌 알코올 중독 방지 모임에 참석하기로 한 것은 거리가 가까운 이유도 있었다. 어차피 모두 같은 개념을 공유한 모임들이었다. 그녀로서는 근처의 알코올 중독 방지 모임에 가는 것만으로도 원하는 것을 취할 수 있으니, 굳이 불편함을 감수해 멀리서 열리는 다른 모임에 참석할 이유를 찾을 수 없었다. 게다가 모임에 가는 길에 동료를 마주치기라도 하면, 지금 출근하는 중이라고 둘러대기도 쉬웠다.

택시에서 내린 그녀는 추위를 물리치려 코트를 더 꽁꽁 여몄다. 어찌 되었든, 이런 그녀의 사생활에 대해 동료들이 알아야 할 이유는 없었다. 그녀는 같이 일한다는 이유만으로 동료들이 그들의 사생활 이야기를 해 올 때면 어떻게 반응해야 할지 몰라 당황했다. 그녀의 동료들도 몇 번의 시도 끝에 그녀에겐 일 말고 다른 질문은 하지 않는 것이 좋다는 걸 깨달았다.

미나는 출입 허가를 받은 뒤 과학수사 연구실로 들어섰다. 그리고 절차에 따라 전신 방호복을 입고 마스크를 쓴 뒤, 기대에 찬 표정으로 부검실 앞에 멈춰 서서 노크를 했다. 곧 부검실 안에서 들어오라는 목소리가 흘러나왔다.

검시관 밀다 요르트는 부검에 완전히 집중한 상태라 그녀 쪽으로 걸어오는 미나에게는 눈길도 주지 않았다. 미나는 밀다 곁에 다가가 서서, 깨끗이 소독한 작업대 위의 시신과 그 옆에 놓인 상자를 홀린 듯 쳐다봤다.

깨끗하게 소독된 작업대와는 달리 상자는 지저분하기 짝이 없었다. 창백한 색깔의 나무 위로는 피 얼룩과 머리카락 뭉치, 뇌의 파편들, 그리고 기타 장기들의 흔적이 고스란히 남아 있었다. 밀다가 시신을 부검하는 동안, 과학수사 전문가로 보이는 50대 남자는 온 신경을 집중해 상자를 조사하고 무언가를 기록했다. 사실 경찰은 이 상자를 법의학연구소가 아니라 린셰핑에 위치한 국과수, 즉 국립과학수사원으로 바로 보냈어야 했다. 하지만 증거를 훼손하지 않고 상자 안의 시신을 상자 밖으로 빼내는 게 불가능했기 때문에 우선 여기로 보내졌고, 여기서 1차 조사를 한 뒤에 국과수로 상자를 보내기로 했다. 미나의 생각을 읽기라도 한 듯, 남자는 고개를 끄덕이더니 상자에서 한 발자국 물러나 말했다.

"제가 해야 할 일은 다 끝났어요. 이제 상자를 린셰핑으로 보내도록 배송을 준비할게요."

"고마워요."

시신에서 눈을 떼지 않은 채 밀다가 답했다.

남자가 방을 떠나자 부검실에는 밀다와 그녀의 조수, 로케만 남았다. 로케는 미나가 부검에 참관한 지난 수년 동안 그녀와 말 한마디 나눈 적이 없을 정도로 내성적인 젊은 남자였다.

그때 밀다가 먼저 입을 열었다.

"완전 엉망진창이에요. 시신이 상자 안에 쪼그려 있던 자세로 경직된 상태라, 상자에서 꺼내는 것도 힘들었고요. 신원 파악은 됐나요?"

"아뇨. 계속 수사 중이에요. 최악의 경우 언론에 공개해야 할 거예요. 하아, 그럼 한바탕 난리가 일어날 텐데, 그건 최대한 미루고 싶네요."

"무슨 말인지 알아요."

밀다가 상자로 눈길을 돌리며 답했다. 미나도 천천히 상자 근처로 걸어가 모든 각도에서 상자를 들여다봤다.

"예전에도 이런 걸 보신 적이 있나요?"

"이 일을 하면서 볼 꼴 못 볼 꼴을 다 봤지만 이런 건 처음이에요. 아까는 루벤도 다녀갔어요."

"이 상자에 대해 과학수사 팀은 뭐라고 하던가요?"

"별말 없었어요. 합판에 못을 박고 접착제를 발라서 정육면체 모양을 만든 거래요. 구조적으로 좀 이상한 디테일이 있어서 아마도 원래는 다른 모양으로 만들어졌을 거라던데, 그건 과학수사 팀에 직접 물어보세요. 난 이해가 잘 안 되더라고요. 상자에 난 작은 구멍들은 칼의 두께와 폭에 꼭 맞는 크기라고 하고요. 아, 칼은 저기에 있어요."

밀다가 저만치 있는 다른 테이블을 향해 턱짓하며 말했다. 테이블 위로는 투명 플라스틱 상자들이 줄지어 놓여 있었고, 그 안에는 상자에 꽂혔던 칼들이 들어 있었다. 미나는 테이블로 다가가 으스스한 기분을 느끼며 여러 자루의 칼을 바라봤다. 칼은 100퍼센트 금속 재료로 만들어져 있었고, 긴 칼날과 칼날로 손이 미끄러지지 않게 방지해 줄 보호 장치가 달린 손잡이 등 디자인도 똑같았다. 하나같이 피로 얼룩져 있었고, 피해자 몸에서 나왔을 무언가가 잔뜩 묻은 채였다. 미나는 휴대폰을 꺼내 사진을 찍기 시작했다. 플라스틱 상자 속 칼 전체를 담은 사진도 찍고, 칼 하나하나의 작은 디테일들을 최대한 많이 담으려 노력했다. 그런 다음 시신 옆으로 돌아와선 다양한 각도에서 시신 사진을 찍었다.

"이 칼로 사람 몸을 꿰뚫으려면 많이 힘들까요?"

밀다가 고개를 끄덕이며 답했다.

"그렇죠. 일단 칼날이 날카로워야 하고요. 그런데 이 칼로 피해자 몸을 뚫은 다음에 정확히 상자의 맞은편에 난 구멍으로 칼을 빼내려면 힘도 필요하지만 정밀해야 했을 거예요."

"뭐 특별한 점은 없었나요? 눈에 확연히 보이는 것들 말고, 상자나 칼에 유용할 만한 정보는요?"

"전 시신을 부검하는 사람이에요. 상자나 칼에 대한 정보는 제가 아니라 과학수사 팀에 물어봐야 할 거예요. 우선 국과수에 상자를 보내 검사한 다음, 그쪽 팀에 물어보시죠. 조심해서 볼 수 있으면 상자를 수거해 가기 전에 여기서 직접 살펴봐도 되고요."

미나는 고개를 끄덕이며 부검실 안을 둘러봤다. 모든 것이 살균되고 소독된 이곳의 청결함에 몸이 떨릴 만큼 흥분이 되었다. 더러운 상자를 제외하면 이곳엔 그 어떤 잡동사니도, 먼지도, 박테리아도 없었다. 그녀의 콧속에 머무르는 강력한 살균 소독제 냄새에 기분이 다 좋아졌다. 그녀더러 이곳에 살라고 한다면, 꽤 행복하게 살 수 있을 것 같았다. 언제나 그녀의 가슴을 무겁게 짓누르는 불안이 사라지고, 그녀의 몸 전체에 따뜻한 편안함이 퍼져 나갔다. 보통 사람들은 바로 이런 기분으로 더러운 세상 속을 걸어 다니는 것일까?

미나는 휴대폰으로 찍은 칼 사진을 화면에 띄우고 자세히 들여다봤다. 플라스틱 실린더에 담겨 있는 실제 칼을 직접 보는 것보다는 이렇게 사진으로 보는 게 더 편했다. 곧 그녀는 한 가지 특이점을 발견하고 사진을 확대했다.

"이건 뭐죠?"

미나가 물었다.

"네?"

"이 자국들이요. 칼자루에 뭔가가 있는데요. 손잡이 부분에요."

밀다는 칼이 담긴 플라스틱 상자 옆으로 가서 칼자루를 자세히 들여다보았다.

미나는 부검 테이블 위의 시신을 무시하려 했지만, 곁눈으로 로케가 그가 맡은 일을 계속하는 것이 보였다.

"그렇네요. 뭔가가 붙어 있다가 떨어진 자국 같네요. 그게 뭔지는 모르겠지만요."

"뭐 짐작 가는 것도 없나요?"

"없어요. 말한 것처럼 나는 시신을 부검하는 사람이에요. 증거물을 분석하는 사람이 아니라요. 상자에 대한 정보는 국과수에서 보고서가 나올 때까지 기다려야 할 거예요."

미나는 상자 사진을 몇 장 더 찍었다.

"유의미한 단서가 발견되면 연락 주시겠어요?"

"물론이죠."

"이 상자를 국과수로 보내기 전까지 시간이 얼마나 더 남아 있죠?"

"아마 몇 시간쯤요. 상자를 국과수로 운송할 사람을 찾아야 하거든요."

밀다의 답에 미나는 고개를 끄덕였다.

미나는 밀다를 신뢰했다. 그리고 인정하고 싶지는 않지만 상자에 대한 정보 수집 임무를 맡은 루벤도 자기 일은 똑 부러지게 하는 사람이었다. 한 번 본 것은 전부 머릿속에 사진으로 찍어 저장하는 비상한 기억력을 가지고 있어, 팀에 아주 중요한 인재이기도 했다. 그가 이 팀으로 발령이 난 것은 미투 운동에 휘말렸기 때문이지 결코 무능해서가 아니었다. 하지만 이 사건에 관한 한, 루벤과 밀다에게는 결정적인 기준이 부족했다. 그들에게 상자와 칼은 단순한 살해 도구에 불과하니까. 그런 그들에게 빈센트는 이 상자와 칼이 마술과 어떤 연관을 갖는지 말해 줄 수 있을 것이다. 문제가 있다면 그녀를 제외한 나머지 팀원들이 빈센트를 신뢰하지 않는다는 것이었다. 심지어 지난 회의 때는 빈센트가 있었는데도 아무도 그에게 질문하지 않았다. 하지만 그녀는 달랐다. 지금 이 시점에서 루벤이 어떤 정보를 알아 오든, 미나는 빈센트를 더 신뢰할 것이다. 루벤이야 그가 하고 싶은 말만 할 게 분명했다. 갑자기 이 상자가 국과수로 보내지기 전에 빈센트와 함께 상자를 봐야 한다는 생각이 들었다.

미나는 심호흡을 하고 문손잡이를 돌려 천천히 문을 열었다. 모든 것이 살균 소독된 이 쾌적한 공간을 떠나 더러운 바깥으로 나가고 싶지 않았지만, 그녀는 자신에게 선택의 여지가 없다는 것을 잘 알고 있었다. 그녀에게 이 일은 피할 수 없는, 결국은 밟아야 할 똥과 같았다.

*

택시 미터기가 437크로나에서 멈췄다.

"죄송한데요."

빈센트가 택시 기사의 운전석 쪽으로 몸을 쭉 빼면서 말했다.

"앞으로 몇 미터만 더 가 주실 수 있을까요?"

"여기가 입구 바로 앞인데요."

택시 기사가 조금 퉁명스레 답했다.

"네, 알고 있습니다. 그래도 앞으로 몇 미터만 좀 더 가 주셨으면 좋겠어요."

택시의 앞 유리에 붙어 있는 기사 등록증에 따르면 이름이 유수프인 운전기사는 고개를 절레절레 젓더니 빈센트가 부탁한 대로 다시 몇 미터 이동했다. 미터기가 444크로나로 올라가자, 빈센트는 차를 멈춰 달라고 말했다. 유수프는 어깨를 으쓱하더니 고개를 저으며 차를 세웠다.

"손님이 하자는 대로 해 드려야죠. 이제 좀 낫습니까?"

"네, 딱 좋습니다. 감사합니다."

빈센트는 대답한 뒤 요금을 지불했다.

그리고 택시에서 내려서는 택시 바퀴가 잠겨 있는 진흙 웅덩이를 훌쩍 뛰어넘었다.

과학수사 연구실 건물의 정문 안쪽 유리를 통해 미나가 보였다. 빈센트는 미나를 향해 걸어갔다. 그리고 미나는 그를 만나자마자 악수 대신 고개를 끄덕여 인사를 건네 왔다. 아마도 물티슈가 없어 손을 잡기는 꺼려지는 모양이었다.

"이렇게 빨리 와 주셔서 감사해요."

그녀가 먼저 입을 열었다.

"별말씀을요."

그가 예의 바르게 답했다.

"그래서 상자는 어디 있는데요?"

그가 주위를 둘러보며 물었다. 이 연구소는 처음 와 보는 곳이었다.

"루벤 씨도 여기 와서 우리랑 만나는 건가요? 상자에 관한 모든 걸 책임지고 있는 사람은 루벤 씨잖아요?"

"루벤은 경찰서로 돌아가서 단서를 추적하고 있어요. 빈센트 씨한테 사진이 아니라 실제 상자를 제대로 보여 드리고 싶어서 여기로 와 달라고 연락드린 거예요. 상자를 보면 율리아가 부탁한 프로파일을 작성하는 데 도움이 될 정보를 얻을 수도 있으니까요."

두 사람은 계단을 통해 3층으로 올라갔다. 빈센트는 곁눈질로 미나를 흘끗 쳐다봤다. 그녀는 오랜 세월 동안 그가 만나 본 사람들 중 가장 흥미로운 사람이었다. 토막 난 시신을 포함해서 말이다.

"여기예요."

그녀가 말했다.

그들은 긴 복도에 들어섰다. 미나가 앞장서고 그가 그녀의 뒤를 따랐다. 하나로 질끈 묶은 그녀의 어두운색 머리카락이 좌우로 흔들렸고, 그의 눈도 그에 따라 좌우로 움직였다. 그녀의 뒤통수가 꼭 그에게 최면이라도 걸고 있는 것 같았다. 곧 둘은 탈의실에 도착해 입고 있는 옷 위에 전신 방호복을 덧입었고, 이어 그녀는 모든 것이 살균 소독된 공간으로 이어지는 문을 열었다. 문 안쪽으로는 반짝이는 금속 테이블이 놓여 있었다. 사람이라고는 찾아볼 수 없는 황량하고도 깨끗한 공간은 TV에서 보던 과학수사 연구실과 똑같은 모습이었다. 그리고 그 방의 뒤편으로 상자가 놓여 있었다.

빈센트는 태연한 표정으로 멈춰 섰다. 실제로 저 마술 상자를 보는 건 실로 오랜만이었다. 미나의 말이 맞았다. 사진으로 상자를 보는 것과 실제로 보는 것은 무척이나 달랐다. 실제로 상자를 보자 오랫동안 그의 머릿속 깊은 곳에 파묻혀 있던 기억들이 떠오르기 시작했다. 잊은 줄만 알았던 기억들이었다. 물론 그는 뇌는 정보를 잊는 게 아니라 어딘가에 보관한다는 것을 누구보다 잘 알고 있었다. 뇌 안에 든 것 중 사라지는 것은 아무것도 없다. 모든 것은 뇌 주름 안에 저장되어, 뇌의 주인이 예상하지 못한 순간 다시 떠오르기만을 기다리고 있다. 그는 그저 마술과 관련된 이 특정 기억이 그의 일평생 다시 떠오를 일이 없을 거라 생각했을 뿐이다.

"사진에서보다 작아 보이네요."

빈센트가 놀란 표정으로 입을 열었다.

"그게 다 일루전을 만드는 요소지만요. 마술 상자는 실제보다 작아 보여야 하죠. 조수가 칼을 피할 수 없어 보여야 되거든요. 물론 이 상자에 해당되는 이야기는 아니죠."

상자는 낮은 금속 테이블 위에 놓여 있었다. 빈센트는 테이블 앞으로 걸어가서 쪼그리고 앉았다.

"만져 봐도 되나요? 혹시 그러면 제가 증거를 훼손하는 게 되나요?"

"나중에 피고인단이 선정한 과학수사 전문가가 상자를 분석

할 때, 빈센트 씨 지문이 나오길 바란다면 만지셔도 되고요."

미나가 답했다.

"좋은 지적이네요."

빈센트가 답하고서는 한 발자국 뒤로 물러났다.

"제가 아는 걸 말씀드리면, 칼을 꽂아 넣는 마술 상자는 최초의 무대 일루전 중 하나라는 겁니다. 1865년 런던에 위치한 이집트 홀에서 스토데어 대령이 초기 일루전 공연을 했고, 그로부터 1년 뒤 마술의 구체적인 내용을 담은 책을 출판했죠. 당시 대령이 사용한 건 상자가 아닌 바구니였고, 상자는 나중에 등장했어요. 어쨌든 생각만 해도 끔찍하네요. 이 좁은 데를 기어 들어가야 했다니."

"좁고 막힌 공간을 싫어하시나 봐요?"

"그런 셈이죠. 저희 어머니를 닮아서요. 그런 생각만 해도 죽을 것 같거든요."

빈센트는 머리를 상자 쪽으로 내려, 마스크 안으로 숨을 꾹 참고 칼을 꽂는 구멍을 자세히 들여다봤다. 구멍은 완전히 잘못된 위치에 뚫려 있었다. 이 안에 들어갈 조수를 살릴 생각이었다면 말이다.

"어떤 마술사는 상자 안이 비었다는 걸 보여 주면서 일루전을 끝내죠. 상자에 들어갔던 조수는 관객석 어딘가에서 짠 하고 나타나고요. 개인적으로 왜 그러는지는 잘 모르겠지만요."

그는 상자에서 사람의 체액, 피, 땀 그리고 소변 냄새가 날까 봐 무서웠다. 하지만 아무 가공도 하지 않은 목재에 커다란 핏자국이 나 있었음에도, 그가 쓰고 있는 마스크 덕분에 악취는 전혀 나지 않았다.

"잘 이해가 안 되는데요. 조수가 들어갔던 상자 안이 텅 비고, 관객석에서 상자 안에 들어갔던 조수가 나타나는 게 더 수준 높은 속임수 아닌가요?"

미나가 물었다.

"이렇게 생각해 보세요. 이 일루전은 조수가 칼에 찔리고도 살아남는 게 골자죠. 그런데 상자가 텅 빈 걸 관객에게 보여 주고 조수가 다른 데서 나타나면 그 전제가 무효가 되는 겁니다. 조수는 처음부터 상자에 없었으니까요. 게다가 칼도 필요가 없어지죠. 물론 우리 앞의 이 상자에는 해당되지 않는 이야기지만요."

그가 상자의 뒷면을 가리키며 말했다. 일반적인 마술 상자라면 이 뒷면에 비밀 문이 있어야 했다.

"이 상자에는 빠져나갈 뒷문이 없어요."

그가 자리에서 일어나 다리를 쭉 펴 스트레칭했다.

"너무 복잡하게 생각하는 거 아니에요? 그냥 마술일 뿐인데요."

"바로 그거예요. 생각하지 않으면 '그냥' 마술에 불과하게 되죠. 보기에 재미는 있지만 대체 무슨 일이 일어난 건지는 알 수 없는 그저 그런 속임수요. 칼은 어디에 있죠?"

"여기요."

미나가 근처 테이블 위에 놓인 투명 원통형 플라스틱 실린더를 가리키며 말했다.

"증거 훼손을 막고 혹시라도 만지다가 칼날에 부상을 입지 않도록 실린더 안에 넣어 뒀어요. 국과수에서 지금 DNA 검사를 진행하고 있어요. 쪽지문 몇 개도 떠 갔고요. 결과가 나오려면 시간이 좀 걸릴 거예요."

"국과수요?"

빈센트가 묻자 미나가 답했다.

"국립과학수사원이요. 린셰핑에 있는."

"이 칼이나 상자 자체는 프로파일 작성에 별로 도움이 안 될 것 같은데요."

빈센트가 플라스틱 실린더를 들며 말했다. 그리고 다양한 각도에서 실린더 속 칼을 찬찬히 뜯어보기 시작했다.

"이건 '콘도르 그로스 메서'라는 칼이에요. 처음에는 펄천인 줄 알았는데, 메서는 펄천하고는 손잡이 구조가 조금 다르거든요. 칼날도 조금 작고요. 여기 좀 보세요."

미나가 칼을 더 잘 볼 수 있게, 빈센트가 그녀 쪽으로 실린더를 옮겨 들었다. 그녀는 앞으로 몸을 숙여 칼을 자세히 들여다본 뒤 고개를 끄덕이고선 다시 그를 쳐다봤다.

"그런데 대체 이런 걸 어떻게 다 아는 거예요? 빈센트 씨 전문 분야는 일루전 아닌가요? 그런데 칼에 대해서 이렇게 빠삭하게 알고 있다고요?"

빈센트가 웃음을 터트렸다.

"어렸을 때, 한동안 라핑에 빠져 살았거든요."

"라핑이요?"

"라핑은 라이브 액션 롤플레잉을 줄인 말입니다. 같이 게임하던 친구들하고 게임 속 중세 시대 복장을 입고 오프라인에 모여서 현실 속에서도 게임을 즐겼죠."

"흠. 10대 때 여자들한테 인기는 없었겠어요."

빈센트는 생각지도 못한 미나의 말에 웃음을 터트렸다. 깨끗이 소독된 텅 빈 공간에 그의 웃음소리가 어색하게 울려 퍼졌다.

"스티로폼 칼을 가진 애들보다야 성공률이 높았죠. 용맹한 기사를 싫어하는 여자는 없으니까요."

"그렇죠. 어렸을 적에 아주 용맹하셨나 봐요."

미나의 말에 빈센트는 자신의 얼굴이 붉어지는 것을 느꼈다.

"어쨌든, 그래서 이게……."

"'콘도르 그로스 메서'라는 칼입니다. 에콰도르산이죠. 무게는 한 2킬로그램쯤 나가고, 칼날은 1075 탄소강을 사용해 만들었어요. 손잡이는 히코리랑 호두나무를 자재로 사용했고요."

"라이브 액션 롤플레잉을 즐기던 게이머는 어디 가고, 이젠 살아 있는 위키피디아네요. 그런데 이게 프로파일링에 도움이 안 될 거라고 왜 그렇게 확신하시죠?"

빈센트는 칼이 담긴 실린더를 손에 들고 칼의 무게를 가늠해 보더니, 이내 똑같은 모양의 칼이 들어 있는 다른 실린더들 옆에 내려놓았다.

"딱히 특별할 건 없는 칼이라서요. 이건 시장에서 흔히 볼 수 있는 칼이에요. 새 제품을 쉽게 구할 수 있는 건 물론이고, 중고 시장도 엄청 크게 형성되어 있어서 중고를 사서 쓴 걸 수도 있습니다. 그러니까 특정 구매자나 판매자를 추적하긴 어려울 겁니다. 이렇게 철저하고 꼼꼼하게 무언가를 계획한 사람이라면 이 칼에 증거를 남기진 않았을 테고요."

"그럼 상자는요? 이 상자에 대해서는 어떻게 생각하세요? 이런 상자를 만들려면 전문 지식이 필요한가요?"

빈센트는 상자 앞에 다시 쪼그려 앉아 고개를 숙여 상자 안팎을 살피며 입을 열었다.

"증거로만 치면 이 상자가 더 좋은 증거일 거예요. 이런 게 존재한다는 걸 아는 사람은 세상에 몇 안 되니까요."

"이건 직접 제작한 건가요? 아니면 제조업체한테 주문 제작한 건가요?"

쪼그려 앉았던 빈센트가 무릎에서 우두둑 소리를 내며 자리에서 일어났다.

"둘 다 가능하죠. 그런데 제조업체에 주문을 했다고 해도 상자 안에 들어갈 사람의 체격에 맞춰서 상자 사이즈를 조절해야 해요. 그리고 시중에는 기성품을 구매하는 대신 맞춤 제작을 하고 싶은 사람들을 위해 판매하는 도안도 있죠. 어디서 그런 걸 판매 중인지 알면 쉽게 찾을 수 있어요."

"어떤 도안들이 있는지 궁금하네요."

"이 상자를 누가 만들었든, 그 사람은 누군가의 도움을 받았을 거예요. 그건 그 사람이 업계에 있는 사람과 분명히 접촉을 했을 거란 뜻이죠. 아예 전문가에게 의뢰를 했을 수도 있고요. 괜찮다면 제가 알고 있는 제조업체들부터 조사해 보겠습니다. 업체가 많지는 않아요. 조금 있다가 제 에이전트를 만나기로 했는데, 그 일정이 끝나면 바로 시작하죠."

"네. 그럼 부탁드릴게요."

미나가 고개를 끄덕이며 대꾸했다. 질끈 묶은 그녀의 머리칼이 다시 좌우로 흔들렸다.

"지금은 도움 하나하나가 다 절실하니까요."

둘은 방을 나서려 문 쪽으로 걷기 시작했다.

"상자를 직접 보면 프로파일을 작성하는 데 도움이 될 거란 제 생각이 맞았길 바라요."

미나가 말하자, 빈센트는 걷다 말고 자리에 멈춰 서서 그녀의 얼굴을 쳐다봤다.

"상자를 제작하는 데는 시간이 걸립니다. 그러니까 가해자는 아주 사소한 것까지 철저하게 계획했을 거예요. 하지만 동시에 그렇게 꼼꼼하게 계획한 사람이 벌인 범죄치고는 공격성이 지나쳐요. 거의 치정 범죄로 보일 정도죠. 이 범죄의 실행 방식에는 모순이 존재합니다. 그래서 헷갈리고요. 이런 상황에서는 이 범인의 정신 상태에 대해 잘못된 판단을 내릴 수도 있을 것 같아서 가급적 아무 말도 안 하려는 겁니다. 우선은 머릿속으로 이 정보들을 소화할 시간이 필요해요. 아, 참. 그런데 피해자의 몸에 난 그 상처에 대해선 뭐 더 알아낸 게 있나요? 피해자 몸에 새겨진 그 숫자 말입니다."

"아뇨. 아직이에요. 하지만 담당 검시관에게 이전에 비슷한 케이스가 있었는지 확인해 달라고 부탁은 해 놓았어요. 아직 숫자라고 확신은 할 수 없지만요. 지금은 가설이라고 해야겠죠. 빈센트 씨의 가설이요."

"네, 그래도 확인해 볼 필요는 있어요. 그 상처에 대해 좀 더 생각을 해 보았는데, 율리아 씨가 동의하지 않더라도 그 상처는 숫자를 의미할 가능성이 가장 커요. 지금 미나 씨네 팀에게 필요한 건 제 프로파일링이 아니라 범인을 찾는 거겠지만요."

그때였다. 빈센트와 미나가 문 앞에 막 도착하자 문이 벌컥 열렸다. 둘은 갑자기 열린 문을 피해 옆으로 비켜섰다. 열린 문의 맞은편에 서 있는 건 루벤이었다. 빈센트와 미나가 함께 있는 걸 본 루벤은 번개라도 맞은 표정이었다.

"이 사람이 여기서 뭐 하는 거야?"

루벤이 빈센트를 노려보며 물었다.

"율리아가 같이 여길 방문하라고 지시했어."

미나는 최대한 무심한 표정으로 어깨를 으쓱하며 답했다.

"그런데 너는 여태 어디에 있다가 지금 온 거야?"

"아, 그게 여기 오면…… 항상 같이 커피 한잔하는 여자 연구원분들이 있어서."

루벤이 그들을 스쳐 지나가며 답했다.

빈센트와 미나는 더 묻는 대신 그대로 복도로 나왔다. 그들 등 뒤에서 문이 닫히자, 빈센트가 미나의 옆얼굴을 살피며 물었다.

"방금 전 그 팽팽한 긴장감은 뭐죠?"

"이렇게 말씀드릴게요. 율리아는 빈센트 씨에게 프로파일링을 부탁했지만 동시에 팀 내 갈등을 없애고 불안을 해소하기 위해서 제게 '빈센트 씨를 잘 다루라'라고 지시했어요. 그러니까…… 뭐 풀어 말할 것도 없어요. 토씨 하나 안 틀리고 그렇게 말했으니까. 그리고 원래 저희 팀하고 같이 일하던 범죄심리학자인 얀 베리스비크도 조만간 이번 수사에 참여하게 될 거예요."

미나는 얼굴을 찌푸린 채 다시 말을 이었다.

"율리아는 이번 사건의 고문을 빈센트 씨에게 맡기는 걸 허락했지만, 아직도 그 결정에 반신반의하고 있어요. 그리고 다른 팀원들은…… 솔직히 아직 빈센트 씨를 팀원으로 인정하지 않고 있고요. 하지만 제겐 빈센트 씨 도움이 절실해요. 다른 팀원들, 특히 루벤이 빈센트 씨 말을 듣지 않으면 어떻게 하나 걱정은 되지만 그래도요. 팀원들 문제는 앞으로 빈센트 씨랑 저랑 같이 해결해 나가야 할 거예요."

"팀원들 마음을 사로잡도록 제가 매력을 한번 발산해 볼까요?"

"네, 그러시는 게 좋겠네요. 지난번에도 아주 잘 먹혔잖아요."

미나가 건조하게 비아냥거렸지만, 빈센트는 개의치 않았다. 다른 사람들은 사람을 쉽게 사귀고 소통하는 것 같았다. 하지만 그에게 사교 능력은 의식적으로 노력해야 얻어지는 것이었다. 그가 무대에서 사람들을 통제하는 데 뛰어난 능력을 갖게 된 것도 의식적인 노력을 통해 그가 무엇을 해야 하는지 정확하게 파악했기 때문이었다. 하지만 무슨 이유인지 그의 그런 능력은 무대 위에서만 발휘되었고 사생활에선 별 힘을 쓰지 못했다. 그의 가정사만 봐도 알 수 있는 일이었다.

어떻게 생각하면 미나가 자신의 사교 능력이 형편없다는 것을 아는 게 나았다. 일이 좀 더 수월해질 테니.

"프로파일링은 어떻게 되어 가고 있어요?"

"아직 분석을 다 끝내지 못했어요. 고려해야 할 변수가 너무 많아서요. 방금 전에 말했던 것처럼 이 범인의 수법에는 계획과 무계획이 혼재해 있어요. 한 사람이 저지른 사건에서 이렇게 모순된 특성이 동시에 존재하는 건 흔한 일이 아니죠. 그런 일이 절대 있을 수 없다는 건 아니지만 흔하진 않다는 거예요."

잘 이해가 되지 않는다는 듯 미나가 미간을 찌푸리자 빈센트가 설명을 이어 갔다.

"미안해요. 앞으로는 더 쉽게 설명하도록 노력해 볼게요. 하지만 지금은 먼저 제 생각부터 정리해야겠어요. 어쨌든 오늘 상자를 보여 준 건 고마워요. 힌트를 많이 얻었어요. 그리고 분석 이야기가 나와서 말인데, 루벤 씨가 그쪽하고 자고 싶어 하는 건 알죠? 루벤 씨가 미나 씨를 향해 몸을 기울이는 거나, 미나 씨를 볼 때 동공이 확장되는 걸 보면……."

미나는 곧 빈센트의 말을 끊었다.

"맙소사. 그건 멘탈리스트가 아니라도 누구나 아는 이야기잖아요. 루벤은 여자라면 그게 누구든 다 자고 싶어 한다고요."

"루벤 씨가 중세 시대 복장을 하고 라이브 액션 롤플레잉을 즐겼다면 충분히 그럴 수 있었을 텐데요. 물론 스티로폼 칼을 들고 다녔다면 조금 다른 이야기였겠지만. 어때요, 지금 루벤

씨는 스티로폼 칼을 든 남자인가요?"

미나의 경쾌한 웃음소리가 복도를 타고 울려 퍼졌다. 누가 들어도 기분이 좋아질 듣기 좋은 목소리에 빈센트는 그 웃음의 횟수를 세는 것도 잊었다.

*

현실적으로 불가능한 일이었다. 그는 애초에 이게 불가능한 일이란 걸 알고 있었다. 크리스테르 벵트손은 컴퓨터 앞에 앉아 한숨을 내쉬었다. 실종 신고 명단을 샅샅이 뒤지는 건 진도도 느리고 무진장 단조로운 일이었다. 스웨덴에서 매년 얼마나 많은 사람이 실종되는지 알게 된다면 사람들은 깜짝 놀랄 것이다. 물론 그중 대부분은 자유 의지로 세상에서 자취를 감추는 편을 택한 것이지만.

경찰은 피해자의 나이를 스물에서 서른 사이로 추정했다. 살아 있는 사람의 나이를 맞히는 것도 어려운 일이지만, 망자의 나이를 맞히는 건 더욱 어려운 일이었다. 크리스테르는 검시관에게서 받은 피해자 사진을 보고, 다시 시선을 들어 화면 속 실종자의 사진을 비교했다. 그리고 동일 인물이 아니라는 판단이 들자마자 스크롤을 내려 다음 실종자 사진으로 넘어갔다. 스웨덴에는 파란 눈에 금발인 여자가 넘쳤고, 그중 어깨까지 머리를 기른 여자도 많았다. 하지만 그의 책상 위에 놓인 사진과 동일 인물로 보이는 사람은 없었다.

이제까지 크리스테르는 한 번도 금발 여자와 사귀어 본 적이 없었다. 이 나이 되도록 몇 명 만나 보지도 않았지만, 그가 만났던 여자는 다 어두운색의 머리칼을 가지고 있었다. 이는 분명 프로이트가 말했던 것처럼 어머니의 영향을 받은 것일 테다. 그의 어머니는 까마귀처럼 검은 머리칼을 가진 여자였다. 하지만 몇 안 되는 여자 중에서도 끝까지 그의 곁에 머물러 준 여자는 없었다. 그와 잠시 만났던 여자들은 곧 각자의 갈 길을 찾아 떠났고, 그는 다시 혼자가 되었다. 예상하고 있었기에 별로 놀랄 일도 아니었다. 누군가를 만나면 사귀기 시작할 때부터 그는 항상 그 관계가 조만간 끝날 것임을 예상했다. 한 번도 이 사람이다 싶었던 적은 없었다. 영원한 사랑은 없다. 영원한 것은 아무것도 없다. 그나마 기후 정도가 영원하지 않을까 했는데, 환경 운동가 그레타 툰베리 말에 따르면 그마저도 곧 변할 거라고 하니까 영원한 건 정말 아무것도 없는 셈이다.

그는 다시 화면을 바라보며 아무 생각 없이 커피 잔을 들어 커피를 한 모금 마셨다가, 오만상을 찌푸리고 입안의 커피를 잔에 그대로 다시 뱉었다. 제기랄, 식은 커피는 질색이었다. 그의 컴퓨터 화면 위로 실종자들의 얼굴이 계속해서 지나갔다. 모두 젊고 희망찬 얼굴이었다. 하지만 희망은 인생에서 결국 사라지게 되어 있다. 언제 사라지느냐 하는 시간문제일 뿐. 크리스테르는 그의 어머니가 어려서부터 인생은 실망과 낙담의 연속이란 것을 알려 준 걸 고맙게 생각했다. 사람들이 그 진리를 조금이라도 빨리 깨닫는다면 그들의 인생도 조금은 더 쉬워질 텐데. 번아웃 증후군으로 우울한 사람들을 보며, 그는 그들의 우울이 인생에 과도한 기대를 걸었다가 결국 실망한 데서 온 것이라 확신했다.

실종자들의 얼굴이 계속해서 화면을 스치고 지나갔다. 그는 또 한 번 무심결에 커피 잔을 입으로 가져갔다가, 입안에 들어온 차가운 커피에 질색하며 커피 잔에 입속 커피를 뱉었다. 그리고 침울한 얼굴로 잔 안을 들여다보며 사는 게 참 지랄맞다고 생각했다.

*

빈센트는 접시 위 비스킷을 한 줄에 네 개씩, 두 줄로 배열했다. 그는 스톡홀름 스트란드베겐에 위치한 쇼라이프 프로덕션, 그러니까 그를 대표하는 에이전시 사무실을 방문 중이었다. 국과수 건물에서 나온 후로 그의 머릿속에는 아무리 떨치려 해도 떨쳐지지 않는 마술 상자와 소름 끼치는 구멍들이 둥둥 떠다녔다. 상자 옆으론 미나가 반짝이는 머리칼을 하나로 질끈 묶은 채 서 있었다.

정신 차리자.

쇼라이프와 처음 일을 시작했을 무렵, 가끔 에이전시 사무실을 방문하면 고급 케이크와 피스타치오 비스코티, 네모난 고급 다크 초콜릿이 나왔다. 하지만 함께하는 시간이 길어질수록 빈센트에게 잘 보이려는 에이전시의 마음도 점점 사그라드는 모양이었다. 적어도 이런 피상적인 방법으로 잘 보일 노력은 더 이상 하지 않는 것인지 오늘 그의 앞에 놓인 접시 위에는 근처 유명 베이커리인 퇴세 베이커리에서 사 온 비스킷만 놓여 있었다. 퇴세 베이커리의 비스킷이 별로라는 건 아니었다. 다만 움베르토가 다른 일에 바빠 여기까지 신경을 쓸 여력이 없었단 것은 알 수 있었다.

움베르토는 15년 전에 스웨덴으로 이민을 왔지만, 그의 스웨덴어에선 여전히 강한 이탈리아 억양이 묻어 나왔다. 움베르토는 그의 발음이 세련되고 멋있게 들린다고 생각하는 것 같았다. 근거 없는 자신감이랄까. 굳이 비스킷을 선택할 것이었다면, 사실은 퇴세 베이커리에서 사 온 비스킷이 아니라 슈퍼마켓에서 파는 발레리나 비스킷이 더 빈센트의 취향이었다. 전문 파티시에가 만든 비스킷이 더 맛있기야 하겠지만 발레리나 비스킷은 공장에서 찍어 내는 것이기에 비스킷 하나

하나의 모양과 사이즈가 완벽히 동일했다. 그리고 줄을 맞춰 세우기엔 그 어느 하나도 튀지 않고 모두 똑같아 보이는 비스킷이 더 편했다.

"그 여자가 또 나타났어?"

움베르토의 질문에 빈센트가 고개를 저으며 입을 열었다.

"아니. 지난 공연하고 지지난번 공연에는 안 나타났어. 하지만 시간문제일 뿐, 다시 나타나겠지."

"전에도 말했지만, 경호원을 두어 명 더 늘리는 게 어때?"

"됐어. 괜히 불필요한 지출은 하지 말자. 극장 측에서 알아서 하겠지. 별문제 없을 거야."

"존 레넌도 그를 암살한 마크 채프먼에 대해서 똑같은 얘기를 했을 거 같은데."

움베르토가 중얼거렸다.

"그 얘기는 그쯤 하자."

빈센트는 비스킷 하나를 집어 들며 곧장 화제를 돌렸다. 화이트 초콜릿과 호두가 든 비스킷이었다. 모양은 대칭이 아니었지만 맛은 아주 좋았다.

"빈센트, 불만이 접수됐어."

움베르토가 아주 섬세하게 다듬은 수염을 만지작거리며 걱정스런 말투로 입을 열었다.

"지난주 린셰핑이랑 말뫼 공연에서……."

빈센트가 고개를 끄덕이며 움베르토의 말을 받았다.

"린셰핑에선 1,196석, 말뫼에선 900석이 전부 매진되었지. 기립 박수도 받았고. 그런데 누가 불만이 있었다고?"

움베르토가 한숨을 내쉬었다.

"아니, 공연에 대한 불만이 아니라…… 빈센트…… 아무리 공연이 끝난 다음이라지만 분장실 바닥에 그렇게 누워 있으면 어떡해. 두 공연장 모두, 청소부 아줌마가 심장 마비로 쓰러지는 줄 알았다잖아."

빈센트는 비스킷을 하나 더 집어 들어, 두 줄의 비스킷 수를 맞추었다.

움베르토가 종이봉투에서 비스킷을 더 꺼내려 하자, 빈센트는 눈빛으로 그를 저지했다. 비스킷을 더 놓으면 줄이 흐트러질 것이다.

"움베르토. 우리가 같이 일한 지 얼마나 됐지? 이제 10년쯤 됐나? 내 공연은 힘든 공연이야. 쉬워 보여 그렇지, 절대 쉽지 않다고. 공연이 끝나면 내 뇌는 휴식을 취해야 정상으로 돌아와. 뇌의 회복을 위한 가장 좋은 방법은 바로 누워 있는 거고. 알잖아."

"아무리 그래도 그렇지, 한 시간씩 누워 있어야 된다고? 게다가 칼스타드에서는 케이블을 색깔별로 다 분류해 놨다면서. 테크니션들이 엄청 짜증 내더라."

"알겠어. 그건 잘못했다고, 미안하다고 전해 줘. 이제부턴 안 그리도록 노력할게. 칼스타드에선 공연이 특히나 힘들어서 그랬어. 그날 공연에서 자칫 못이 든 종이봉투를 잘못 선택해서 손을 다칠 뻔했거든. 그래서 공연이 끝난 다음에 정신을 딴 데로 돌리느라 집중할 거리가 필요했어."

움베르토는 눈을 질끈 감고 고개를 저었다. 그러고는 곧 눈을 다시 떠서 창밖을 바라봤다. 빈센트도 그의 시선이 향하는 곳을 따라서 쳐다봤다. 부활절까지 아직 일주일이나 남았는데 창밖으로 보이는 뉘브로비켄만의 바다는 여름처럼 반짝이고 있었다.

"그렇게 위험한 코너는 안 했으면 좋겠는데."

움베르토는 계속해서 창밖을 쳐다보며 말을 이었다.

"그러다 다치기라도 하면 나머지 투어는 어떻게 하려고. 그리고 마리아는 뭐라고 하겠어?"

"이보다 더 좋은 일이 있을 수 있을까, 할걸. 그러면 내가 파티에 함께 갈 수 있을 테니까."

"파티라."

제대로 듣고 있지 않은 건지 움베르토가 빈센트의 말을 그대로 따라 했다. 움베르토는 창밖 길 건너편에 노란색 짧은 치마를 입고 바다를 향해 손짓하고 있는 어린 여자 둘을 쳐다보고 있었다. 아마 스톡홀름의 봄 날씨가 이렇게 추울 줄 모르고 옷을 잘못 골라 입은 관광객일 것이다.

"이제까진 무조건 빈센트 자네 말을 따라 줬지만 이번에는 안 그럴 거야. 다음 공연에는 경호원을 더 붙일 거라고."

"그럴 필요 없다니까. 내가 무슨 베냐민 잉로소나 존 레넌 같은 톱스타도 아닌데…… 하지만 자네가 일단 마음을 먹으면 아무리 내가 뭐라고 한들 절대 그 고집을 꺾을 수 없다는 것도 아니까, 그럼 고맙게 받지."

움베르토가 창밖에 머무르던 시선을 빈센트에게 돌리며 대꾸했다.

"그런데 아직도 못에 사인을 해?"

"못, 사람들이 가져온 사진, 티셔츠…… 모든 것에 다 하고 있지."

빈센트가 자신의 얼굴을 손으로 덮으며 말을 이었다.

"사람들이 어떤 것들을 가져오는지 알면 깜짝 놀랄걸."

"자네가 스스로 한 말이잖아. '아티스트는 자신의 모든 작품에 서명을 남긴다'. 무덤을 제대로 팠어."

움베르토가 웃음을 터트리며 대꾸했다.

"그랬지. 그런데 공연 이야기가 나왔으니 말인데, 공연장 측에 분장실에 탄산수 좀 그만 넣어 달라고 말해 줄 수 있을까?"

"그거야 공연장에서 환영차 준비해 놓는 건데."

움베르토가 다시 창밖을 바라보며 대꾸했다.

"분장실에 무엇을 준비해 놓아야 하는지에 대한 구체적인 계약 조항도 없고. 공연장에서 과일이나 사탕, 물을 준비했다면 그건 그쪽 재량이지. 지난번에도 얘기했잖아."

"알아. 하지만 공연 전에 탄산수를 마실 수는 없다는 것 정도는 알아줄 수 있잖아. 난 횡경막을 사용해서 목소리를 내는데, 위 안에 탄산수가 들어 있으면 자꾸 트림이 나와. 물을 줄 거면 수돗물이 낫다고."

길 건너편의 여자들이 움직이기 시작하자, 움베르토는 조금 피곤한 표정으로 다시 빈센트에게 시선을 돌렸다.

"빈센트. 그건 공연장에서 보이는 성의야. 공연장에 맡겨둬. 물이야 공연이 끝난 다음에 마시면 되잖아."

"하지만 그게 그렇게……."

그러자 움베르토가 더는 참을 수 없다는 듯 손을 허공으로 치켜들며 빈센트의 말을 막았다.

"아니 이게 뭐 중요한 일이라고, 아데쏘 바스타*! 가끔 보면 완전 애 같다니까. 그냥 마셔. 싫으면 말고. 그러거나 말거나 아무도 신경 안 쓰니까. 알겠어?"

빈센트는 어깨를 으쓱했다. 공연장들이 탄산수에 쓸데없이 돈을 낭비하는 게 아깝다고 생각했을 뿐이다. 게다가 물병

---

* Adesso basta, 그만하라는 뜻의 이탈리아어

이 많을수록, 그는 더 많은 물병의 라벨 방향을 맞춰 다시 배열해야 했고 말이다.

"예전에 당신이랑 같이 일했던 마술사 기억나?"

빈센트가 말을 돌리며 물었다.

"마술 상자 가지고 여자 조수 몸을 반으로 자르는 마술을 했던 사람. 물탱크 마술도 하고, 아주 고전적인 마술을 했었는데. 그때 썼던 마술 도구들은 다 어떻게 했어?"

움베르토가 비스킷을 하나 들며 생각에 잠겼다.

"톰 프레스토를 말하는 건가? 꽤 크게 공연을 했었어. 댄서 여덟 명에 트럭 세 대, 거기 더해 엄청난 아티스트의 자의식까지. 투어에 돈이 아주 많이 들었지. 그런데 그건 왜?"

"그 사람이 쓰던 소품을 어떻게 처리했는지 궁금해서. 혹시 마술 상자나 칼 같은 걸 사려고 한 사람이 있었어?"

움베르토가 손에 들고 있던 나머지 비스킷을 입에 밀어 넣은 후 수염에 묻은 비스킷 가루를 털며 고개를 저었다.

"소품은 공연이 끝난 다음에 어떤 프랑스 수집가한테 통째로 팔았어. 듣기론 니스의 한 창고에 다 넣어 놨다던데. 아까 말했던 그 물탱크만 빼고. 그 수집가가 물탱크에는 근처도 가려고 하질 않았지. 톰 프레스토의 공연을 봤는지 모르겠는데, 그 사람은 위험을 아주 즐겼거든."

"내 눈에는 뭐든 완벽하게 통제하려는 사람처럼 보이던데."

"나도 그렇게 생각했지. 그리고 그가 한 마술이 보이는 것만큼 위험한 건 아닐 거라고도 생각했어. 그런데 그 프랑스 수집가한테 설명을 들은 뒤로 생각이 달라졌어. 톰이 들어갔던 거대한 물탱크는 안에서 잠그는 구조였는데……."

"마술사 후디니는 그걸 두고 물고문 통이라고 불렀지."

빈센트가 끼어들자 움베르토는 손을 저어 그를 저지하더니 다시 입을 뗐다.

"원래는 탱크 바깥에 비밀 레버가 있어야 하더라고. 일종의 패닉 레버인 셈이지. 만약 문제가 생겨서 물탱크에 갇힌 마술사가 빠져나오지 못하는 상황이 되면 조수가 레버를 내리는 거야. 그럼 물탱크 안의 물이 순식간에 다 빠져 마술사는 익사하지 않을 수 있고."

"똑똑한 레버네."

"그렇지. 하지만 톰 프레스토의 물탱크에는 그 레버가 없었어. 그걸 설치하면 약해 보일 거라고 생각한 것 같아. 프랑스 수집가는 자신의 컬렉션에 그렇게 위험한 소품을 넣을 수는 없다고 거부했어. 너무 극단적이라나. 지금쯤 그 물탱크는 어딘가에 방치되어 먼지가 뽀얗게 쌓여 가고 있을 거야. 관심 있으면 어디 있는지 알아봐 줄까?"

말을 마친 움베르토가 갑자기 뭐가 생각나기라도 한 듯 그의 이마를 찰싹 때렸다.

"아, 쌓여 가는 먼지 이야기가 나왔으니 말인데, 자네 앞으로 온 크리스마스 선물이 있어! 잠깐만."

움베르토는 빈센트가 뭐라 대꾸하기도 전에 급히 방을 나섰고, 30초쯤 지나 커다란 무언가를 가지고 돌아왔다.

그러자 빈센트가 살짝 비아냥거리며 말했다.

"크리스마스는 몇 달 전이었잖아. 혹시나 모르고 있을까 봐 말하는 건데, 좀 있으면 부활절이거든?"

움베르토는 가져온 물건을 빈센트에게 건넸다. 빨간색 리본을 두른 두꺼운 책이었다. 리본에는 카드 한 장이 매달려 있고 카드에는 이런 글귀가 적혀 있었다.

친애하는 빈센트 씨에게. 아마 관심 있는 분야의 책은 아니겠지만, 그래도 생각하시는 것보단 재미있을 거예요. 팬으로부터.

옛날 스타일의 여성스럽고 아름다운, 화려한 필체였다. 어디선가 본 듯한 필체였지만 정확히 어디서 봤는지는 생각이 나질 않았다. 아마 그런 느낌이 들었을 뿐 실제로 본 적은 없을 것이다.

《멕시코의 포유동물》이라는 제목의 책 표지에는 이빨을 드러낸 표범 사진이 실려 있었다. 책은 못해도 천 페이지는 되어 보였다.

"고마워. 하루 종일 이고 지고 다니기엔 이것만 한 게 없지."

빈센트의 말에 움베르토가 웃음을 터트렸다.

"자네 팬이 준 선물이야. 내 팬이 아니고. 다른 우편물하고 같이 보내기엔 부피가 너무 커서 한쪽으로 치워 두었는데, 그러고선 까맣게 잊어버렸네. 어쨌든 그건 그렇고, 빈센트 당신 공연은 어떻게 할 거야? 앞으로도 스태프들을 심장 마비로 쓰러지게 하면 안 되잖아."

"그건 걱정 안 해도 될 거 같아. 나머지 투어에선 그런 불만이 쏙 들어가게 만들겠다고 약속할게. 대신 전제가 있어. 청소부들한테 공연이 끝나고 한 시간 동안은 내 분장실 근처에 얼씬도 말라고 전해 줘."

움베르토가 웃음을 터트리며 빈센트에게 손을 내밀어 악수를 청했다.

"그러는 걸로 하지. 아미코 미오*."

"그러는 걸로."

빈센트가 악수를 받으며 대꾸했다.

곧 빈센트는 자리에서 일어나 겨드랑이 아래에 무거운 책을 끼고 비스킷이 담긴 종이봉투를 낚아채 밖으로 나섰다.

*

---

* Amico mio, 내 친구라는 의미의 이탈리아어

미나는 귀와 어깨 사이에 업무용 전화기를 낀 채 전화를 받고 있었다. 전화를 받기 직전 수화기를 소독제로 닦아 놓은 게 얼마나 다행이었던지. 그녀는 수화기 너머 들리는 목소리를 들으며, 책상에서 짚이는 대로 집어 든 영수증 뒷면에 정신없이 무언가를 받아 적었다. 이어 그녀는 수화기 저편의 상대에게 몇 가지 질문을 더 했다. 그리고 30초 뒤, 그녀는 현재 시간을 확인하고 경찰서의 구내식당으로 곧장 뛰어갔다.

식당에 들어서자 한창 식사 중인 루벤의 등이 보였다. 그는 미트볼과 샐러드를 정신없이 먹고 있었다. 최근 뱃살이 좀 붙는 것 같아 탄수화물 섭취를 확 줄였다고 했다. 점심시간이면 그가 종종 꺼냈던 이야기여서 그녀도 알고 있었.

"두 달 반쯤에 자살 사건 하나 처리했지."

미나가 그의 등 뒤에 서서 말을 건넸다.

"1월 13일, 앙네스 세시, 스물한 살."

루벤은 입으로 가져가던 포크를 허공에 멈추고 대꾸했다.

"아, 기억나. 그 사건은 왜?"

미나가 의자를 끌어다가 그의 앞에 앉자, 그는 눈썹을 치켜올리며 그녀를 쳐다봤다. 그러고는 점심 식사를 방해받아 짜증이 난다는 듯 눈을 굴리더니 포크를 완전히 내려놓았다. 그녀는 구내식당의 의자가 얼마나 더러운지 생각하지 않으려 애를 쓰며, 그녀의 바지 위로 온갖 것들이 기어오르고 있는 상상을 머릿속에서 밀어 냈다. 직장에서 제대로 일을 하려면 참아야 했다. 하지만 참아 내는 것은 에너지가 엄청나게 소모되는 일이었다. 그 덕분에 그녀는 퇴근해 집에 도착하면 보통 피곤에 절어 쓰러지듯 잠이 들었다. 미나는 그녀의 맨살이 테이블 상판에 닿지 않도록 조심스레 소매를 끌어내리고 루벤 쪽으로 몸을 기울이며 그를 뚫어져라 쳐다봤다.

"좀 더 자세히 말해 줘."

"흠…… 별로 말할 것도 없는데. 나랑 그날 현장에 처음 나갔던 신입, 린드그렌 둘이서 처리한 사건이었지. 더 보고 자시고 할 것도 없이 그냥 자살이던데."

"왜?"

루벤은 다시 한숨을 내쉬었다. 그러고는 그의 눈앞에서 천천히 식어 하얗게 기름이 굳어 가는 미트볼을 아쉬운 눈빛으로 바라봤다. 미나는 그의 시장기 같은 것에는 관심이 없었다. 아니, 솔직히 말하면 구내식당의 음식은 먹지 않는 게 나을 것이라고 생각했다. 이곳 경찰 구내식당의 식품 위생을 어떻게 믿고 음식을 먹는다는 말인가. 저 미트볼은 먹지 않는 게 루벤에게도 이로울 것이다.

"총상은 입안에 딱 하나 있었고, 총은 시신 바로 옆에서 발견됐어. 총에선 사망한 여자, 그러니까 앙네스의 지문이 나왔고. 추운 겨울인데 코트도 입지 않은 채였지. 모든 게 앙네스가 제정신이 아니었다는 걸 보여 주고 있었어."

"유서가 있었어?"

"아니. 유서는 없었어. 하지만 앙네스는 오랜 시간 동안 우울증과 정신 질환을 앓아 왔대. 스톡홀름 상트 예란 병원에 몇 번이나 입원한 전력이 있었고, 앙네스가 자살했다는 소식을 전했을 때도 모두 그럴 줄 알았다는 듯, 전혀 놀라는 기색이 아니었어. 앙네스 룸메이트조차 같은 반응이었지."

"그 룸메이트는 잠재적 용의자 아니었나?"

"처음에는 그랬지. 아무래도 유서가 없었으니까. 총으로 자살하는 극단적인 선택을 하는 사람들은 보통 유서를 남기거든. 게다가 시신을 제일 처음 신고한 사람도 그 룸메이트였고. 첫 신고자는 보통 요주의 대상이잖아. 그래서 신문을 좀 해 봤는데 결국 자살이었음이 꽤나 명확하더라고. 아마 순간의 충동으로 그랬겠지. 보통 자살을 계획한 사람들은 집에서 목숨을 끊지, 바깥 공원의 벤치에서 그러진 않으니까. 그런데 그건 왜 물어?"

"사진 있어? 부검 사진이랑 범행 현장 사진도 봤으면 좋겠는데."

"범행 현장? 뭔 소리야. 자살이었다니까."

미나는 그의 말을 못 들은 체했다. 자세한 내용은 적절한 타이밍에 설명할 생각이었다. 지금은 먼저 사진을 봐야 했다.

"가자."

루벤이 한숨을 쉬며 자리에서 일어났다.

미나는 그가 먹던 걸 치우지도 않고 식당을 나서는 걸 바라봤다. 잠깐 이 식당에 그의 어머니라도 일하고 있냐고, 그래서 어머니가 당신이 먹은 그릇을 치워 주시는 거냐고 물어볼까 했지만 곧 그러지 않기로 했다. 그 말에 기분 좋아하는 남자는 거의 없었거니와, 루벤은 다른 남자들보다도 짜증과 화를 더 잘 내는 사람 같았다. 게다가 지금 그녀에게는 그의 도움이 필요했다. 루벤이 엘리베이터를 향해 걸어가자, 그녀도 그 뒤를 쫓았다. 방금 전 수화기 너머 들은 정보는 분명 흥미로웠다. 사진을 보면 정보를 더 얻을 수 있을 것이다. 그녀의 생각이 맞다면, 이건 모든 걸 바꿔 놓을 것이다.

*

"뭐가 그렇게 급한 건데요?"

율리아가 코트를 팔에 걸친 채 회의실로 급히 들어왔다.

"막 나가려던 길에 메시지를 받았어요. 그런데 모이라는 말만 있고 구체적인 이야기는 하나도 없던데요."

"우리도 몰라."

크리스테르가 한 손에는 커피 잔을, 다른 한 손에는 커다란 빵을 든 채 퉁명스레 대꾸했다.
 "혹시 빵 더 있어요? 없죠?"
 루벤이 그도 먹고 싶다는 표정으로 물었다.
 미나는 그들의 말을 들은 체 만 체하며, 이미 자료가 붙어 있는 화이트보드의 빈 공간에 사진을 붙였다.
 "페데르는? 팀원들이 다 있었으면 좋겠는데."
 미나가 화이트보드에서 돌아서며 말했다.
 루벤은 저도 모른다는 듯 어깨를 으쓱하더니, 테이블에 놓여 있던 과일 그릇에서 사과를 하나 들어 아그작 한 입을 깨물었다. 미나는 그런 그를 차마 볼 수 없어 시선을 떨궜다. 그건 며칠 동안이나 테이블에 놓여 있었던 사과였다. 그녀는 머릿속으로 각종 세균과 병균들이 사과 위에 기어올라 전체를 덮은 뒤 루벤의 입안으로 사라지는 장면을 상상했다. 루벤의 입이 어디를 또 누구를 거쳤을지, 또 얼마나 더러울지는 생각하고 싶지도 않았다. 그의 입안에서 어마어마한 규모의 박테리아 축제가 벌어지고 있을 것은 분명한 일이었다. 그녀는 메스꺼움을 참으며 침을 삼켰다. 지금은 아무렇지도 않은 척해야 했다.
 "전화를 안 받던데."
 루벤이 사과를 한 입 더 베어 물며 말했다.
 "페데르 자리에 가 봤어?"

미나가 짜증을 감추지 못하며 물었다.

루벤은 다시 한번 어깨를 으쓱했다.

미나는 텅 빈 서류철을 내려놓고 회의실을 나가 페데르 책상으로 갔다. 페데르는 책상 앞 의자에 앉아 곯아떨어져 있었다. 머리는 의자의 머리 받침대 뒤로 넘어가 꺾인 채였고, 가볍게 코도 골았다. 누가 장난을 친 건지 코 밑에는 콧수염이 그려져 있었다.

"페데르!"

미나는 그를 세게 흔들어 깨웠다. 깜짝 놀랐는지 페데르는 자리에서 벌떡 일어나 졸린 눈으로 주위를 두리번거렸다.

"얼른. 회의가 있어."

페데르가 정신을 차릴 때까지 기다리는 대신, 미나는 서둘러 돌아서서 회의실을 향해 걸어갔다. 그녀 뒤로 허둥지둥 그녀를 따라오는 페데르의 발소리가 들렸다. 그녀가 다시 회의실에 돌아왔을 때 나머지 팀원들은 그녀가 화이트보드에 붙여 놓은 자료들을 자세히 살펴보고 있었다. 하지만 그녀의 도움 없이는 아무도, 아무것도 알아내지 못할 거란 걸 그녀는 알고 있었다. 부검을 담당했던 밀다가 전화로 말해 주지 않았다면, 그리고 빈센트가 말해 주지 않았다면 그녀도 몰랐을 것이다. 나머지 팀원들이 여전히 빈센트를 믿지 못하고 있는 건 그녀도 알고 있었다. 하지만 이제 모든 게 달라질 것이다. 그는 이미 그의 귀중한 가치를 증명해 보였으니.

그녀에 이어 회의실에 들어온 페데르가 지친 표정으로 의자에 앉았다. 졸음을 쫓으려 손으로 두 눈을 비볐지만, 다크서클만 더 진해지는 것 같았다. 동료들은 그의 코 밑에 그려진 콧수염을 보고 낄낄댔지만, 아무도 귀띔해 주지는 않았다.

미나는 팀원들에게 돌아서서 한 사람 한 사람을 쳐다보았다. 이제 그녀가 확신하는 것을 그들도 믿도록 설득해야 했다. 미나는 심호흡을 한 뒤 화이트보드를 가리키며 입을 열었다.

"빈센트 말이 맞았어요. 우리는 지금 연쇄 살인범을 쫓고 있어요."

그녀의 말에 순간 회의실 안은 무거운 침묵에 휩싸였다. 팀원들은 의심부터 하는 표정이었지만, 그건 이미 충분히 예상한 바였다.

"아시겠지만 전 피해자의 몸에 새겨진 상처가 로마 숫자 3이라고 꽤 확신하고 있었어요. 자연히 우리가 이전 사건에서 로마 숫자 1, 2가 새겨진 시신을 못 알아보고 놓친 건 아닐까 의심하게 됐고요. 그래서 검시관 밀다에게 확인을 부탁했죠. 당장 기억나는 건 없다고 했지만 최근 담당했던 사건 기록을 확인해 보겠다고 해 줬어요. 그리고 한 시간 전에 전화가 왔어요. 앙네스, 앙네스 세시 건이 있었다고요."

미나는 화이트보드에 붙어 있는 사진을 가리키며 말했다.

사진 속 빨간 머리칼의 젊은 여자는 공원 벤치에 고꾸라지듯 앉아 있었고, 그녀의 발밑에 쌓인 눈은 피로 붉게 물들어 있었다. 한겨울이었음에도 여자는 코트를 입지 않은 채였다. 여자의 오른손에서 떨어진 듯, 그녀의 오른쪽 옆으로는 권총이 놓여 있었다.

"차이나 극장 바로 앞에 있는 베르젤리 공원에서 찍은 사건 현장 사진이에요."

미나가 설명하자 크리스테르가 대꾸했다.

"뮤지컬의 한 장면처럼 보이진 않는데."

다른 팀원들이 경악한 표정으로 크리스테르를 쳐다봤지만 그는 태연하게 어깨만 한 번 으쓱했다.

이어 미나는 깨끗이 살균 소독된 부검 작업대가 찍힌 사진을 가리켰다. 작업대 위에는 극장 밖 공원 벤치에 앉은 채 발견된 여자가 나신으로 누워 있었다. 그녀의 오른쪽 허벅지에는 세 개의 선이 선명하게 그려져 있었다. 1과 닮은 직선 하나, 그리고 그 옆으로는 두 선이 서로 기대어 V 자를 만들고 있었고, 글자의 위아래로는 수평을 그리는 두 개의 선이 그려져 있었다.

Ⅳ. 로마 숫자로 4를 의미하는 글자였다.

"빈센트 씨가 말한 것처럼 로마 숫자예요."

미나는 다시 한번 분명히 힘을 주어 말했다.

"빈센트 씨가 말했지만 여러분은 믿지 않았던 사실이죠. 그리고 우리가 모두 놓친 사실이기도 하고요."

사진을 자세히 보려 팀원들이 몸을 앞으로 기울였다. 흥미가 생기긴 했지만 100퍼센트 믿는 것 같진 않았다. 루벤의 찡그린 눈썹에선 여전히 회의적인 그의 속마음이 드러났다. 페데르는 눈을 깜빡이며 집중하려 노력했다. 미나는 다시 그들의 시선을 앙네스의 부검 사진으로 돌리며 말했다.

"부검 당시에도 이 상처는 발견되었고 보고서에도 기록되어 있어요. 하지만 앙네스는 정신 질환을 오래 앓았기 때문에 이 상처는 자해 흔적으로 분류되었죠."

"여전히 가능성은 있는 이야기지."

루벤이 의자에 등을 기대어 앉으며 오만한 표정으로 말했다. 그리고 다리를 꼬더니 가볍게 흔들기 시작했다.

"물론이지. 충분히 그럴 수 있는 일이야. 세상에는 더 이상한 일들도 많으니까."

미나가 침착하게 말을 이었다.

"아마 이게 아니었다면 저도 이 두 사건이 연쇄 살인이라고 확신하지 못했을 거예요."

이어 미나는 앙네스의 다른 사진 한 장, 그리고 화이트보드에 붙인 첫 번째 희생자의 사진 중 맨 끝에 있는 사진을 가리켰다. 그리고 사진을 보고 직접 판단하라는 듯 아무런 설명도 하지 않았다. 먼저 율리아가 일어나서 화이트보드 앞으로 걸어갔다. 그리고 미나가 가리킨 사진을 자세히 들여다보기 시작했다.

"손목시계가 둘 다 깨져 있네."

미나가 고개를 끄덕였다.

"맞아. 두 피해자 모두 손목시계를 차고 있었고, 두 시계 모두 정각에 멈췄어. 첫 번째 피해자의 시계는 15시 정각, 그러니까 오후 3시에 멈췄고. 앙네스의 시계는 14시 정각, 즉 오후 2시에 멈췄지. 한 번은 우연이라고 해도 두 번은 아니야."

회의실 안은 다시 정적에 휩싸였다. 모두 방금 전 미나가 보여 준 것을 머릿속으로 소화시키고 있었다.

"동일 인물이 벌인 짓이라는 거야?"

루벤이 물었다. 이렇게 되어서야 마지못해 빈센트의 가설을 진지하게 생각해 보려는 듯했다.

"동일 인물이 벌인 짓이 아니라고 생각해?"

미나가 받아쳤다.

루벤은 대답을 하려는 듯 입술을 달싹이다가 끝내 입을 다물었다. 미나가 화이트보드에 붙여 놓은 자료를 모두 읽은 율리아의 얼굴은 어둡기만 했다.

"처음부터 모든 걸 다시 검토해야겠어요. 아주 사소한 것도 빼놓지 않고 전부 다요. 시간이 꽤 걸릴 거예요. 필요한 사람은 오늘 야근해야 한다고 집에 전화부터 하세요. 미나, 수고했어."

모두 고개를 끄덕였다.

그때 페데르가 헛기침을 해 목청을 가다듬더니 피곤이 가득 실린 목소리로 말했다.

"로마 숫자 3과 4를 새긴 피해자가 있는 거라면…… 우리가 눈치채지 못한 사이에 이 연쇄 살인범이 한동안 계속 범행을 벌여 왔다는 걸까요?"

"나도 같은 생각을 했어."

미나가 답했다. 그녀는 서류철을 만지작거리며 생각에 잠겼다. 이 사건에는 뭐라 콕 집어 말할 수는 없지만 신경을 살살 긁는 뭔가가 있었다. 그 정체를 알아내야 하는데, 그게 쉽지가 않았다. 언뜻 머릿속에 무언가가 스치고 지나가서 자세히 들여다보려 할 때마다, 그 생각은 언제 나타났냐는 듯 자취를 감추었다. 그녀는 고개를 저었다. 조만간 알게 될 것이다.

곧 미나는 주머니에서 물티슈 케이스를 꺼냈다. 그리고 물티슈를 몇 장 뽑아 페데르에게 건넸다.

"입가에 뭐가 묻었어. 이걸로 닦아."

*

빈센트는 힘겹게 눈을 떴다. 밤새 마술 상자와 그 상자에 꽂는 칼의 제조업체와 판매업체 정보를 알아보느라 잠을 거의 못 잤다. 엄청난 양의 일이었지만 미나의 기대에 부응하고 새로운 정보를 찾아내야 한다는 압박감에 잠을 잘 수 없었다.

그리고 까무룩 잠이 들어 얼마 지나지 않았는데 알 수 없는 소리에 잠이 깼다. 소리는 멀리서 들려오는 것 같았다. 불협화음이 섞인 노랫소리였다. 모두 저마다 다른 음정으로 노래를 하고 있었다. 너무 엉망진창이라 차라리 그가 음감이라곤 전혀 없는 음치라 이게 엉망이라는 것도 몰랐다면 좋았겠다는 생각이 들 정도였다. 평소 그는 '음치'라는 단어가 농담조로만 쓰이는 게 마음에 들지 않았다. 음치란 명백히 존재하는 현상인데 말이다. 음치는 서로 다른 음의 차이를 구분할 수 없는 사람을 이르는 말이다. 음치의 반대어는 절대 음감으로, 절대 음감은 다른 음과 비교하지 않아도 그 음을 정확하게 인지할 수 있는 능력을 말한다. 절대 음감의 변종으로 상대 음감이 있는데, 상대 음감은 절대 음감과는 달리 비교 대상이 될 기준 음정을 제시해야 특정 음정을 알 수 있는 능력을 말한다. 그리고 지금 그는 자신의 음감이 절대 음감에 한참 미치지 못한다는 데 이루 말할 수 없는 기쁨을 느꼈다.

"……사랑하는…… 축하합니다아아아……."

마침내 노래가 끝나자 빈센트는 침대에서 몸을 일으켜 눈을 가늘게 뜨고 앞을 봤다. 온 가족이 그의 침대 발치에 서 있었다. 마리아와 아스톤은 기대에 잔뜩 부푼 표정을, 베냐민과 레베카는 사형장에 끌려온 표정을 하고 있었다. 빈센트는 베냐민과 레베카 쪽에 더 공감이 갔다. 그는 생일이 정말 싫었다. 흠…… 물론 모든 생일이 싫은 건 아니었다. 아이들의 생일은 재미있었다. 싫은 건 그의 생일이었다.

"아빠 생일 축하로 만세 세 번 하자! 만, 만…… 아아악!"

그때 아빠의 생일을 기념해 만세 삼창을 제의했던 아스톤이 갑자기 비명을 지르더니 다리를 감싸 쥐고 화가 잔뜩 난 눈으로 베냐민을 노려봤다. 베냐민은 자기는 아니라는 듯 어깨를 으쓱하고 레베카를 가리켰다. 아스톤은 성난 눈빛으로 레베카를 쳐다봤지만 곧장 꼬리를 내렸다. 빈센트의 막내아들 아스톤은 가족 내 위계질서를 정확하게 파악하고 있었다. 레베카는 베냐민보다 잔인했다. 누나는 누나 뜻대로 하지 않으면 자기를 엄청 아프게 만들 수도 있고, 그럴 준비도 된 사람이었다.

"여보, 생일 축하해!"

마리아가 집에서 손수 만든 커다란 케이크를 은쟁반 위에 담아 침대 위에 놨다. 빈센트의 속이 느글거리기 시작했다. 이른 아침에 크림은 정말 별로다. 하지만 이건 마리아 집안의 전통이었다. 그 말인즉슨, 울리카와 살았던 그 몇 년 동안에도 이른 아침에 소화도 안 되는 케이크를 먹어야 했다는 뜻이었다. 그도 이 케이크가 사랑의 증표라는 것, 그리고 그의 아내가 그의 소화계를 공격하기 위해 만든 게 아니라는 것을 알고 있었기에, 억지로 함박웃음을 지어 보였다.

"아스톤! 선물 가져와야지!"

마리아는 반짝이는 눈빛으로, 조심스레 침대 가장자리에 앉았다. 그녀는 생일을 사랑하는 사람이었다. 기본적으로는 그녀 자신의 생일을 가장 좋아했지만 다른 사람들의 생일도 즐거워했다. 이어 아스톤이 양팔에 선물 두 개를 안고 나타나더니 그의 이불로 뛰어들었다. 더 이상 아기가 아닌 아스톤이 침대에 풀썩 앉자, 그 무게감에 침대 위에 놓은 케이크가 넘어질 뻔했다.

"엄마랑 내가 어젯밤에 만들었어!"

그의 아들이 자랑스럽다는 표정으로 외쳤다.

"완전 프로처럼 만들었다니까. 만드는 동안 나 크림도 지이이이이이이이인짜 많이 먹었어!"

아스톤의 '프로' 발음은 자신만만한 미국인의 그것과 닮아 있었다. 분명 유튜브 동영상에서 배운 것일 테다. 빈센트는 케이크를 쳐다보며, 케이크가 은쟁반에서 미끄러져 바닥으로 떨어져서 이른 최후를 맞길 바랐다. 하지만 만약 그런 일이 일어난다면 그것이 가져올 기쁨보다 괴로움이 더 클 것이다. 생일 케이크가 침대에서 바닥으로 떨어지면 마리아는 그걸 불운의 징조로 볼 것이고, 오늘 남은 하루는 재수가 없을 거라 믿을 것이다. 그리고 그건 자기충족적 예언이 되어 그녀의 하루는 엉망진창이 될 것이다.

"여기, 아빠."

아스톤이 신이 나서 펄쩍펄쩍 뛰며 선물 꾸러미 하나를 그에게 건넸다.

아스톤은 기쁨이 가득한 눈빛으로 엄마를 흘끗흘끗 쳐다봤다.

첫 번째 선물은 성의란 찾아볼 수 없게 대강 포장되어 있었다. 포장지에 붙여 놓은 테이프는 덜렁덜렁 떨어져 있었고, 포장지도 잔뜩 구겨져 있는 것이 꼭 선물을 포장한 게 아니라 어쩌다 보니 선물이 포장지 안으로 들어간 것 같았다. 몬스터 트럭 포장지는 지난 2월 아스톤의 생일 때 쓰고 남은 것이었다. 빈센트는 미소를 지으며 아들을 꼭 안아 주었다. 몬스터 트럭을 싫어하는 사람이 세상에 어디 있단 말인가?

"아들, 고맙다!"

빈센트는 포장을 풀고 넥타이를 꺼내며 아스톤에게 말했다.

마리아가 자랑스럽다는 듯 아스톤의 머리를 헝클어뜨렸다. 빈센트는 그의 손에 들린 넥타이가 아이들에게서 세 번째로 받는, 그것도 똑같은 모양의 넥타이라는 것을 알아챘다. 분명 마리아는 아이들에게 그의 생일 선물을 사라고 돈을 줬을 것이고 아이들은 작년에 아빠에게 사 준 생일 선물을 아빠가 좋아하는 것 같았으니 올해도 같은 걸 사자는 간단한 논리로 이 넥타이를 골랐을 것이다. 그 논리엔 사랑스러운 무언가가 있었다. 그리고 그는 이미 완벽한 복수 전략도 세워 놓았다. 아이들이 스무 살이 되는 해, 생일 선물로 넥타이를 줄 것이다.

"다음! 다음 선물도 주자!!"

아스톤이 침대 위에서 계속 방방 뛰자, 케이크의 꼭대기 층이 미끄러져 떨어지기 시작했다.

"조심, 조심, 아가."

마리아가 힘주어 아들을 잡으며 다정하게 말했다.

그녀는 기대에 찬 두 눈으로 빈센트에게서 눈길을 떼지 못하고 있었다. 두 번째 선물은 얇고 평평한 무언가였다. 첫 번째 선물보다 꼼꼼하게 포장된 것으로 보아 마리아의 선물인 것 같았다. 선물 위에 붙인 하트 안에 평화의 상징을 넣은 모양의 스티커를 보자 그런 그의 추측은 확신으로 바뀌었다. 그는 포장을 풀었다.

"아빠, 우리 다 같이 배 타러 간대! 우리 가족 다 같이!"

빈센트는 카드를 들여다봤다. 최악의 악몽이 현실로 다가오고 있었다. 선물은 핀란드로 가는 발트해 크루즈 여행권이었다. 크루즈에서 느껴야 할 5만 톤의 불안, 거기에 더해 그

안의 퀴퀴한 맥주 냄새를 생각하니 정신이 아득해졌다. 그는 베냐민과 레베카의 얼굴을 올려다봤다. 그의 얼굴에 드러나 있을 괴로움이 둘의 얼굴에도 드리워 있었다. 그들은 서로를 이해한다는 눈빛을 주고받았다. 마리아가 일단 '가족으로서 엄청 멋진 일을 함께 하자'고 마음먹으면 그녀의 마음을 되돌릴 길은 없다는 걸 세 사람은 잘 알고 있었다. 조만간 그들은 철강으로 만든 거대한 선박에 24시간 동안 갇혀 핀란드로 실려 가게 될 것이다. 그는 카드 홀더 뒷면을 확인했다. 기프트 카드의 유효기간은 1년이었다. 그에게 이 나라에서 도망칠 수 있는 기한이 12개월 주어진 셈이었다.

"여보, 여기 케이크 좀 먹어 봐."

마리아가 따뜻하게 말하며, 막 자른 커다란 케이크 한 조각을 접시에 덜어 그에게 건넸다.

"아스톤 말이 맞아. 우린 케이크를 만드는 데 프로니까. 크림도 많이 넣어서 맛있을 거야."

빈센트는 마른침을 삼키며 미소를 지어 보였다. 그는 이 모든 건 사랑에서 나온 것임을, 또 그 의도만은 선한 것임을 알았다. 그랬기에 최대한 받아 주고 맞춰 주고 싶었다.

"고마워, 여보. 그럼 다 같이 식탁으로 가서 먹을까?"

빈센트의 말에 식구들은 선물과 찢어진 포장지, 케이크를 챙겨 주방으로 이동했다. 그리고 식탁으로 가는 길, 빈센트는 올해 그가 자신에게 주는 생일 선물을 챙겨 들었다. 알바 노토의 더블 앨범 '제록스 4' LP판이었다. 그는 그가 직접 맸던 빨간 리본을 풀고, 손톱을 세워 조심스레 앨범을 감싸고 있는 비닐을 뜯었다. 그리고 앨범 커버에서 첫 번째 LP판을 꺼낸 뒤, LP판의 소리 골을 자세히 살펴봤다. 그렇게 하면 거실의 턴테이블에 LP판을 올리기 전에 어떤 소리를 기대할 수 있을지 대충 시각적으로 이해할 수 있었다. LP판은 흠잡을 데가 없어 보였다.

이어 그는 물고기 밥이 담긴 통을 들어 손바닥에 조금 덜었다. 그리고 어항 앞으로 걸어가 오른손을 물 위에 놓고 잠시 기다렸다. 그가 많은 어종 중 머드미노우를 선택한 데는 이유가 있었다. 머드미노우는 가장 아름다운 물고기는 아닐지 몰라도, 그가 아는 한 사람의 손에서 직접 먹이를 받아먹는 유일한 어종이었다. 오래 기다리지 않아 네 마리의 머드미노우가 수면 위로 떠올라, 그의 손에서 떨어지는 먹이를 정신없이 먹어 치우기 시작했다.

"오늘은 집이 좀 시끄러울 거야."

그가 물고기들에게 속삭였다.

"미리 사과할게. 너희들도 대충 알잖아."

말을 마친 빈센트는 주방으로 걸어갔다.

앨범의 첫 번째 트랙이 재생되기 시작했다. 빈센트는 음악

소리에 긴장이 풀리고 마음이 느긋해지는 걸 느꼈다. 하지만 마리아는 그 반대인 것 같았다. 빈센트의 눈에 그녀의 어깨가 잔뜩 긴장되어 있는 것이 보였다. 마리아는 LP판을 좋아하지 않았다. 평소에도 그녀는 스포티파이로 에드 시런 노래를 편하게 들을 수 있는데 그가 LP판과 턴테이블로 그녀가 알지도 못하는 음악을 듣겠다고 고집하는 걸 이해하지 못하고 투덜거렸다. 턴테이블과 LP판은 공간도 많이 차지하는데 말이다. 하지만 오늘은 그런 내색을 할 수 없었다. 앨범을 감싸고 있는 빨간 리본을 그녀도 보았다. 저 앨범은 남편이 그 자신에게 주는 생일 선물이었고, 지금 이 순간은 남편이 오롯이 즐겨야 할 시간이었다. 적어도 지금은.

빈센트는 자리에 앉아 케이크 한 조각을 먹으며 머릿속으로 빠르게 계산을 해 보았다. 지금은 아침 8시 정각. 오늘 하루 남은 시간은 16시간. 16시간은 960분, 960분은 57,600초. 그 시간만 참으면 그의 생일도 끝날 것이다.

*

"오늘 이야기하셨나요?"

상대의 질문에 미나가 고개를 저으며 답했다.

"오늘은 그러기 좋은 날이 아니라 듣기만 했죠. 그리고 원래 전 나서서 이야기를 많이 하는 편이 아니에요. 아시잖아요. 여기 나온 지는 얼마나 되셨죠?"

"흠, 그렇기도 하고, 아니기도 하고. 그렇죠. 말할 마음이 들지 않으면 그러지 않는 편이 낫죠. 전 이 모임에 나온 지 얼마 안 됐어요. 오늘은 쉬는 시간 끝나고도 남아서 끝까지 있어 보려고요. 그리고 기분 봐서 2부에 제 이야기를 할 수도 있을 거고요. 커피 드실래요?"

처음 그를 보자마자 미나가 머릿속으로 '개와 함께 온 남자'라 이름을 붙인 남자가 종이컵을 내밀며 물었다. 그의 진짜 이름도 알고 있었지만 머릿속으로 그를 생각하면 처음 만난 날 그에게 지어 준 이름이 더 익숙하게 떠올랐다. 모임에 꾸준히 나오는 사람 중에는 '보라색 숄을 두른 여자', '스코네에서 온 남자', '돌고래 소녀'도 있었다. 물론 그들의 실명도 모두 알고 있었지만 그래도 익명으로 기억하는 편이 더 좋았다. 그래야 거리를 두기도 쉬우니까. 게다가 그녀는 알코올 중독자도 아니었다. 그건 수년을 모임에 참석했어도 이 모임에 소속감을 느끼지 않아도 될 좋은 핑계가 되어 주었다. 만약 그녀가 실제로 중독자였다면 그러기는 쉽지 않았을 것이다.

미나는 '개와 함께 온 남자'가 건넨 종이컵을 향해 고개를 저으며 사양했다. 그리고 저 종이컵과 모든 사람이 만진 테이블의 보온병 위를 기어오르고 있을 무언가를 떠올리지 않기 위해 애를 썼다. 남자는 어깨를 으쓱하고서는 버튼을 눌러 자기가 마실 커피 한 잔을 받았다. 커피 위로는 기름이 둥둥 떠 있었고 물도 많아 보였다. 저런 커피라면 아무리 깨끗하다 한들 마시고 싶지 않았다.

"오늘은 왜 늦으셨어요?"

그녀는 질문을 하자마자, 괜한 이야기를 꺼낸 것에 혀를 깨물고 싶은 충동을 느꼈다.

사실 그가 왜 늦었는지는 전혀 궁금하지 않았다. 그리고 어쩌면 실례가 될 수도 있는 질문이었다.

"아내를 병원에 데려다주느라요. 오늘 의사랑 진료 예약이 있었거든요. 수술 뒤에 검진 받을 것들이 좀 있어서요. 척추 측만증이 아주 심해서 2년 전부터 휠체어 신세를 지고 있죠."

미나는 고개를 끄덕인 뒤 잠시 침묵했다. 다시 한번 괜한 질문을 했다는 후회가 몰려왔다. 그런 사생활 이야기가 궁금했던 건 아니었는데. 다행히도 남자는 골든 레트리버에게 물을 챙겨 주느라 그의 아내에 대한 이야기를 멈추었다. 이어 남자가 개의 귀 뒤를 살짝 긁어 주었다.

"개 이름이 뭐예요?"

또, 미나는 관심도 없는 개 이름을 물었다. 오늘 갑자기 자신이 왜 침묵을 견디지 못하고 자꾸 질문을 해 대는 건지 알 수 없었다. 이런저런 잡담을 나누는 걸 별로 좋아하지도 않는

데. 하지만 그녀의 생각을 알 리 없는 남자는 환한 얼굴로 답했다.

"보세예요. 네 살이고요."

미나는 아무 대답도 하지 않았다. 살면서 한 번도 동물을 좋아해 본 적이 없었다. 동물이 싫은 이유는 명백했다. 눈 녹은 길을 첨벙거리고 돌아다니다가 더러워진 저 보세의 발을 보라.

"안녕하세요! 오셨네요!"

돌고래 소녀가 커피 테이블로 다가와 미나를 보며 살갑게 인사를 건넸다. 돌고래 소녀는 언제나 과도하게 행복한 모습이었다. 그들이 와 있는 모임의 종류를 생각하면 좀 이상하게 보일 정도였다. 모임에서 미나는 여러 모습을 보여 왔지만 이렇게 폭발적으로 긍정적인 모습을 보인 적은 없었다. 돌고래 소녀의 이름은 안나다. 미나가 안나를 '돌고래 소녀'라 기억하는 이유는 그들이 처음 만났던 날 안나가 그녀의 종아리에 새긴 돌고래 타투를 미나에게 보여 줬기 때문이었다. 그녀의 몸에 돌고래 말고 다른 친구들도 있냐고 물은 적은 없었다. 안나가 당장이라도 그 자리에서 옷을 벗고 몸 속 깊숙한 곳의 타투를 보여 줄까 무서웠다. 안나의 종아리에 그려진 돌고래의 존재도 모르면 모르는 대로 아무 상관 없었을 것이다. 하지만 돌고래 소녀는 그녀에게 생각지도 못한 도움을 주었다. 미나는 그녀를 향해 미소를 짓고 고개를 끄덕이며 인사를 받았다.

"빈센트 발데르 씨에게 연락해 보라는 팁을 줘서 고마웠어요. 저희 팀장님도 바로 허락해 주셔서 진짜로 연락을 했거든요."

"그래서 좀 도움이 되었나요?"

"네. 앞으로도 그러길 바라고요."

미나가 답했다.

돌고래 소녀는 아까보다도 환한 미소를 지으며 입을 열었다.

"진짜 빈센트 발데르하고 연락을 했다니! 와. 정말 최고네요! 저야 뭐 아이디어를 던져 봤을 뿐인데요. 개인적으로 그분을 아는 건 아니지만, 어쨌든 엄청 멋진 분이시잖아요. 그리고 지난번에 통화 내용을 엿들은 건 다시 한번 미안해요."

지난번 이 모임에 왔던 날, 중간 쉬는 시간에 율리아와 전화 통화를 한 적이 있었다. 마술 상자 속 시신이 발견된 다음 날쯤이었을 것이다. 그런데 쉬는 시간이 끝나자마자 돌고래 소녀가 다가와 빈센트 발데르에게 연락을 해 보라고 권했다. 처음에는 미나도 망설였지만 빈센트를 찾아보라는 안나의 제안은 그들의 수사에 부정할 수 없는 도움이 되었고, 멘탈리스트와 함께하며 미나의 일상도 갈수록 재미있어졌다. 이전보다 어려운 부분도 많았지만, 확실히 더 재미있었다. 원래 그녀는 주위에 아무도 들이지 않는 사람이었다. 그 어떤 누구도 가까이 두는 법이 없었다. 그랬던 그녀가 갑자기 낯선 이에게 문을 살짝 열어 준 것이다. 그녀에게는 좀처럼 없는 일이었지만 생각에만 머무르는 한 괜찮았다. 그녀는 여전히 상황을 통제하고 있었다. 남은 숙제가 있다면 전화 통화를 할 때 남들이 엿들을 수 없게 목소리를 낮추는 방법을 배우는 것 정도일 테다.

어느새 보세는 물을 다 마셨는지 혓바닥을 입 밖으로 늘어뜨리고 그녀 곁에 와서 서 있었다. 미나는 저도 모르게 주먹을 꽉 쥔 채 뒤로 물러서고 싶은 충동을 참았다. 그렇게 3~4초 정도를 잘 참았다 했는데, 축축하게 젖은 코가 그녀의 손에 느껴지자 더는 참지 못하고 잽싸게 뒤로 몇 걸음 물러섰다.

"무서워하지 않아도 돼요. 보세는 아주 순하거든요."

남자가 보세의 귀 뒤를 긁어 주며 말했다.

미나는 개의 입가에서 뚝뚝 떨어지는 침을 바라봤다. 미나가 느끼는 공포를 관심이라 착각했는지, 보세는 반갑게 꼬리를 흔들었다.

"음……."

미나는 보세와 보세의 더러운 발에서 시선을 떼지 못했.

다시 무거운 침묵이 흘렀다. 보세는 희망에 찬 표정으로 다시 한 걸음 가까이 다가왔다.

그때였다. 돌고래 소녀가 입을 열었다.

"다음번에는 늑대 그림이랑 멋진 문구를 타투로 새길까 생각 중이에요."

돌고래 소녀가 아직 여기 있다는 걸 까먹고 있었던 미나가 그녀에게로 시선을 옮겼다.

"어떤 문구를 새길지 아직 결정은 못 내렸어요. 카르페 디엠으로 할까 봐요. 좀 촌스러운가요? 그래도 뜻은 좋잖아요. 안 그래요? 지금을 즐겨라, 그런 뜻이라면서요. 그게 제일 중요한 거 아닌가요? 우리 모두 오늘을 즐기고, 현재를 살아야죠."

돌고래 소녀가 입고 있는 맨투맨 티의 소매를 올려 그녀의 위 팔뚝을 드러냈다.

그러자 미나가 예의 바른 눈빛으로 안나를 쳐다보며 입을 열었다.

"내가 타투를 어떻게 생각하는지 잘 알잖아요. 피부를 찌를 바늘이 제대로 살균 소독되었는지 알 길이 없고, 그 잉크도 얼마나 깨끗한 건지 알 수 없죠."

"알아요. 그런데 바로 그게 쿨한 거 아니에요?"

돌고래 소녀가 대꾸했다.

"앞으로 무슨 일이 일어날지 모른다는 건…… 살아 있는 느낌을 주잖아요. 안 그래요? 오염된 바늘이나 잉크가 내 몸에 들어와 살점을 갉아먹는 치명적인 박테리아를 옮겨서 서서히 팔 전체를 먹어 치우면……."

"그런 걸 두고 벼랑 끝에 서서 아슬아슬하게 산다고 하죠."

미나가 건조하게 답했다.

"오, 좋아요! 그거 진짜 좋은 문구네요! 고마워요! 앞으로는 벼랑 끝에 서서 아슬아슬 살아야겠어요! 진짜 존나 좋은 생각이에요. 역시 미나 씨가 최고예요."

미나는 전혀 조언으로 건네지 않은 자신의 말에 열광하는 돌고래 소녀를 물끄러미 바라봤다. 이 대화를 어떻게 이어 나가야 할지 도무지 감이 잡히질 않았다. 그녀가 무슨 말을 하든, 결국 그녀가 방금 한 말은 더러운 잉크와 바늘로 돌고래 소녀의 팔뚝에 타투로 새겨질 것 같은 기분이 들었다.

"자, 이제 들어오시죠!"

복도에서 한 남자의 목소리가 울려 퍼졌다.

미나는 돌고래 소녀에게서 도망칠 수 있다는 것에 내심 감사하며, 미안한 미소를 지어 보인 뒤 서둘러 발걸음을 옮겼다.

1982년 크비빌레

"잘돼 가?"

갑자기 소년의 뒤에서 목소리가 들려왔다.

"지금 이건 뭐 만드는 건데?"

헛간에 누가 들어오는 소리는 전혀 듣지 못한 채 널빤지를 쪼개지지 않게 이등분하는 데 열중하고 있었던 터라, 소년은 갑작스런 목소리에 깜짝 놀랐다. 그 바람에 잘 잘리고 있던 널빤지가 보기 싫게 쪼개지며 반으로 갈렸고, 소년이 잡아 볼 새도 없이 땅바닥으로 떨어졌다. 소년은 잽싸게 떨어진 널빤지를 주워 들어 나무 더미 위에 올려놓고서는 커다란 천으로 나무 더미를 가렸다. 나무 더미를 가린 천에는 별과 신비로운 상징들이 잔뜩 그려져 있었다. 대부분 그가 직접 그린 것이었다. 소년은 그제야 뒤로 돌아서서 엄마를 쳐다봤다.

엄마는 열려 있는 헛간의 문 앞에 서 있었다. 황혼 무렵의 태양이 엄마의 실루엣을 금빛으로 물들였다. 소년은 눈이 부셔 눈을 가늘게 뜨고 엄마를 쳐다봤다.

"그걸 어떻게 말해. 그러면 엄마가 내 일루전의 비밀을 다 알게 되잖아. 나중에 다 끝나면 보여 줄게."

문 앞에서 서서 헛간으로 들어오는 햇빛을 가리고 있던 엄마가 안으로 들어오자, 목공용 의자 위로 빛이 떨어졌다. 활기 없이 공기 중을 떠다니던 먼지 입자들이 빛을 만나 반짝이며 빛났다. 마술 같은 반짝임이었다. 엄마는 의자에 놓여 있던 붓 중 하나를 들어 공중에 붓질을 하기 시작했다.

"그림 그리는 거라도 도와주면 안 될까?"

엄마가 소년의 뒤를 보러 힐끗거리며 물었다.

"이런 걸 네가 혼자서 만들다니, 진짜 믿기지 않는다니까. 넌 아직 일곱 살이잖니. 세상에 어떤 일곱 살짜리가 이런 걸 혼자 만들 수 있겠어?"

"그렇게 어렵지는 않아."

소년이 답했다.

"게다가 여기에 다른 할 일이 많은 것도 아니니까. 그림은 이제 막 그리기 시작했는데, 아직도 뭘 그릴까 생각 중이야. 그림을 그리면 처음보다는 훨씬 멋져질 거야. 그런데 엄마가 도와주고 싶다면 내가 다 끝났다고 할 때까지 훔쳐보면 안 돼. 그리고 이번에는 별도 그리지 말고."

소년이 나무 더미를 덮고 있는 천을 가리키며 말했다.

"그림은……."

"알아. 레스 바르가스처럼 그려야 한다고 했잖아. 스페인 화가랬던가?"

엄마는 드라마틱한 춤 동작을 춰 보이며 말했다. 소년은 그 춤 동작이 무엇을 의미하는지 짐작도 할 수 없었다.

"엄마, 레스 바르가스가 아니라 라스베이거스."

소년은 하던 일을 멈추고 엄마를 쳐다봤다. 엄마는 투명한 두 눈으로 소년을 쳐다보며 미소 짓고 있었다. 그 미소에 소년 몸에 가득했던 긴장이 사르르 풀렸다. 오늘은 좋은 날이었는데, 어째 또 함정에 걸린 것 같은 기분이 들었다.

"엄마. 방금 전…… 방금 전에 그건 농담이었지? 그렇지? 이 세상에 레스 바르가스라는 사람은 없어. 안 그래?"

소년은 엄마가 이런 장난은 치지 않았으면 하고 바랐다. 다른 사람들의 농담을 알아듣기도 어려운데 엄마까지 농담을 하다니. 특히 학교는 악몽 같았다. 이 여름 방학이 끝나지 않고 영원히 지속된다면 얼마나 좋을까? 그럼 학교에 가지 않고 계속 농장에 있어도 될 텐데. 그에게는 엄마와 누나만 있어도 충분했다.

엄마가 소년에게 윙크를 했다.

"맞아. 바르가스는 농담이었어. 하하. 알겠어. 라스베이거스를 그려 달라 이거지. 접수 완료!"

엄마는 이어 붓을 들어 경고하듯이 말을 이었다.

"카드 마술 하나 알려 주면 라스베이거스를 그려 주지. 안 그러면 스페인 화가 흉내 내고."

소년은 웃음을 터트렸다. 엄마처럼 마술을 사랑하는 사람은 본 적이 없었다. 엄마는 소년만큼이나 마술을 사랑했고 소년은 엄마를 이해했다. 마술을 할 때면 세상의 모든 걱정 근심이 사라지고, 가지고 있는 돈은 두 배가 되었다. 마술을 하면 온 세상이 달라 보였다. 적어도 조금은.

마술 안에서는 모든 게 가능했다.

소년은 돌아서서 높게 쌓인 나무 더미를 쳐다봤다. 그러고는 그만이 이해할 수 있는 방식으로 저 나무들을 연결하고 조립해 만들 마술 상자를 그려 봤다. 소년은 저 상자 안에서 무엇이든 꺼낼 것이다.

엄마를 행복하게 만들 모든 것을 저 상자에서 꺼내 줄 생각이었다.

*

공원을 가로질러 걷는 빈센트의 부츠 아래로 녹은 눈이 질척거렸다. 잠깐 보자는 미나의 전화를 받고 그는 이곳 롤람스호브 공원에서 점심시간에 산책을 하자고 제안했다. 공원은 경찰서에서 가까워 걸어서도 금방이니, 미나도 사무실을 오래 비우지 않아도 된다. 그리고 둘이 함께 있는 걸 사람들에게 들킬 위험도 거의 없을 것이다.

그렇게 생각했건만 공원으로 가는 길, 그에게서 10미터 거리에 하늘색 퀼트 재킷을 입은 젊은 여자 하나가 그를 뚫어져라 처다보고 있었다. TV에서 봤던 그를 알아본 것 같은데, 인사를 해야 할지 말아야 할지 고민하는 것 같았다. 그는 그녀의 고민을 덜어 주고자, 먼저 손을 흔들어 인사를 건넸다. 하지만 여자는 그의 인사를 받는 대신 획 돌아서서 총총 자리를 떴다. 뭐, 세상일이 다 내 마음대로 되는 건 아니니까.

그래도 오늘 날씨는 그의 편이었다. 따사로운 햇살 아래 공원의 넓은 잔디밭 위에서 주인과 함께 나와 놀고 있는 개들이 보였다. 스톡홀름 시내의 눈은 거의 다 녹았지만 공원 구석구석에는 아직도 미처 녹지 못한 눈 더미가 남아 있었다. 개는 다섯 마리, 주인은 다섯 명. 5 더하기 5는 10. 그렇게 하면 홀수가 짝수가 되었다.

"생일 축하해요. 올 한 해 좋은 일이 가득하길 기도할게요."

갑자기 그의 뒤에서 목소리가 들려 뒤를 돌아보니 미나가 서 있었다. 생일이라니. 망할 놈의 위키피디아. 그는 그녀가 선물 같은 걸 준비하진 않았기를, 또 생일을 축하한다고 포옹을 해 줄 생각은 아니길 바랐다.

"생일 얘기는 여기까지만 하시죠."

그가 단호한 표정으로 말했다.

그녀의 입가에 옅은 미소가 지나가고, 이내 평소처럼 속내를 알 수 없는 표정이 떠올랐다.

"새로운 사건이 생겼어요. 아니, 더 오래된 사건이라고 해야 할까요?"

그녀가 그에게 사진 두 장을 건넸다. 위에 있는 사진은 인스타그램에 올린 셀카를 출력한 것이었다. 삶에 대한 열정이 넘쳐 보이는 젊은 여자가 건배하듯 카메라를 향해 잔을 들고 있었다. 그녀 뒤의 테이블 위에는 선물들이 쌓여 있었고, 친구들도 모여 있었다. 빌어먹을, 또 생일이었다.

"이름은 앙네스 세시, 스물한 살이었어요. 스톡홀름 시내 아파트에서 친구랑 같이 살고 있었고요. 부친은 스웨덴 서남부 도시 아르비카에 살고 있고, 모친은 오래전에 사망했고요. 자살로 종결되었던 사건이에요."

다음 사진을 본 빈센트는 움찔했다. 사진에는 스테인리스 테이블 위에 놓인 나신의 모습이 담겨 있었다. 그나마 총을 맞은 머리 부위는 잘려 있었다.

"같은 사람이에요. 여기 허벅지 좀 보세요."

빈센트는 미나가 가리키는 곳을 자세히 들여다보았다. 깔끔하게 새겨진 상처가 한눈에 들어왔다. 곧 빈센트는 사진에서 시선을 뗐다. 필요 이상으로 오랫동안 사진을 보고 싶지는 않았다.

"보시는 것처럼 앙네스의 시신에도 번호가 새겨져 있었어요. 마술 상자에서 발견된 시신에 숫자 3이 표시되어 있었으니, 전 이전의 희생자에는 숫자 2가 새겨졌을 거라 생각했거든요. 범인이 희생자가 늘어날 때마다 숫자를 매길 테니까요. 그런데 앙네스의 시신에는 로마 숫자 4가 새겨져 있어요. 범인이 벌써 네 명의 희생자를 죽인 것처럼요."

걷고 있던 빈센트가 걸음을 멈췄다.

"아까 앙네스 사건이 더 오래된 사건이라고 하지 않았나요? 그러니까 마술 상자 시신보다 앙네스가 더 일찍 사망했다는 거죠?"

"네. 한 달 더 먼저요. 앙네스는 1월에 사망했거든요."

미나가 추위를 피해 팔짱을 단단히 끼며 답했다. 그녀가 입고 있는 빨간색 코트는 냉기를 완벽히 차단해 주지 못했다. 햇살은 따뜻하지만 아직까진 차가운 봄 공기가 그녀의 코트 안으로 파고들었다. 빈센트는 생각에 잠겼다. 숫자 4와 3. 역순의 숫자. 숫자가 역순이라고 확신할 통계적 근거는 빈약했다. 하지만 그의 촉이, 그의 생각이 맞다고 말해 주고 있었다.

"추워요?"

그가 사진을 다시 미나에게 돌려주며 점잖게 물었다.

"아뇨. 그리고 전 추위를 좋아해요."

미나의 단호한 표정에서 그녀가 진심이란 것을 알 수 있었다.

"제 생각이 틀릴 수도 있겠지만, 당분간은 숫자 1과 2가 새겨진 시신을 찾지는 못할 겁니다."

미나는 아무 말 없이 빈센트를 응시했다.

"이건 카운트다운이에요. 아직 1과 2를 새길 살인은 저지르지 않은 거죠. 이해가 돼요? 4, 3, 2, 1. 어쩌면 숫자 0까지, 숫자는 역순으로 새겨질 겁니다."

"왜 그렇게 생각하시는데요?"

미나가 공포에 질린 표정으로 그를 쳐다보며 말을 이었다.

"그러니까 앞으로 최대 세 건의 살인이 더 일어날 거란 말인가요?"

"우리가 범인을 멈추지 못한다면요."

빈센트는 짧게 답한 뒤 다시 발걸음을 옮기기 시작했다.

"카운트다운 말고는 역순의 숫자를 설명할 길이 없어요. 카운트다운보다 여기에 더 잘 맞는 패턴이나 조합도 보이지 않고요. 그리고 동시에 미나 씨가 자기 자신에게 물어봐야 할 아주 중요한 질문이 있어요."

"저뿐 아니라 우리겠죠. 어쨌든 무슨 질문인데요?"

"이게 뭘 향한 카운트다운일까 하는 거죠. 이 숫자가 0에 이르면 무슨 일이 일어날까."

미나는 잠시 침묵했다.

"끔찍하네요."

빈센트도 고개를 끄덕였다.

"확실하진 않아요. 앞으로 두 명의 희생자만 더 있을 거란 건 그저 추측이고요."

"아, 참. 말씀드린다는 걸 깜빡했는데 앙네스도 손목시계를 차고 있었어요. 그리고 2시 정각에 시계가 멈췄고요."

빈센트는 대답 대신 끙 하고 앓는 소리를 냈다. 한동안 침묵이 계속됐다. 원래 그는 노르 멜라스트란드 부두를 따라 서 있는 카페 중 하나에 들어가 몸을 좀 덥히자고 할 생각이었지만 공원에서 추워도 행복해 보이는 미나를 보고 생각을 바꾸었다. 빈센트는 장갑을 낀 손을 모아 비비며, 생각을 정리하려 노력했다.

"전 추운 게 좋아요."

그때 미나가 입을 열었다.

"추우면 모든 게…… 깨끗하게 느껴지거든요. 더럽고 나쁜 건 이 추위를 이기고 살아남지 못할 것 같은 거죠."

"더럽고 나쁜 살인자가 아직 밖을 활보하고 있잖아요. 참, 새로운 피해자는 어떻게 죽었습니까? 아니 더 오래된 피해자라고 해야 하나요? 어쨌든 벤치에서 발견된 여자요."

"얼굴에 총을 맞았어요."

미나의 답에 빈센트가 반사적으로 얼굴을 찌푸렸다.

"걱정하지 마세요. 총상 사진은 안 가져왔으니까. 그런데 범인이 왜 살인의 시각을 표시하려 했는지는 잘 모르겠어요. 망가진 손목시계들 말이에요. 같은 시간은 아니었지만 정확히 한 시간 차이를 두고 멈췄거든요."

빈센트가 대답하기도 전에 어디선가 프리스비 원반이 날아와 그들에게서 1미터쯤 떨어진 곳에 떨어졌다. 곧 새까만 도베르만이 잽싸게 달려와 땅에 떨어진 프리스비를 입에 물고 미나와 빈센트의 바로 앞에 잠시 멈춰 섰다. 그러고는 행복한 표정으로 두 사람을 바라보더니 다시 달려온 방향을 향해 뛰어갔다.

"전 개가 싫어요."

미나가 말했다.

빈센트는 프리스비를 꼭 물고 뛰어가는 개의 뒷모습을 바라보다가 이윽고 입을 열었다.

"총알 잡기네요."

"네?"

"얼굴에 총을 맞았다는 피해자요. 그것도 마술 상자처럼 고전적인 마술 일루전 중 하나입니다. 흠, 사실 총알 잡기는 일루전이라기보단 묘기에 가깝지만요. 어쨌든 이 속임수는 1500년대 말쯤에 처음 등장했으니, 아주 오래된 트릭이죠. 이에 관한 최초의 설명은 1631년 토머스 비어드 목사가 쓴 책에 등장해요. 책에 쓰인 기록에 따르면 이 묘기는 관객석의 누군가가 총알에 표시를 하는 것으로 시작하죠. 그런 다음 총기에 그 총알을 넣고 마술사나 조수를 향해 발사해요. 관객들이 깜짝 놀라는 사이, 마술사나 조수는 그들이 관객이 표시한 그

총알을 치아 사이로 잡았다는 걸 보여 줍니다. 초반에는 치아가 아니라 손으로 잡기도 했죠."

"그런 게 마술 묘기라고요? 말만 들어도 너무 끔찍한데요!"

"총알을 이 사이로 잡는 건 불가능하다는 걸 모두가 알고 있으니까요. 또 제정신이 박힌 사람이라면 총알이 장전된 총을 아티스트에게 진짜로 발사하지도 않을 테고요. 그런 이유로 이 묘기가 속임수라는 걸 아는 상황에서 우리는 자연스럽게 대체 어떻게 그런 장면을 연출할 수 있을까 하는 질문을 하게 됩니다. 그리고 그 질문에 대한 답은 그게 '마술'이라 가능하단 거예요. 요즘 같은 시대에는 크게 문제가 되거나 비난받을 수 있는 마술이죠. 또 실제로 목숨을 잃을 수 있을 만큼 위험하기도 해요. 기록에 따르면 지금까지 이 마술 도중 열두 명이 사망했으니까요. 제일 처음 목숨을 잃은 사람은 이 묘기를 최초로 공연한 마술사로 알려져 있는 프랑스 로렌 지역 출신의 마술사 콜루였어요. 1613년 공연에서 이 마술을 선보였는데, 그를 향해 총을 쐈던 관객이 엄청나게 열을 받는 바람에 그 총으로 마술사를 때려죽였죠."

미나는 그녀 앞에 낮게 쌓인 눈 더미를 발로 차며 물었다.

"모든 마술의 기본은 누군가를 죽이는 것처럼 눈속임하는 건가요?"

"대부분 그렇죠."

빈센트는 헛기침을 해서 목청을 가다듬은 뒤 다시 말을 이었다.

"고전적인 스테이지 일루전은 기본적으로 여자를 죽이거나 불구로 만드는 것을 전제로 합니다. 여자의 몸을 칼로 절단 내어 각 신체 부위를 따로 움직이거나, 칼로 여자를 찌르거나 한 다음에 여자가 다치지 않았고 무사하다는 걸 보여 주는 거죠. 그 대상이 거의 항상 여자라는 건 우연이 아니에요. 남자보다는 여자가 체구도 작고 날씬한 데다 몸도 유연해 작은 상자에 들어가기 더 쉽거든요. 저도 주워들은 말이긴 하지만요."

"현실에서도 피해자는 대부분 여자죠."

미나가 침울하게 중얼거렸다. 그러고는 허리를 굽혀 장갑 낀 손으로 눈을 조금 퍼서 둥글게 뭉치기 시작했다.

그러자 빈센트가 다시 멈춰 서며 입을 열었다.

"그 뿌리는 신비주의에 있다고 생각합니다. 여자는 생명을 낳는 존재죠. 그러니까 스토리에서 남자보다는 여자가 희생양이 되는 게 더 비극적인 거예요. 상징주의의 측면에서 보면 한 여자가 살해당한 게 아니라, 그녀가 대표하는 인류의 지속성이 끊기는 거죠. 사람들은 무의식적으로 그걸 알고 있거든요. 여자보다 남자는 더…… 대체가 가능한 존재죠. 현실에서 여자들이 수많은 범죄의 희생양이 되는 건…… 글쎄요, 아마 내가 가질 수 없는 건 부숴 버리겠다는 사람들이 있어서 그런 거겠죠."

"제가 이제껏 생각했던 마술은 누군가를 죽이는 척 속임수를 쓰는 건 아니었는데, 의외네요. 잠깐 쇼비니즘 얘기는 접어 두고, 질문이 있어요. 만약 마술사가 누군가한테 칼을 꽂은 다음 곧장 그 '제물'이 다치지 않았다는 걸 보여 준다면, 그건 결국 마술사가 꽂은 그 칼이 진짜가 아니라 가짜였다는 걸 나타내는 거잖아요. 그럼 다들 시시하게 생각하지 않을까요?"

미나는 완벽한 구 형태의 눈덩이를 손에 든 채 물었다. 그녀 사전에 '어중간'한 건 없었다.

"다시 한번, 상징주의 요소를 빠뜨렸어요."

빈센트가 그녀 손에 들린 눈덩이에서 시선을 천천히 돌리며 말을 이었다.

"만약 제가 누군가의 몸을 반으로 절단한다면, 전 그 사람을 죽인 것이 되잖아요? 그런데 곧 그 사람이 다치지 않았고 무사히 살아 있다는 걸 보여 준다면, 전 그 사람을 죽음에서 부활시킨 셈이 되죠. 그게 바로 고전적인 일루전이 주장하는 마술이란 겁니다. 말도 안 되는 것처럼 들릴 수 있지만, 마술에 사람을 살리고 죽일 수 있는 힘이 있다는 거죠. 그리고 여자 조수도 신성함을 좌지우지하는 통제력을 의미하고요."

빈센트는 조심스레 시간을 확인했다. 미나의 점심시간은 벌써 끝나 있었다. 그는 그녀가 그 사실을 모르길 바랐다. 계속해서 걷던 둘은 어느새 부둣가의 관목 앞에 다다랐다. 아직 세일링 시즌이 아니라 그런지 평소 보트들이 매여 있는 부둣가 바다는 휑하니 비어 햇볕에 물만 반짝이고 있었다. 빈센트가 나뭇잎을 쓸어내리자, 녹은 눈이 그의 장갑에 묻었다.

"그러니까 지금 우리는 자신이 신이라도 된 것처럼 착각하는 사람을 찾고 있다는 건가요? 마술에 지나치게 심취한 나머지 실제로 사람을 죽이게 된 사람이요? 그게 우리가 찾는 사람에 대한 당신의 전문적 견해인가요? 권력에 굶주려, 신 행세를 하고 싶어 하는 사람이요?"

"아뇨. 전혀 아니에요. 우리가 찾은 두 명의 피해자는 실패한 일루전의 결과물이 아니에요. 두 사건 모두 '부활'이라는 일루전의 마지막 단계가 고의로 생략되어 있죠. 우리가 찾는 범인은 완전히 미친 사람이자 동시에 멀쩡하기도 한 사람일 거예요."

미나가 미간을 찌푸린 채 그를 바라봤다.

"그전에도 말했지만, 이 사람은 상자를 제작하고 납치를 계획하고 피해자 몸에 수수께끼 같은 메시지를 남길 정도로 철두철미하고 이성적인 사람입니다. 동시에 폭력적이고 충동적인 모습을 보일 정도로 균형이 무너져 있는 상태고요. 두 사건 모두, 외과 수술처럼 정밀하게 사람을 죽이진 않았거든요. 물론 준비 과정은 빈틈없었지만 살인의 과정은 전혀 그렇지 않았단 거예요."

"하지만 상자 안에서 발견된 시신의 경우, 어느 정도 정밀한 방법으로 살해당한 거 아니었나요?"

"네, 물론이죠. 하지만 그 사건도 범인이 살인에 숙련되었다기보다는 빈틈없다는 인상만 주거든요. 그리고 차분하게 거리를 둔 게 아니라 강렬한 감정이 개입된 게 느껴지고요. 흠, 미안한데 그 눈덩이는 뭐에 쓰려고 만든 겁니까?"

"개가 다시 오면 던지려고요."

미나가 손 위의 눈덩이 무게를 가늠해 보며 답했다.

빈센트는 태연한 척하려 노력했지만 미나의 말에 달갑지 않은 생각들이 머릿속에 떠다니기 시작했다. 마술과 죽음에 대한 생각들. 손바닥이 땀에 젖었다.

빈센트는 그녀가 자기 행동을 눈치채지 못하길 바라면서, 나뭇잎에서 묻은 차가운 눈이 아직 남아 있는 그의 장갑을 뺨에 대고 꾹 눌러 머릿속 생각들을 몰아내려 애썼다.

"지금 할 수 있는 일은 이다음에 있을 두세 건의 살인을 막으려 노력하는 것뿐입니다. 미나 씨 동료들이 절 어떻게 생각하든지요. 범인이 카운트다운 표시를 새겨서 우리한테 다음 살인을 예고하고 있다는 게 마음에 안 드네요. 물론 제 생각이 맞다는 가정하입니다만. 하지만 지금으로선 더 할 수 있는 일이 없네요……. 미나 씨 덕분에 전 이 사건에 감정적으로 휘말렸어요. 두 사건 사이 시간이 한 달밖에 차이가 안 났다고 하면 우리에게 주어진 시간도 얼마 되지 않겠죠. 그리고……."

그가 잠시 주저하다 다시 입을 열었다.

"그 상자가 발견된 곳을 한번 봤으면 하는데요."

"범행 현장은 벌써 과학수사대가 조사했어요. 폴리스 라인도 이미 치워졌고요. 과학수사대가 찾지 못한 걸 지금 우리가 가서 찾을 확률은 희박해요."

"그래도 보고 싶어요. 이런 식의 프로파일링은 처음이지만 그래도 살인자의 발걸음을 따라가 보는 데 의미가 있을 거라고 생각해요. 범인이 어떻게, 왜, 그리고 어디서 그런 일을 벌인 건지 느껴 보는 거죠. 미나 씨는 현장에 가 보셨나요?"

"아뇨. 페데르가 시신이 발견되었다는 신고를 받고 현장에 나갔어요. 하지만…… 페데르에게 우리를 현장에 데려가 달라는 부탁을 할 수는 있을 거예요. 페데르는 사람이라면 누구나 좋아하는 대형견 같은 면이 있죠. 분명 멘탈리스트한테도 엄청 호감을 가지고 있을 거예요."

"고마워요."

그때 하늘색 퀼트 재킷을 입은 젊은 여자가 갑자기 다시 등장했다. 미나 뒤로 멀지 않은 곳에 서 있었는데 빈센트의 위치에서 얼굴이 확실히 보이진 않았다. 이번에는 여자가 먼저 그를 향해 손을 흔들어 보였지만 빈센트는 못 본 체했다. 무례하게 보일 수 있어도 지금은 미나에게 집중하고 싶었다.

"방금 전에 저 때문에 감정적으로 휘말렸다고 하셨나요?"

미나는 미소를 지으며 묻더니 그가 대답할 새도 없이 그에게 손에 들고 있던 눈 뭉치를 던졌다.

"좋네요."

"저도 그래요. 그러니까…… 수사가…….."

그녀의 눈을 바라보고 있으려니 그의 입안을 맴돌던 목소리가 잦아들었다. 미나의 사생활에 대해서는 전혀 아는 바가 없었고 그녀와는 고작 몇 번 만났을 뿐이지만 그녀의 존재는 벌써 무척이나 자연스럽게 느껴졌다. 그녀와 함께 있는 건 전혀 어렵지 않았다. 그녀와 떨어져 있는 순간조차 그녀는 일상의 한 부분처럼 그의 삶 속에 존재했다. 마치 그가 무의식적으로 공기 중의 산소를 호흡하고 그의 핏줄에는 피가 흐르는 것처럼, 그녀 또한 아주 자연스럽게. 새로운 사람에게는 거의 느껴 본 적 없는 감정이었다. 보통 그의 인생에 새로운 사람이 들어오는 데는 오랜 시간이 걸렸고, 그가 보기에 그녀도 마찬가지인 것 같았다. 그런데 미나는 달랐다. 만난 지 얼마 되지는 않았지만 미나를 생각하면 마음이 편안했다.

미나는…….

그의 온몸에 피가 빠르게 돌기 시작했다.

헉. 왜 이제껏 그 생각을 안 했던 걸까? 그가 진짜 경찰이 아니라서 그런 거겠지.

"아 참, 그런데 자살로 사건이 종결됐다는 그 여자 말입니다……."

빈센트가 다시 입을 열었다.

"앙네스요. 앙네스 세시."

"네. 앙네스요. 시신에서 검출된 약물이 있었나요?"

빈센트의 질문에 미나는 그를 조용히 응시하다 입을 열었다.

"앙네스의 수사 파일을 보면서 뭔가 신경이 거슬리는 부분이 있다 했는데, 이제야 그게 뭔지 알겠네요."

*

날씨가 좋은 날이었다. 따사로운 햇살에 눈이 녹기 시작했다. 그는 화창한 날이 좋았다. 물론 비도 좋았다. 비가 온 뒤의 공기에서는 엄마 아빠가 깨끗하게 빨아 침대에 깔아 준 침구에서 나는 것 같은 산뜻한 냄새가 났다. 그는 깨끗하게 빤 침구가 좋았고, 엄마 아빠도 좋았다. 무언가를 좋아하는 마음이 좋았다. 무언가를 좋아할 때 배 속이 몽글몽글해지면서 행복해지는 그 느낌이 좋았다.

그는 종종 배앓이를 했다. 배가 아픈 건 싫었다. 그렇게 자주 아픈 건 아니었지만 한 번은 정말, 정말 많이 아팠다. 엄마랑 아빠는 그가 입에 넣으면 안 될 것들을 입에 넣어 배가 아픈 거라고 했다. 겪은 게 있는지라 그도 엄마 아빠의 말이 맞는다는 걸 알았지만, 그래도 여러 가지 것들을 입에 넣고 우물거리는 것은 포기할 수 없는 즐거움이었다. 이전에는 시도해 보지 않은 새로운 것들을 입에 넣어 혀로 돌릴 때 느껴지는 신선한 맛과 감각이 좋았다. 참으려고도 해 봤지만 참을 수가 없었다. 새로운 것을 입에 넣고 맛보는 건 그가 새총 쏘기만큼이나 좋아하는 일이었다. 물론 새총을 이길 수는 없지만.

"안녕, 빌뤼!"

그가 명랑한 목소리로 누군가에게 외쳤다. 그리고 허리를 구부려서, 동네에 산책을 나오면 언제나 마주치는 작은 코커스패니얼에게 인사했다. 개는 그의 얼굴을 핥고 싶다는 듯 그를 향해 펄쩍 뛰어올랐다. 이 개는 그래도 됐다. 너무 귀여우니까. 그는 빌뤼의 귀 뒤를 잠시 만져 준 뒤 언제나처럼 개 주인에게 고맙다고 인사하고 숲 쪽으로 발걸음을 옮겼다. 고맙다고 말하는 건 중요하다. 엄마는 자꾸만 같은 이야기를 반복했다. 하지만 그가 늘 까먹는 걸 생각하면 엄마가 되풀이해서 얘기해 주는 걸 고맙게 생각해야 한다.

숲의 초입에 다다르자, 그는 나무 그루터기 뒤를 더듬었다. 지난번에 놓고 간 플라스틱 병들은 아직 그 자리에 그대로 있었다. 어떨 때는 병이 없어지기도 한다. 누군가 훔쳐 가는 것이겠지. 사람들이 그의 플라스틱 병을 훔쳐 가는 건 싫었지만 엄마 아빠는 절대 빈 병을 방에 가져다 놓으면 안 된다고 했다. 그러니 여기 숨겨 두고 다니는 수밖에.

그는 조심스럽게 그리고 질서 정연하게 나무 그루터기 위에 똑같은 간격을 두고 병 세 개를 나란히 세웠다. 그런 다음 지난번 표시해 둔 자리를 찾으려 한 걸음 한 걸음 뒷걸음질 쳤다. 찾았다. 나무 그루터기에서 오십 발자국 떨어진 곳이다. 지난번에는 안 그랬는데 오늘은 진흙밭이 되어 있었다. 장화를 신고 나오길 잘했다. 새총 훈련은 늘 같은 자리에서 정확히 같은 거리를 유지하며 하는 게 중요했다. 그러지 않으면 실력이 늘고 있다는 것을 무슨 수로 알겠는가?

새총에 쓸 돌은 아주 신중하게 골라 두었다. 돌을 찾기 위해 집 밖의 자갈길에 누우면 몇 시간이 후딱 지나갔다. 마음에 드는 돌은 입안에 넣어 맛도 봤다. 돌을 빨아 먹을 때 거친 돌의 표면이 혀에 닿는 느낌이 좋았다. 오늘은 그가 가진 것들 중 최고의 돌들을 가져왔다. 그가 가장 좋아하는 돌들이었다. 그는 손 위에 돌을 올려놓고 무게를 가늠해 보고서는 그중 하나를 골라 들었다. 돌의 표면이 햇빛을 받아 반짝였다.

이어 그는 바지 뒷주머니에서 새총을 꺼냈다. 수없이 쓴 탓에 나무는 많이 낡아 있었지만 그는 이게 좋았다. 새총은 그의 손에 딱 맞게 길들여져, 손에 쥐면 꼭 그와 하나가 되는 것 같았다. 그는 조심스레 돌 하나를 새총에 걸었다. 그리고 한쪽 눈을 감고 목표를 조준한 뒤 곧 새총을 쐈다. 날아간 돌은 플라스틱 병에 명중했고, 병은 우아하게 뒤로 넘어갔다.

"브라보! 잘하는데!"

갑자기 들려온 목소리에 그는 깜짝 놀랐다. 누가 오는 걸 못 봤는데……. 그래도 관객이 있다니 기분이 좋았다. 혼자 새총을 쏠 때보다 누군가 보고 있을 때 쏘는 게 더 재미있다.

"이것도 보세요!"

다음 돌을 새총에 걸어 잡아당기며 말했다.

"이번에는 병뚜껑을 맞힐게요!"

그는 다시 한번 한쪽 눈을 감고 목표물을 조준했다. 발사. 날아간 돌은 녹색 병뚜껑에 명중했고, 병은 깔끔하게 뒤로 넘어갔다.

"우와! 진짜 잘하네!"

박수갈채가 날아왔다. 그는 박수가 좋았다. 박수 소리에 흥분이 되어 온몸이 찌릿해 왔다. 그는 세 번째 돌을 꺼내 새총에 걸고, 서둘러 발사했다. 가능하면 누군가 자신을 보고 있을 때 최대한 많이 쏘고 싶었다. 오며 가며 구경하는 사람들은 있었지만 오래 머물며 구경하는 사람은 잘 없었다. 고로 그는 곧 다시 혼자 연습하게 될 것이다. 세 번째 병도 앞서 명중시킨 두 개의 병과 마찬가지로 깔끔하게 돌을 맞고 뒤로 넘어갔다.

"와, 너무 잘해서 상을 줘야겠는데! 새총 쏘기 세계 챔피언이라도 되나? 나랑 같이 저기로 가자. 내 차가 저기 있는데, 너한테 줄 상이 있어!"

온몸에 기쁨이 퍼져 나갔다. 그는 상을 좋아했다. 하지만 이제껏 살며 상이란 걸 받아 본 적이 없었다. 그도 상을 받고 싶었는데, 그 누구도 그와 같은 사람에게는 상을 주지 않았다.

그는 신이 나서 그 사람을 따라갔다. 곧 엄청 큰 차가 나타났다. 큰 차라니, 어쩌면 선물도 엄청 큰 건가 보다. 그뢰나 룬드 놀이공원에 갔을 때 따지 못했던 커다란 봉제 인형처럼 말이다. 그렇게 큰 상이라면 얼마나 좋을까!

"차에 타서 끝까지 들어가 봐. 거기 상이 있으니까. 보면 바로 알 수 있을 거야."

차에 들어서니 심장이 쿵쾅쿵쾅 빠르게 뛰기 시작했다. 마침내 상을 받는다. 아주, 아주 커다란 상을.

*

밀다 요르트는 가슴에 묵직하게 내려앉은 불안감에 어쩔 줄 모르고 있었다. 몇 번이고 전화를 걸려고 전화기를 들었지만 끝내 전화를 걸 수 없었다. 그러다 결국 손에 전화기를 든 채 책상에 우두커니 앉아 있는 중이었다. 이 일을 한 지도 어언 25년이었다. 그리고 그 세월 동안 그녀는 거의 실수한 적이 없다고 자부하며 살아왔다. 일에 있어서는 늘 철두철미했고, 일을 대하는 태도도 진지했다. 그녀는 피해자와 피해자 가족이 응당 들어야 할 답을 찾아야 한다는 무거운 책임감을 느끼며 일해 왔다. 나쁜 짓을 저지른 사람들이 처벌을 받을 수 있게 경찰과 검찰에도 증거를 제공해야 한다는 책임감을 느꼈다.

하지만 요즘 들어 얼마 동안은 모든 게 엉망진창이었다. 문제가 생긴 건 직장이 아니라 집안에서였다. 집안 문제가 일에까지 영향을 미칠 거라고는 생각하지 않았는데, 지금 그녀의 눈앞에는 가정사가 그녀의 일에 침투했음을 보여 주는 증거가 선명하게 놓여 있었다. 그렇다. 그녀는 실수를 저질렀다. 그것도 아주 큰 실수를.

밀다는 책상 위에 놓인 사진을 집어 들었다. 사진은 사무실에 가져다 둔 몇 안 되는 개인 소지품 중 하나였다. 밀다는 정리 정돈과 청결의 힘을 믿는 사람이었다. 집에서도 '청소의 여왕' 곤도 마리에를 따라, 필요하지 않거나 '삶에 기쁨이 되지 않는 것'들은 가차 없이 처분했다. 이혼 후 그녀는 15년이 넘는 세월 동안 아이들을 홀로 키우며 살아왔기에 전남편은 그녀의 이런 엄격한 규칙에 반기를 들 수 없었다.

사진은 몇 년 전쯤, 팔켄베리의 한 벤치에서 찍은 것이었다. 사진 속 베라와 콘라드는 행복해 보였다. 햇볕에 그을린 피부, 살짝 긴 머리칼, 아이들 얼굴에는 매해 여름이면 생겼던 주근깨가 가득했다. 아이들이 어렸을 때는 아이들 주근깨에 이름을 붙여 주기도 했다. 그녀가 매일매일 새로운 이름으로 주근깨를 부르면, 아이들은 까르르 웃으며 즐거워했다. 물론 혼자서 아이들의 양육을 도맡아 하며 일에도 에너지와 열정을 쏟아야 했던 지난 세월은 그리 녹록지 않았다.

애들 아빠도 그의 상식선에서 최선을 다했다. 그녀는 그가 아예 신경을 꺼 줬다면 더 좋았을 거라고 생각했지만, 그의 아빠 역할을 반기기에는 콘라드의 콤플렉스가 어디서 온 건지 너무 뻔히 보였다. 그녀는 콘라드가 아빠처럼 되지 않을 수 있게, 그녀의 힘이 닿는 한도 내에서 최선을 다했다. 애들 아빠는 그란 카나리아 섬의 라스 플라야스에 위치한 지저분한 스웨덴 바에서 유흥을 즐기기 시작한 후론 아예 손에서 일을 놓아 버린 사람이었다.

하지만 어쨌든 그녀는 이제껏 잘 살아왔다. 적어도 그녀는 그렇다고 생각했다. 그녀와 아이들 모두 필요한 것은 부족함 없이 누리며 살아왔다고.

아니다. 뒤늦게 깨달은 것이지만, 어쩌면 그녀는 부족했던 것 같다. 아니면 그저 누구의 유전자를 받느냐 하는 확률의 문제였을까. 콘라드의 일탈은 단숨에 해결될 문제가 아니었다. 아들에게 정신을 빼앗기면서 집중력도 흩어졌다. 그녀는 며칠 밤을 꼴딱 새우며 콘라드를 찾아 집 밖을 헤맸다. 그리고 아침이 되면 밤새 그녀를 짓눌렀던 걱정과 수면 부족을 안고 출근을 했다. 그러니 그녀가 늘 자부심을 가져 왔던 날카로운 관찰력에 문제가 생길 수밖에.

변명의 여지 없는 그녀의 실수였다.

그 누구도 아닌 그녀가 저지른 실수 말이다.

밀다가 다시 전화기를 들었을 때 문밖에서 누군가 노크를 했다. 그녀는 목청을 가다듬고 말했다.

"들어오세요."

곧 문이 열리고 문밖에 서 있던 미나가 그 모습을 드러냈다. 손에는 두 사건 피해자의 사건 서류철이 들려 있었다. 하도 만져 해진 서류철 표지는 최근 너무 자주 봤기에 곧바로 알아볼 수 있었다. 밀다는 고개를 끄덕이며 전화기를 내려놨다. 이제 적어도 전화를 걸 필요는 없게 되었다.

*

페데르는 방금 전 미나와 나눈 대화를 곰곰이 곱씹었다. 미나는 그에게 긴히 부탁할 일이 있다며, 빈센트 발데르를 데리고 범죄 현장을 둘러보며 설명해 줄 수 있겠느냐고 물었다.

우선 그는 빈센트가 아직도 사건 고문이라는 데 놀랐다. 다른 사람의 부탁이었다면 그는 주저했을 것이다. 하지만 그는 동료로서 미나를 좋아했다. 게다가 그녀의 부탁을 들어주면, 오늘 집에 더 늦게 들어갈 핑계가 생길 것이다. 물론 혼자서 세쌍둥이를 돌봐야 할 아내에게는 미안한 일이었지만, 세 신생아 때문에 얼이 빠져 있던 그의 뇌는 예상치 못한 기쁨에 평소보다 빠른 속도로 회전하고 있었다.

"그럼 다녀올게."

그가 아내의 볼에 키스하며 말했다.

"뭐 필요하면 전화하고."

아내 아네트는 페데르만큼이나 피곤한 얼굴이었다. 세쌍둥이가 태어난 후 둘 다 한 시간 이상 자 본 적이 없었다. 둘은 세 신생아를 데리고 크리스마스 전날 병원에서 퇴원해 집에 돌아왔다. 앞으로 크리스마스에 준비해야 할 수많은 선물을 생각하면 앞이 깜깜했다. 그때 아네트 품에 안겨 있던 몰리가 낑낑대기 시작했다. 그는 몰리의 젖병 젖꼭지가 입에서 빠져 있는 것을 아내보다 먼저 눈치채고, 조심스레 젖병을 딸의 입에 다시 물려 주었다. 몰리는 허겁지겁 젖꼭지를 물고 젖병을 빨기 시작했다.

"그래도 두 놈은 잘 자고 있네. 저대로 좀 쭉 자면 좋겠는데."

페데르는 마루에 들여놓은 유아차에 누워 자고 있는 메야

와 마이켄을 사랑스럽다는 듯 쳐다보며 말했다.

"밤새 거의 한숨도 안 잤으니 지금 자는 것도 당연하지."

아네트가 짜증을 내자, 페데르가 아내의 뺨을 어루만지며 말했다.

"여보. 우리는 한배를 탔어. 그리고 이 어려운 시간을 같이 헤쳐 나갈 거야. 결국 살아남을 거라고. 시간은 쏜살같이 흐를 거고, 조금 있으면 이 시간을 되돌아보면서 웃을 수 있게 될 거야."

"시간이 쏜살같이 흐를 거라니. 아니, 지금은 그런 말이 먹힐 타이밍이 아니야. 나 안 웃고 있는 거 보이지?"

"좀만 버티고 있어. 내가 최대한 빨리 와서 교대해 줄 테니까. 그리고 다음 주면 장모님도 오시잖아. 장모님까지 도와주시면 지금보단 훨씬 나을 거야."

"내가 우리 엄마를 이렇게 목 빼고 기다리는 날이 올 줄이야. 내 평생 이렇게 누군가를 간절하게 기다려 본 적이 없는 것 같아."

"제일 힘들다는 이 시기가 지나가면 세쌍둥이를 얻은 게 얼마나 행운인지 감사하게 될 날이 올 거야. 어쨌든 난 지금 나가 봐야 돼. 무슨 일 생기면 꼭 전화하고."

페데르는 대답을 기다리는 대신 서둘러 문을 나서 차로 향했다. 혹시나 졸음운전을 할까 봐 그는 냉장고에서 꺼내 온 에너지 드링크 노코를 따서 마셨다. 아마 현재로선 노코를 가장 많이 소비하는 개인 고객은 그일 것이다. 효과는 잠깐이었지만 그래도 요즘 그를 견디게 하는 것은 에너지 드링크뿐이었다. 한 캔의 카페인 함량이 두 배였으면 더 좋았겠지만. 세쌍둥이 부모에게 180밀리그램의 카페인은 턱도 없이 부족했다.

라디오에서는 형사 동료들이 현재 수색 중인 실종자, 로베르트를 찾을 수 있게 도와 달라는 방송이 나오고 있었다. 학습 장애를 앓는 아이라고 했다. 범죄는 아닐 거라고 페데르는 중얼거렸다. 동네를 어슬렁거리다 숲속으로 들어가 길을 잃었거나 다른 동네로 간 것일 수도 있다. 운이 좋다면 말이다. 율리아의 팀에 합류하기 전, 페데르는 다섯 살짜리 실종 아동을 찾아 교외 지역을 샅샅이 뒤진 적이 있었다. 알고 보니 아이는 할머니를 만나겠다고 혼자 기차를 타고 코펜하겐까지 가 있었다. 다섯 살짜리 아이가 혼자 기차를 탔는데도 아이를 막은 사람이 아무도 없었다. 심지어 덴마크 경찰은 역에 도착한 아이를 할머니 집까지 데려다주기까지 했다. 아이의 할머니는 문 앞에 나타난 손자를 보고 깜짝 놀라 곧바로 스웨덴 경찰에 전화를 했다. 지금 실종되었다는 저 아이도 그렇게 무사히 가족의 품으로 돌아올 수 있다면 얼마나 좋을까, 생각하며 그는 느긋하고 차분한 음악을 틀어 주는 음악 채널로 라디오 채널을 바꿨다. 아빠가 된 뒤에는 아이들에 관련된 뉴스에

이전보다 훨씬 민감하게 반응하게 된다.

그러나 룬드 맞은편에 차를 세우자, 벌써 도착한 미나와 빈센트가 저만치서 그를 기다리고 있는 것이 보였다. 페데르는 빈센트 발데르라는 사람에게 호기심을 느꼈다. 3년 전에 아네트와 함께 마스터 멘탈리스트 공연을 보러 간 적이 있었다. 공연은 아주 재미있었지만 동시에 그에게 좌절감을 선사했다. 아직까지도 그는 멘탈리스트가 무대 위에서 한 것들을 어떻게 해낸 건지 전혀 알지 못했다.

빈센트의 검정 코트가 바람에 펄럭였다. 빈센트를 보며 페데르는 '클래식'이라는 단어를 떠올렸다. 빈센트는 마치 흑백 영화 속에서 걸어 나온 사람처럼 클래식해 보였다. 사실 경찰서에서 그를 만났을 때도 같은 생각을 했다. 그리고 페데르 자신도 저렇게 보이면 괜찮겠다고 생각했다. 빽빽 울어 대는 세 신생아를 집에 두고 온 그로서는 전혀 가망 없는 이야기였지만.

*

페데르는 서둘러 차를 주차하고 그들을 향해 걸어갔다. 빈센트의 눈에 페데르가 거세게 몰아치는 바람을 얼굴 정면에 맞고 몸서리치는 것이 보였다.

"안녕하세요, 빈센트 씨."

페데르가 빈센트에게 악수를 청하며 인사를 건넸다.

빈센트는 그의 손을 잡고 잠시 그의 악력을 느껴 봤다. 엄청 피곤해 보이는 것치고는 놀라울 정도로 그의 손에는 힘이 넘쳤다.

"증기 롤러에 깔렸다가 살아난 사람 같네."

미나가 말하자 페데르가 동의한다는 듯 고개를 끄덕이며 답했다.

"어젯밤에 애들이 번갈아 가면서 깨서 잠을 거의 못 잤어."

빈센트의 두 눈이 휘둥그레졌다. 맙소사. 그도 세 아이를 키웠고, 그 과정은 결코 녹록지 않았다. 첫째와 막내가 열 살 차이가 나는데도 그랬다. 그런데 같은 날 태어난 신생아 셋을 함께 키워야 한다니, 얼마나 힘들지 상상조차 되지 않았다. 그였다면 두 발로 제대로 서 있지도 못했을 것이다.

"여기 이렇게 와 준 것만으로도 기적 같은데요. 수면은 아주 흥미로운 주제죠. 최근에 무엇이 사람을 잠들게 하는지에 대해 과학적인 발견이 있었다는 걸 아시나요?"

"아니…… 아니요. 들어 본 적이 없는데요."

페데르는 그뢰나 룬드 정문 앞으로 걸어가기 시작했고, 미나와 빈센트는 그의 뒤를 따랐다.

"두 연구 팀이 '수면 버튼'이라고 할 수 있는 유전자를 발견했어요."

빈센트가 설명을 계속했다.

"연구진은 일본어로 '수면'을 뜻하는 단어를 따와 그 유전자에 '네무리'라는 이름을 붙여 줬어요."

"아, 네. 그랬군요. 저는……."

"1만 2천 마리의 초파리를 대상으로 초파리의 수면 패턴을 검사하는 연구를 진행했는데, 그 결과 초파리의 수면 버튼을 통제하는 유전자를 발견했죠."

"지금 그러니까 초파리라고……."

페데르가 그뢰나 룬드 정문을 가리키며 웅얼거렸다.

자신의 말을 받아들이는 것 같지 않은 페데르를 보며 빈센트는 조금 이상하다고 생각했다. 페데르는 그 어떤 사람보다 잠 생각뿐일 텐데. 피로 때문에 뇌가 정보를 제대로 처리하지 못하는 게 분명했다.

그때 빈센트의 등 뒤에서 미나가 낮은 목소리로 말했다.

"빈센트 씨. 위키피디아식 지식 자랑은 그쯤 하시죠."

그는 고개를 끄덕인 뒤 입을 다물었다.

그뢰나 룬드 놀이공원은 계절 때문에 잠시 운영을 중단한 상태라 자유 낙하 놀이 기구에서 들리는 비명 소리도, 무대에서 들리는 음악 소리, 놀이 기구의 삐걱거리는 소리도, 놀이공원을 찾은 인파의 왁자지껄한 소리도 없어 기묘하게 버려진 느낌을 주었다.

"상자는 여기서 발견되었어요."

페데르가 정문 앞의 한 지점을 가리키며 말했다. 현장 감식 수사관들이 찍은 사진도 가져와 빈센트에게 건네주었고, 빈센트는 아무 말 없이 사진을 넘겨 봤다.

"흠…… 과학수사 팀이 뭐라도 단서를 발견했나요? 살인과 관련이 있을 그 어떤 거라도?"

"아직 없습니다."

페데르가 뻑뻑한 눈을 비비며 답했다.

"샘플은 엄청 많이 채집했는데, 그 결과가 다 나오려면 시간이 좀 걸릴 겁니다. 이런 공공장소에서 채집한 샘플은 그게 사건과 연관된 건지, 아니면 사건 이전부터 있었던 건지 판단하기가 어렵거든요."

"물론 그렇겠죠."

빈센트는 깊은 생각에 잠겨 답하고는 땅에서 시선을 떼지 않은 채 주변을 서성였다.

"장기간 제대로 수면을 취하지 못하면 심각한 부작용이 생길 수 있어요. 다양한 질병의 발병률이 높아지고, 기억력 퇴화, 면역 체계 약화 등 여러 문제가 생기죠."

"네, 저는……."

페데르가 기침을 하며 답하려던 그때 빈센트가 다시 끼어들었다.

"알츠하이머, 알코올 중독, 비만의 발병률도 올라가요. 잠을 자야 불필요한 것들도 잊어버릴 수 있는데 잠을 제대로 못 자면 뇌에 과부하가 걸리는 거죠."

"네. 지금 제 뇌가 100퍼센트 가동되지 않는 것 같네요. 그리고 그건 저한테만 해당되는 이야기는 아닌 것 같고요."

페테르는 미나를 쳐다보며 조용한 목소리로 마지막 문장을 말했지만 빈센트에게도 분명히 들렸다. 조금 유용한 정보를 나누려 했을 뿐인데, 저런 말을 듣다니. 그에게 '적당한' 선을 찾는 일은 늘 어려운 일이었다. 아마 이번에도 그가 적당한 선에서 한두 마디를 더 붙인 모양이었다.

빈센트는 쪼그리고 앉아 상자가 놓였던 자리를 자세히 살펴보기 시작했다. 폴리스 라인이 붙어 있던 자리에 작은 테이프 조각이 남아 이제는 자유롭게 날아가고 싶다는 듯 바람에 펄럭이고 있었다. 미나는 팔짱을 낀 채 그의 옆에 서 있었다. 추운지 이가 딱딱딱 맞부딪쳤다. 추위 때문에 얼굴은 창백했다. 여전히 붉은 입술을 제외하고 온 얼굴이 희었다. 그녀가 화장을 하지 않았다는 걸 알고는 있었지만, 그럼에도 그녀의 입술은 무척이나 붉게 느껴졌다. 그가 그녀의 입술이 어떤 느낌인지 아는 것은 아니었지만…… 빈센트는 곧 헛기침으로 목을 가다듬고 다시 정신을 집중해 바닥을 살펴봤다.

"옛날 사람들은 누워서가 아니라 일어선 채 잠을 자기도 했어요."

여전히 쪼그린 자세로 빈센트가 다시 입을 열었다.

그는 장갑 낀 손으로 바닥의 조약돌을 쓸어 보았다. 상자가 발견되었을 때 여기에는 눈이 쌓여 있었다. 유의미한 증거를 찾기 위해 온갖 것을 다 채집했던 과학수사대가 놓친 게 있었다 하더라도, 겨울이 다 간 지금쯤이면 계절과 함께 사라졌을 것이다. 여기 오며 바랐던 것만큼의 수확은 얻을 수 없을 것 같았다. 그가 의식하지 못한 무언가를 무의식적으로 수집하고 있는 그의 뇌에 의존해야 할 것이다.

"종종 박물관에 아주 짧은 침대가 있는 것도 바로 그런 이유죠. 17세기 의사들은 누워서 잠을 자는 게 인체에 해롭다고 생각했어요. 누워서 자면 위장에 들어간 음식이 기도로 역류해 머리로 올라간다고 생각한 거죠. 빌어먹을. 오늘 바람이 진짜 세네요."

그가 자리에서 일어나자 무릎에서 우지끈 하는 소리가 났다.

"하지만 지금 페데르 씨가 겪고 있는 건, 극단적 버전의 분할 수면이에요. 옛날 사람들은 보통 저녁 8시에 취침하고 자정에 일어나 두 시간 정도 깨어 있다가 다시 몇 시간의 수면을 취했죠. 그걸 수면이 분할되었다고 해서 분할 수면이라고 하고요."

빈센트가 의미심장한 눈빛으로 페데르를 바라봤다. 페데

르는 물음표를 인간으로 만들면 저런 모습일까 싶을 정도로 온몸으로 의문을 표하고 있었다.

그때 미나가 빈센트의 말을 해석해 주겠다는 듯 입을 열었다.

"지나친 수면 부족은 사람을 미치게 하고 뚱뚱하게 만든다는 뜻이야."

"네, 잘 알겠습니다. 말씀해 주셔서 감사하고요. 제 아내한테도 꼭 전할게요."

페데르가 웃음을 터트리며 말했다.

"여기에 상자가 놓이고 발견되기까지 시간이 얼마나 걸렸는지 아시나요?"

빈센트가 다시 땅바닥을 쳐다보며 물었다.

"발견되기 전날 밤에 여기로 옮겨져서 그다음 날 아침 일찍 발견된 것으로 추정하고 있어요. 쇠데르말름에서 출발하는 통근 페리가 바로 이 앞을 지나거든요."

"그럼 충분히 주의를 끌었겠네요. 그래서 일찍 발견되었을 테고요. 여기서 살해된 건 아니었겠죠?"

"네. 여기서 살해된 거라면 혈흔이 더 많았을 겁니다. 검시관도 피해자가 살해된 뒤 이곳으로 옮겨진 게 확실하다고 말했고요."

시신이 유기된 이 장소는 마술 상자만큼이나 인상적인 선택이었다. 사람들이 지나다니는 공개적인 장소라. 범인은 이 상자가 사람들의 눈에 띄길, 그래서 시신도 즉시 발견되길 바랐다. 대체 왜 그랬을까.

"범인은 그 어떤 것도 운에 맡기지 않는 사람이에요."

빈센트가 미나를 향해 돌아서며 입을 열었다.

"모든 움직임 하나하나가 정확하게 계산되어 있죠. 그런데 이 상자를 여기까지 옮기는 위험을 감수했어요. 그 이유를 알아내야 해요."

봄바람이 매섭게 그를 강타했다. 미나는 그보다 더 추워 보였다. 빈센트는 기꺼이 그녀에게 자신의 코트를 벗어 주고 싶었지만, 그의 코트에 모래를 분사해 때를 깎아 내고 수산화나트륨에 담가 살균 소독하기 전에는 그녀가 그의 코트를 받아 입을 리 없다는 것도 잘 알고 있었다. 그렇다면 우선 따뜻한 곳으로 그녀를 데려가는 게 더 나을 것이다. 여기서 볼일은 다 끝났으니.

"확인해야 할 건 다 봤습니다. 페데르 씨, 도와주셔서 감사했습니다."

페데르는 아까보다 훨씬 피로에 전 얼굴이었다. 아니나 다를까, 그가 갑자기 몸을 휘청였다.

"집에 가기 전에 차에서 잠깐이라도 눈을 붙이고 출발하세요."

빈센트가 페데르의 어깨에 손을 올리며 말을 이었다.

"이 상태로 운전하다간 교통사고를 낼 수도 있어요. 피로 때문에 페데르 씨의 인지 능력과 반응 속도가 최대 80퍼센트까지 저하될 수 있거든요."

페데르가 고개를 저었다.

"아니에요. 돌아가 봐야 해요."

"한 시간만 자고 가요. 아기들이 기다리고 있잖아요. 애들이 아빠 없이 크면 안 되죠. 교통사고 통계를 보면 운전석에서 졸음운전을 한 운전자는……."

페데르가 더는 말할 필요 없다는 듯 손을 들며 대꾸했다.

"알겠어요. 알겠다고요. 한 시간만 자고 갈게요. 고마워요."

"별말씀을요."

빈센트가 쾌활하게 답했다.

"제 아내한테 이르지만 말아 주세요."

페데르는 그 말을 끝으로 허리를 굽혀 바람을 뚫으며, 그의 차로 비척비척 걸어갔다.

*

미나와 빈센트는 미나의 차를 향해 함께 걸어갔다. 스마트키로 자동차 문을 열어 삐 소리가 나는 것과 동시에 갑자기 그녀가 무슨 생각이라도 난 듯 빈센트를 향해 돌아서서 물었다.

"지금 바쁘세요? 아니면 커피 한잔할 시간 정도는 있으신가요?"

그녀는 숨을 참았다. 어쩌면 하지 말았어야 할, 바보 같은 제안이었을까. 하지만 아직은 그와 헤어지고 싶지 않았다. 그녀의 제안에 빈센트의 눈에는 기쁜 기색이 스쳐 지나가는 듯 보였다. 아침 햇살이 그의 눈을 잠깐 반짝거리게 만든 것일지도 모르지만. 밝은 햇살에 그의 머리칼은 흰색에 가까울 정도로 창백해 보였다. 그가 염색을 한 건지 아니면 원래 저렇게 밝은 머리칼을 타고난 건지 궁금했다. 둘 중 무엇이든 간에 그녀는 그의 머리칼 색이 마음에 들었다.

"좋죠. 하셀바켄 호텔은 열었을 거 같은데요."

그가 주차장 너머 보이는 언덕 위의 아름다운 건물을 향해 고갯짓하며 말했다. 미나도 좋다는 듯 고개를 끄덕이고는 열어 둔 차 문을 다시 잠갔다. 차 문이 잠기는 삐 소리가 나자, 그녀는 자동차 키를 코트 주머니에 넣었다.

"핸드백 같은 건 절대 안 갖고 다니나요?"

빈센트가 물었다.

"그게 이상해 보이나요?"

어쩌면 여자가 핸드백을 들고 다니지 않는 건 이상해 보일 수도 있겠다는 생각을 하며, 미나가 되물었다.

둘은 호텔을 향해 발걸음을 옮겼다.

"핸드백은 비위생적이잖아요."

그녀가 어깨를 으쓱하며 말을 이었다.

"온갖 종류의 물건들을 한데 쓸어 놓고 한참을 정리도 않고 그렇게 놔두니, 박테리아가 생기죠."

"주머니도 마찬가지 아닌가요?"

빈센트가 묻자 미나가 몸서리를 치며 주머니에 넣고 있던 손을 밖으로 뺐다.

"쉿. 새로운 아이디어는 주지 마세요. 지금 제 머릿속에 있는 것들만으로도 충분하니까."

그는 웃음을 터트렸다.

미나는 그녀의 삶을 강력하게 통제하고 있는 것들에 대해 이렇게 편하게 이야기할 수 있다는 게 좋았다. 그는 그녀를 이해하는 것 같았다. 물론 제대로 털어놓지는 못하고, 별것 아닌 일이라는 듯 농담조로 슬쩍 스치듯 이야기하는 게 다였지만 그럼에도 불구하고 그와 함께 있을 때면 그 누구와 있을 때보다도 그 주제를 더 가까이 스쳐 지나갈 수 있었다.

호텔은 열려 있을 거라는 빈센트의 말은 맞았다. 둘은 로비의 구석에 자리를 잡고 앉아 드립 커피를 한 잔씩 시켰다. 커피가 도착하자 미나는 빈센트가 그녀를 유심히 관찰하는 것을 느꼈다. 그는 그녀가 완벽한 모양으로 접어 두었던 냅킨으로 커피 잔 테두리를 조심스러우면서도 재빠르게 닦는 것을 알아챘다. 경찰 동료들은 훨씬 더 긴 시간이 지난 후에야 그녀의 이런 행동을 눈치챘었는데, 빈센트는 달랐다. 그는 뭐 하나 놓치는 법이 없었다. 그녀는 일터에서 늘 듣던 조소와 비아냥이 날아올 거라 생각해 마음을 단단히 먹었다.

그런데 빈센트는 아무 말 없이 그의 앞에 놓인 냅킨을 집어 들어 그녀가 했던 것과 똑같은 방식으로 그의 커피 잔 테두리를 닦았다.

"이게 어디에 있다 온 건지 알 수 없잖아요."

빈센트는 변명하듯 말한 뒤 뜨거운 커피를 후후 불었다.

미나는 설마 그녀가 화났다고 생각하는 건가 하고 그의 눈을 살폈지만, 그런 기색은 찾을 수 없었다. 오히려 그는 해맑은 표정으로 그녀를 쳐다보고 있었다. 미나는 잔을 들어 커피를 몇 모금 마셨다. 쌀쌀한 초봄 날씨에 밖에 있다 안으로 들어와 마시는 커피는 그녀의 몸을 기분 좋게 달궈 주었다. 빈센트는 그녀에게 어떤 소속감 같은 것을 느끼게 해 줬다. 아니, 그녀가 아웃사이더라면 그 또한 그녀와 함께 아웃사이더인 느낌이랄까. 그건…… 평소 느껴 보지 못한 감정이었다. 물론 좋은 쪽으로.

"오늘 새롭게 알아낸 거라도 있나요?"

미나가 물었다.

"있기도 하고, 없기도 해요. 미나 씨가 말했던 것처럼 현장에 남아 있는 직접적인 증거는 없었죠. 매일 수많은 사람이 지나다니는 곳이니까요. 하지만 우리가 어떤 범인을 상대하고 있는지, 느낌은 받을 수 있었어요. 무엇보다 두 가지 점이 놀라웠죠. 첫째, 시신을 그렇게 개방된 공간으로 옮겨 놓은 범인의 대담함. 둘째, 아무도 이상한 것을 눈치채지 못했다는 것. 후자를 고려하면 범인은 그 장소에 위화감 없이 섞일 수 있는 사람일 거라는 생각이 들어요."

"흠……."

미나가 깊은 생각에 잠겼다.

"그뢰나 룬드의 역사에 대해 잘 아시나요?"

빈센트가 커피를 한 모금 마시며 물었다.

"아뇨. 전혀요."

그들이 앉은 테이블로 다가오는 웨이트리스를 보고, 미나가 아무것도 필요한 건 없다는 듯 고개를 저으며 답했다.

"그뢰나 룬드는 스웨덴에서 가장 오래된 놀이공원이죠. 1883년도에 개장했어요. 그러다 1924년 거리 바로 맞은편에 뇌예트라는 이름의 이동식 놀이공원이 들어서서 둘은 경쟁을 하게 돼요."

"들어 본 적 있는 것 같아요. 거기서 러브 스토리가 생겨나지 않았던가요?"

"맞아요. 뇌예트를 소유했던 가문의 아들과 그뢰나 룬드를 소유한 가문의 딸이 사랑에 빠지죠. 둘은 결혼해서 뇌예트를 함께 운영하다 나중에는 그뢰나 룬드까지 같이 운영합니다. 그들 사이에서 난 딸, 나디아가 2001년까지 놀이공원 디렉터를 맡아 일했고요."

"낭만적이네요."

미나의 반응은 스스로 듣기에도 가식적이었다.

비꼬려 한 말은 아니었다. 그저 로맨스는 그녀의 취향이 아니었을 뿐. 로맨스는 질서를 흐트러뜨렸다. 처음엔 아닌 것 같아도 얼마 지나지 않아 모든 걸 엉망진창으로 만들었다.

"1920년대 놀이공원에서 가장 흥미로웠던 건 사람을 구경거리로 만들었던 쇼였죠."

빈센트가 창밖으로 내다보이는 그뢰나 룬드의 실루엣을 쳐다보며 말했다.

"사람을 구경거리로 만든 쇼요? 기형인 사람들을 보여 주는 쇼 같은 거 말인가요?"

그녀가 얼굴을 찡그렸다. 다른 사람들과 조금 다르게 생겼다는 이유만으로 돈을 받고 사람을 구경거리 삼았다니, 생각만으로도 화가 났다. 만약 그녀가 그 쇼에 선다면 사람들은 그녀를 뭐라고 부를까? *미나, 박테리아라고는 찾아볼 수 없는 여자! 미나가 어떻게 씻는지 구경하세요! 미나한테서 나는 손 세정제 냄새를 맡아 보세요!*

"당시 그뢰나 룬드에 가면 아프리카 부족민을 볼 수 있었어요."

빈센트가 창밖에 두었던 시선을 그녀에게로 옮기며 말했다.

"릴리퍼트 마을에서 온 독일 난쟁이들도 있었고, 스트립쇼도 있었죠."

"와, 정말 가족 친화적인 곳이었네요!"

미나의 비아냥거림에 빈센트는 그녀를 바라보며 눈을 가늘게 떴다.

"사람들은 자신에게 익숙하지 않은 것을 이상하다고 생각하죠."

그는 말을 하며 손에 들고 있던 커피 잔을 조심스레 테이블 위에 내려놓았다.

"사람들은 자신의 기준이 다른 사람들에게도 똑같이 적용된다고 생각해요. 그리고 자신의 규칙에 맞지 않는 것이 있으면 불안해하죠. 그래서 군중 속에서 홀로 두드러지는 사람은 존경을 받기도 하지만 손가락질도 받아요. 때로는 두 가지를 함께 받기도 하고요. 아시겠지만 사람들은 돈을 내고 저를 보러 오죠. 미나 씨도 절 평범한 사람이라고는 생각하지 않을 거예요. 캐주얼한 파티에 초대할 만한 남자라고는 생각하지 않겠죠. 하지만 미나 씨, 우리는 특별한 사람들이에요. 그리고 그 특별함에는 대가가 따르죠. 앞으로 이거 하나만 기억해요. 다른 사람들은 미나 씨가 그들에게 허락한 만큼의 영향력만 미나 씨한테 미칠 수 있다는 겁니다. 사람들이 보고 싶다고 하면, 보게 내버려둬요. 기꺼이 돈까지 내고 보겠다고 하면 돈도 내라고 하고요. 그리고 그들이 미나 씨에 대해 무슨 이야길 하든 그냥 내버려둬요. 미나 씨하고는 상관없는 일이니까."

미나는 그의 시선을 피해 창밖으로 보이는 언덕 아래의 놀이공원을 쳐다보며 눈을 깜빡였다. 빈센트는 아주 쉬운 일처럼 말했지만 현실에선 결코 쉽지 않은, 무척이나 어려운 일이었다. 빈센트에게 자신이 알코올 중독 방지 모임에 나가고 있다고 말해 볼까 잠깐 생각했지만, 그와 그 정도 사이는 아니다 싶어서 그만두었다. 앞으로도 둘은 그 정도로 서로를 잘 아는 사이는 절대 될 수 없을 것이다.

"우리 같은 천재들은 언제나 오해를 받죠."

빈센트가 쓴웃음을 지으며 덧붙였다.

"아이쿠, 이렇게 겸손하시기까지."

그녀가 미소를 지으며 말을 이었다.

"아 참, 오늘 아침에 이 천재님은 밀다 요르트를 만나고 왔답니다."

"밀다 누구요?"

빈센트가 잘 모르겠다는 표정으로 되물었다.

"앙네스 세시를 부검한 검시관이요. 지난번에 피해자의 시신에 난 상처가 있었다고 제게 연락해 주었던 그분이에요. 저번에 앙네스 시신에서 검출된 약물은 없었냐고 물었던 거 기억하시나요?"

빈센트가 앞으로 몸을 기대 오며 말했다.

"그런데요?"

"뭔가 놓친 게 있었어요."

그녀도 앞으로 몸을 기대며 답했다.

"피해자 시신에 약물 검사를 안 했대요. 아무런 샘플도 채취하지 않았고, 다른 검사도 요청하지 않았고요. 보통은 기본적으로 다 하는 검사들인데도요."

"이런……."

빈센트가 신음하듯 말하자 미나도 고개를 끄덕였다. 밀다는 눈에 보일 정도로 절망하고 있었다. 앞으로 내사도 받게 될 것이고, 그에 따른 징계도 받게 될 것이다.

"실수였대요. 요즘…… 개인적으로 힘든 일이 있었다고 하더라고요."

빈센트는 같은 리듬을 반복해 손가락으로 테이블을 두드렸다. 이어 미나는 그가 손가락 리듬에 맞춰 발도 흔들고 있는 것을 알아챘다. 그녀는 자신의 몸도 그를 따라 움직이려 하는 것을 의식적으로 꾹 참고 가만히 앉아, 그가 이 정보를 다 처리할 때까지 기다렸다.

"그래서 이제 어떻게 되는 거죠?"

그가 손가락 드럼을 멈추고 천천히 물었다.

"검시관이 벌써 검찰 쪽에 연락을 넣었고, 전 율리아에게 보고했어요. 재부검을 위해 최대한 빨리 무덤 발굴 신청을 올릴 거예요. 상황이 상황인 만큼 아마 승인은 바로 떨어질 거고요. 운이 좋다면 오늘 내로 받을 수도 있겠죠. 시신은 아주 빠른 속도로 부패하니까, 재부검이 늦어질수록 증거가 사라질 위험도 높아지거든요. 그동안 우리는 굴착기랑 무덤을 팔 인부들을 구해야 해요. 피해자 시신이 묻힌 교회의 성직자에게도 연락해야 하고, 현장 감식반에도 출동을 요청해야 하고요. 문제는 이 모든 관련 부처가 이 건에 시간을 낼 수 있기까지 몇 주 정도 기다려야 할지도 모른단 거죠."

미나의 말에 빈센트가 자리에서 벌떡 일어나더니 주머니에서 휴대폰을 꺼냈다.

"제가 두 가지 정도를 도와드릴 수 있을 것 같네요. 미나 씨가 피해자의 묘가 있는 교회와 과학수사대에 연락을 해 주면 저는 채굴 인부들과 장비를 알아볼게요."

"그런 식으로는 안 돼요. 먼저 필요한 서비스를 입찰에 부쳐야 하거든요. 시간이 걸려요."

"경찰은 그런 식으로 일할지 모르지만, 전 경찰이 아니잖아요. 우선 제가 전화 한 통 넣어 볼 테니까, 모르는 척하고 있어 봐요. 무슨 허가나 승인 같은 걸 받으려고 한다는 거 아니었어요?"

둘이 이야기를 나누는 사이, 로비의 테이블은 사람들로 꽉 찼다. 빈센트는 조용히 통화를 하려고 자리에서 일어나 리셉션 쪽으로 걸어갔다.
"빈센트 씨 인맥에 채굴 인부까지 포함되었을 줄은 몰랐네요."
그녀가 재미있다는 듯 웃으며 그의 등 뒤에 대고 외쳤다.
"아직 저에 대해 모르는 게 많을걸요."
리셉션으로 걸어가던 그가 반쯤 돌아서서 대꾸했다.
정말 그랬다. 그녀에게 빈센트는 아직 껍데기를 까지 않은 호두 같았다. 아니, 내용물을 알 수 없이 꼼꼼하게 포장한 선물이라고 해야 할까. 그녀는 그 이상 생각이 뻗어 나갈까 봐 애써 고개를 저으며 생각을 멈췄다. 하지만 분명한 건 그가 그녀를 행복하게 만들어 준다는 것이었다. 누군가, 혹은 무언가 때문에 이런 기분을 느낀 게 얼마 만이란 말인가. 빈센트를 기다리며 그녀는 머리와 어깨를 돌려 스트레칭을 했다. 그런데 놀랍게도 머리에서도, 어깨에서도 전혀 긴장이 느껴지질 않았다. 하루 종일 긴장 때문에 근육이 뭉쳐 있다가 자러 갈 때쯤 되면 편두통에 시달리는 날이 부지기수였는데, 지금은 아주 오랜만에 몸 전체가 편안하게 이완되어 있었다. 그녀는 미소를 지으며 한숨을 내쉬곤 커피를 조금 더 마시면서 그가 돌아오길 기다렸다.
곧 웨이트리스가 커피포트를 들고 그녀의 테이블로 다가와 커피를 리필하겠냐고 묻자, 그녀는 부탁한다고 답했다. 그러고는 커피 잔을 입으로 가져가기 전에 새 냅킨으로 조심스레 커피 잔의 테두리를 닦았다. 이번에는 숨기려고 애쓰지도 않았다. 리셉션 쪽에서 빈센트의 목소리가 들렸다. 무슨 말인지 알아들을 수 없었지만, 그녀는 미소를 지었다. 가슴속이 따뜻해진 것은 커피 때문일 거라고 자신을 설득하면서.

4월

그들은 경찰서 입구 앞에 선 채 주저하고 있었다. 군나르가 부드럽게 메르타의 팔을 잡아 그녀를 부축했다. 갈색 모직 코트 너머로 메르타가 떨고 있는 게 느껴졌다. 봄날에 입기에는 너무 두껍고 더운 옷이었는데도 그랬다. 봄 날씨에 맞춰 옷을 골라 입을 정신 같은 건 없었다. 무슨 옷을 걸칠지는 그들에게 전혀 중요한 문제가 아니었다. 그들이 생각할 수 있는 거라곤 그들의 정신을 서서히 갉아먹고 있는, 무언가 잘못된 게 분명하다는 불안함뿐이었다.

"얼른 해치우는 게 나을 거요."

그가 부드러운 목소리로 메르타에게 말했다.

메르타는 여전히 주저하는 기색이었다. 그는 가볍게 힘을 주어 아내를 정문으로 이끌었다. 군나르는 메르타의 생각이 어떻게 흘러가는지 속속들이 알고 있었다. 결혼하고 60년이 지나자 아내의 가장 깊숙한 생각도 알 수 있었다. 지금 아내는 무슨 일이 일어난 건지 그들이 모르는 한 아무 일도 일어나지 않은 거라고, 현실을 회피하고 싶은 본능에 맞서 싸우고 있었다. 하지만 군나르는 그녀보다는 분별이 있었다. 지금까지 군나르와 메르타는 둘의 휴대폰을 샅샅이 뒤져 저장된 연락처란 연락처에는 모두 전화를 돌리고, 그들이 알지도 못하는 친구들에 대한 기억을 파헤치고, 예전에 들은 적이 있는 것 같은 사람들을 찾아 나섰다. 그리고 당시에는 중요하지 않은 것 같아 흘려들은 이름들을 기억해 내려 애썼다. 하지만 꼭 땅이 그 애를 삼켜 버리기라도 한 듯, 뭔가 아는 사람은 아무도 없었다. 늘 그 애와 함께 기념했던 부활절까지 이제는 며칠이 남지 않았다.

군나르는 지난 40년이 넘는 세월 동안 목사로 일해 왔다. 하지만 나이를 많이 먹은 후로는 하나님께 기도하는 것을 멈췄다. 믿음이 없어져서는 아니었다. 그의 믿음은 막 목사로 부임해 열정으로 가득 찼던 젊은 시절보다 굳건했다. 기도를 멈췄던 건, 어쩌면 그가 하나님의 존재를 당연하게 생각하기 시작하면서 그랬을 것이다. 그는 자신이 하나님을 위해 아무것도 하지 않는다 해도 늘 하나님은 그의 곁에 계실 거라고, 그의 곁에서 그와 나란히 걸어 주며 그를 지켜 주실 거라고 믿어 의심치 않았다. 어쩌면 그가 그렇게 교만하고 오만했기에 지금 하나님으로부터 벌을 받고 있는 건지도 몰랐다. 확실하게 알 수 있는 건 아무것도 없었다. 그가 분명히 아는 것 하나는 그 애가 보트에 타지 않았다는 사실을 안 다음부터 기도를 멈추지 않았다는 것뿐이었다. 그날, 사실 그는 그들이 그 애를 잃었다는 걸 직감했다.

"실례합니다."

군나르가 조심스러운 발걸음으로 접수처 앞에 다가가 서서 말문을 열었다.

유리 벽 너머로 상냥한 눈빛의 젊은 여자가 앉아 있었다. 보통 때 같았으면 그녀의 미소에 마음이 따뜻해졌을 것이다. 다른 사람들의 행복은 그를 지탱해 주는 힘이었고, 그는 교회에서나 사생활에서나 그의 주변 사람들에게 희망과 기쁨을 전파하려 늘 최선을 다해 노력하며 살아왔다. 하지만 오늘은 그의 가슴에 기쁨이나 희망이 들어올 자리라곤 없었다. 아내는 아직도 희망을 버리지 않았다는 걸 그는 잘 알고 있었다. 그리고 그 또한 그녀가 맞고 자신이 틀린 것이길 마음속 깊은 곳에서 바랐다. 하지만 하나님에게 도와 달라고 울부짖으며 기도할 때 느꼈던 침묵은 무언가 잘못되었다는 것을 말해 주고 있었다. 살면서 처음으로 하나님은 그의 기도에 응답해 주지 않고 있었다. 아무리 기도를 해도, 더 이상은 하나님의 임재를 느낄 수 없었다. 텅 빈 벽에 대고 울부짖는 느낌이었.

"실종 신고를 하려고 왔습니다."

그가 창구 안의 여자에게도 아내가 보이도록, 메르타를 살짝 잡아당기며 말했다.

"누구를 신고하려고 하시는 건데요?"

창구 안 여자의 친근한 미소가 따뜻한 연민으로 바뀌었다.

여기서 일하니 이런 일에 익숙하겠지. 군나르는 생각했다.

경찰서에서 일하며 매일같이 일어나는 비극적인 사건을 얼마나 많이 보고 또 들었겠는가? 하지만 그렇다고 해도 그들이 얼마나 깊은 절망의 구렁텅이에 빠져 있는지 그녀는 모를 것이다. 갑자기 그녀가 그들의 말을 진지하게 들어 주지 않는다면 어떻게 해야 할지, 걱정이 앞섰다.

그때 메르타가 핸드백에서 사진 한 장을 꺼내, 아무 말 없이 창구 밑에 난 틈새로 밀어 넣었다. 남편과 함께 고른 사진이었다. 웁란드 베스뷔에 있는, 테라스가 딸린 그들의 자택 근처 공원에서 군나르가 찍어 준 사진이었다. 사진 속의 여자는 아이를 두 팔에 안고, 앞뒤로 흔들리는 커다란 스프링 목마 위에 앉아 있었다. 그날 그 애가 얼마나 행복해했는지 아직도 기억이 생생했다.

사진 속 그 애의 두 눈이 밝게 빛나고 있었다. 그건 그날의 화창했던 햇빛이 그 애의 눈에 반사되어서이기도 했지만 동시에 군나르가 늘 '하나님의 빛'이라 부른, 그 애의 내면에서 찬란하게 반짝이던 광채 때문이기도 했다. 그 애는 독실한 기독교 신자는 아니었다. 적어도 그와 메르타 같은 신앙생활을 하지는 않았다. 아마 크리스마스 예배에 참석하고 가족과 부활절을 기념하는 정도의 옅은 믿음만 가지고 있었을 것이다. 하지만 어려서부터 최근까지도, 군나르가 그 애에게 '너는 하나님의 빛을 가지고 있다'는 말을 해 주면 늘 좋아라 했다. 그는 유리 벽 너머의 여자가 사진 속 그 애 안의 광채를 봐 주길 바랐다. 저렇게 밝은 빛을 가지고 있고, 또 품에 저런 예쁜 아이를 안고 있는 사람이 자의로 자취를 감출 리는 절대 없다는 것을 알아봐 주길 바랐다.

"이건 내 손녀고 여기 이 아이는 내 증손자요. 손녀가 몇 주 동안 배를 타고 여행을 가기로 했었는데, 갑자기 사라져서 돌아오질 않고 있소. 그리고 얼마 전에 손녀가 애초에 여행을 떠난 적이 없다는 걸 알게 됐소. 그 말인즉슨 한 달 전에 이미 실종이 되었단 거요. 우리 증손자 리누스는 우리와 계속 함께 지내고 있소. 하지만 아이에겐 엄마가 필요합니다."

"손녀분이 자의로 자취를 감췄을 가능성은 없고요?"

창구 안 여자는 미간을 깊게 찌푸렸다. 군나르의 눈에 동정 같아 보이는 표정도 얼굴을 스치고 지나갔다. 하나님, 감사합니다. 그래도 여자는 그들의 이야기를 심각하게 받아들이고 있는 것 같았다.

그때 메르타가 깨질 것 같은 목소리로, 몸을 휘청거리며 말했다.

"경찰서에 있는 담당자와 이야기를 나누었으면 좋겠는데요."

군나르는 본능적으로 그의 팔을 뻗어 아내를 감싸 안아 부축했다. 지난 24시간 동안 아내의 상태는 더욱 나빠졌다. 아내는 불안과 다발성 경화증에 시달리고 있었다. 창구 속 여자가 사진을 들여다보는 동안 그는 아내를 부축하며 서 있었다.

"저희 경찰서의 담당자분과 연결시켜 드릴게요. 손녀분 이름이 어떻게 되죠?"

"투바, 우리 손녀 이름은 투바요."

*

적어도 에이전시는 보디빌더처럼 보이는 경호원을 고용하진 않았고, 빈센트는 그것에 만족했다. 그의 공연이 제대로 돌아가려면 관객들은 편안함을 느껴야 했고 무엇보다 그의 말을 고분고분 잘 들어 줘야 했다. 그러려면 관객은 기분이 좋은 상태에서 심신도 편해야 했는데, 공연장 무대 양 끝에 울퉁불퉁한 근육을 가진 경호원이 팔짱을 끼고 서 있는다면 그건 분명 역효과를 불러올 것이다. 하지만 움베르토는 그들에게 더 이상 선택의 여지는 없다고 생각했고, 결국 경호원을 고용했다.

빈센트는 이름이 '올라'라는 경호원에게 인사를 건넨 뒤, 설명을 이어 갔다.

"그 여자는 항상 제가 무대에서 내려온 다음에 오죠. 그래서 정확히 그 여자가 무슨 일을 하는지는 저도 몰라요. 하지만 커튼이 내려가자마자 무대로 올라오고, 또 저를 찾아 무대 뒤로 오려고 하는 건 확실해요."

"대체 뭘 원하는 건데요?"

올라가 묻자 빈센트는 어깨를 으쓱했다. 그는 무대로 올라가 오늘 저녁 공연에 쓸 소품들을 점검하며 말을 이었다.

"아직까지 맞닥뜨린 적은 없어요. 그 여자가 무대를 가로지르기 전에 무대 관계자들이 항상 여자를 막아 줬거든요. 아직까지 관계자들한테 위협적으로 행동한 적은 없지만, 그렇다고 마냥 괜찮다고 생각할 것도 아니죠. 여자는 그런 행위에 아주 집중하고 있습니다. 지난주에는 경호를 더 강화했는데 그것도 뚫고 들어왔죠. 사실 제일 걱정은 그 여자가 무언가를 부숴서 망가뜨리거나, 자해를 해서 다치는 거예요."

빈센트가 이따가 쓸 루빅큐브 한 무더기와 유명 인사의 사진이 뒤에 박힌 카드 몇 묶음을 다시 정리했다.

"뭔가 이상한 것 같은데요."

경호원이 말을 받았다.

"그래서 올라 씨를 고용한 거죠."

"그건 알지만 그래도 이해가 안 돼요."

올라가 팔짱을 끼며 답했다.

"저야 이게 제 일이니까, 나머지 투어 동안 관계자가 아닌 사람이 공연 중이나 공연 후에 무대에 올라오지 못하도록 기꺼이 여기 서 있을 겁니다. 그런데 그 여자가 그렇게 선생님을 만나고 싶다면 극장 뒷문에서 선생님이 나오길 기다리면 되는 거 아닌가요? 공연을 마친 후에 선생님이 그 문으로 나올 게 분명한데요."

빈센트는 올라가 팔짱을 끼지 않았으면 좋았을 텐데 하고 바랐다. 가슴 위로 단단히 팔짱을 낀 자세만큼 '방어적'인 것은 없다. 거기에 더해 사람은 팔짱을 끼고 있을 때 외부 세계에서 오는 정보, 즉 다른 사람들이 하는 말을 잘 받아들이지 못한다는 연구 결과도 있다. 사람의 몸짓은 사고와 매우 밀접한 관계를 가지고 있어, 사람이 팔짱을 끼고 있으면 뇌는 저절로 소극적으로 반응하게 된다. 올라가 그걸 알면 좋으련만.

"이것 좀 잠시 들어 주시겠어요?"

빈센트는 올라에게 뒷면에 유명 인사 사진이 박힌 카드 한 벌을 건네며 말했다.

그리고 그렇게 단숨에 올라의 팔짱을 푸는 데 성공했다.

"저도 같은 생각이었습니다."

빈센트가 말을 이었다.

"차라리 내가 극장에 출입하는 문 앞에 서서 기다리지, 왜 안 그럴까? 그 질문에 제가 생각할 수 있는 유일한 답은 이게 계획적인 행동이 아니어서 그럴 거란 겁니다. 같은 행동을 반복적으로 하고 있지만 계획을 세워 하는 행동은 아닌 거죠. 오늘이면 그 여자가 보는 열 번째 공연입니다. 여자는 매번 공연을 처음부터 끝까지 다 봐요. 그리고 공연 말미가 되면 무대로 올라가고 싶다는 강렬한 감정적 충동에 휩싸이는 거죠. 도저히 자제가 되지 않을 겁니다. 그렇게 완전히 즉흥적이고 충동적으로 무대로 올라오는 거죠. 이번에는 다를 거라는 확신을 가지고서 말입니다."

빈센트는 진지한 표정으로 올라를 쳐다봤다.

"광기라는 건 이번에는 지난번과 다른 결과를 얻을 수 있다고 생각하면서 똑같은 행동을 계속해서 반복하는 것으로 정의할 수 있어요. 아마 그 여자는 정신적으로…… 문제가 좀 있을 겁니다. 게다가 얼마 전에는 이것도 받았죠."

그가 입고 있던 재킷 주머니에서 구겨진 편지 봉투를 하나 꺼내 올라에게 건넸다.

"편지요? 아직도 이렇게 손 편지를 쓰는 사람들이 있다고요?

올라가 놀라 물었다.

"보통은 연령대가 좀 높은 사람들이 쓰죠. 이 편지를 쓴 사람은 아니지만요."

그가 편지 첫 장의 반을 펼쳐 올라에게 보여 줬다. 폭풍처럼 열정적으로 쓴 글이었지만, 펜을 든 손은 전혀 흔들리지 않은 듯 필체에서는 싸늘함마저 느껴졌다.

뉘헤츠모론에서 당신을 봤어요. 당신은 예뉘, 스테포와 함께 있더군요. 늘 그렇듯 당신은 제게 아주 분명한 신호를 보

내 줬어요. 그 신호를 제가 좀 더 일찍 알아차렸다면 좋았을 텐데. 당신 말이 맞아요. 당신과 나는 함께해야 해요.

"여기까진 TV에서 본 사람에게 욕구를 투영하는, 혼란에 빠진 사람의 모습이죠. 잘 알려진 심리 현상이기도 해요. 사람들이 TV에 나온 유명인 혹은 TV 드라마에 나온 가상의 캐릭터를 현실 속 친구라고 착각하는 건 흔한 일이죠. 요즘은 스트리밍 서비스 덕분에 전체 시리즈를 한 번에 정주행할 수 있으니, 그런 착각은 더더욱 흔하게 일어나고 있고요. 그렇게 영상을 한꺼번에 많이 보면 뇌는 현실 속의 관계와 상상 속에서 만들어 낸 관계를 구분하지 못하게 되거든요. 올라 씨도 우울할 때 그런 일방적 관계를 만들면 그게 올라 씨한테 엄청나게 중요한 관계가 될 수 있어요. 심지어 어떤 사람들은 그 관계를 일방이 아닌 쌍방 관계라고 여기기도 하죠. 여기 이 편지를 쓴 여자처럼요."

"이 편지를 쓴 사람이 공연장에 찾아오는 그 여자라고 생각하시는 건가요?"

"모르겠지만, 그럴 수 있죠. 그래도 편지에 이 내용만 적혀 있었다면 그렇게 걱정하지도 않았을 겁니다. 이건 같은 사람에게서 받은 두 번째 편지예요. 편지 한 통은 일시적인 혼란에서 쓴 것일 수 있지만 편지 두 통은 계획처럼 느껴지죠. 이 편지는 뒤에 내용이 더 있어요. 마저 읽어 보시죠. 이다음에 나오는 내용 때문에 밤잠을 설치고 있거든요."

올라는 편지를 다 펼쳐 가려져 있던 아랫부분을 읽었다. 글을 읽던 두 눈이 휘둥그레졌다.

하지만 그 후론 뉘헤츠모론에 다시는 나오지 않았죠. 일부러 나오지 않는 게 아니라기엔 너무 오랫동안 나오지 않았어요. 우리가 함께할 운명이란 걸 깨달은 바로 그 순간, 내게서 등을 돌리다니. 난 가만있지 않을 거예요.

"가만있지 않겠다니, 마지막 저 말이 뭘 의미하는 건지에 대해선 아무 설명도 없습니다. 이 위협이 얼마나 심각한 건지도 알 수 없고요. 저도 제가 거만하기 짝이 없는 자기중심적인 유명인으로 보일 수도 있다는 걸 알아요. 하지만 이게 정말 위험한 일이든 아니든 간에 전 이 사람을 만나고 싶지 않습니다. 그리고 제가 없을 때 공연에서 사용할 소품에 누가 손대게 내버려둘 수도 없고요."

올라는 그가 들고 있던 카드 한 벌을 다시 빈센트에게 건네며 입을 열었다.

"전혀 이상하게 들리지 않으니까 그 점은 걱정 놓으셔도 됩니다. 원래 세상에는 이상한 사람들이 많죠. 전 밴드 사넥스 공연 경호도 담당한 적이 있습니다. 진짜 정신 나간 팬들 많더라고요! 거기에 비하면 선생님 스토커는 귀여운 편이라니까요."

 루벤이 있는 사무실 문이 열리더니 율리아의 머리가 쑥 들어왔다.
 "하던 거 내려놓고 지금 당장 회의실로 와."
 그러고는 그가 뭐라고 반응하기도 전에 다시 사라졌다.
 그는 지금껏 능숙하게 작성하고 있던 문자 메시지를 쳐다봤다.
 소피, 어제는 만나서 정말 반가웠어. 그런데 갑자기 비밀 임무를 받아서 6개월 정도 해외에 나가게 되었어. 당분간은 만날 수 없겠지만, 스톡홀름에 돌아오면 다시 연락할게.
 문자 메시지는 여기까지 작성되어 있었다. 처음에는 너무 시간이 많아 보이지 않도록 하는 게 중요했다. 상대가 마음이 있다면, 그가 아무리 바쁜 척을 해도 그쪽에서 한걸음에 달려오게 되어 있었다. 한 번도 실패한 적이 없는 작전이다. 이제 뭔가 섹시한 말로 끝맺음만 하면 되는데, 어쩌면 살아 돌아오지 못할 수도 있다고 할까?
 "루벤!"
 그때 복도에서 호통치듯 그를 부르는 율리아의 목소리가 들렸다.
 그는 한숨을 푹 내쉰 뒤, 이제껏 써 놨던 메시지가 다 지워질 때까지 삭제 키를 꾹 눌렀다. 아예 답장을 하지 않는 것도 효과적인 전략이다.

회의실에서는 미나와 크리스테르, 율리아가 그를 기다리고 있었다. 페데르는 아마 어딘가 구석에 처박혀 쪽잠을 자고 있을 것이다. 율리아의 뺨은 이제껏 뛰어다닌 사람처럼 상기되어 있었다. 실제로 그녀의 뺨은 이리 뛰고 저리 뛰어다니는 와중에 붉어진 게 맞았다. 하지만 루벤은 저도 모르게 그녀의 뺨이 발그레 물들 다른 이유들을 머릿속으로 떠올렸다. 이전에 봤던 그녀의 발그레한 얼굴이 기억났다. 거의 알몸이다시피 했던 그녀는 누운 그의 위에 올라타 있었고, 그는 그녀의 엉덩이 양쪽에 손을 올려놓았었다. 그는 자리에 앉으며 율리아를 향해 우쭐한 미소를 날려 봤지만 돌아온 건 철저한 무시뿐이었다.

대체 무슨 일이기에 이렇게 급하게 회의를 소집한 건지 궁금해졌다. 한 시간 전에 간단하게 현재까지의 상황을 공유하는 회의를 했고, 미나는 앙네스 세시의 무덤을 다시 파서 시신을 재부검할 거란 이야기도 해 주었는데 말이다.

"마술 상자에 있던 여성의 신원이 확인됐어요."

그때 율리아가 상석에 서서 말문을 열었다.

"피해자의 이름은 투바 벵트손, 스물다섯 살 여성으로 스톡홀름 헤게르스텐에 거주하고 있었어요. 가장 가까운 가족으로는 외조부모와 세 살짜리 아들 리누스가 있고, 친부모와는 오랫동안 거리를 두고 지냈고요."

율리아는 크리스테르의 어리둥절한 표정에 대답이라도 하듯, 설명을 덧붙였다.

"방금 전에 피해자의 조부모가 와서 리누스의 아빠이자 투바의 전 남자친구였던 남자가 현재 런던에 3년째 거주 중이라고 증언해 주었어요. 물론 그게 맞는지는 다시 확인해 봐야겠지만요. 아직 피해자의 지인들 연락처는 받지 못했는데, 우선 피해자가 실종 전 혼스툴에 위치한 파브 피카라는 카페에서 일을 하고 있었다는 정보는 확인했어요. 가장 가깝게 지냈던 동료 직원 이름은 다니엘, 성은 모르고요."

"내가 바로 카페로 가 볼게."

루벤이 입을 떼기도 전에 미나가 먼저 입을 열었다.

율리아는 확신이 없는 표정으로, 손으로 테이블을 짚은 채 앞으로 몸을 숙였다. 루벤은 뒤에서 보는 그녀의 곡선이 얼마나 끝내주는지 새삼 감탄했다. 그녀가 입고 있는 청바지 위로 팬티 가장자리가 튀어나와 있는지 흘끗 쳐다봤지만 아무것도 보이진 않았다. 오늘은 티 팬티를 입었나 보다. 그를 위해서 티 팬티를 입은 걸까, 설사 그렇다고 해도 그는 놀라지 않을 것이다.

"정말로?"

율리아가 미나에게 물었다.

"물론 미나는 장점이 많은 경찰이지만, 새로운 사람을 만나는 게 너의 특기는 아니잖아. 피해자가 사망했다는 걸 모르고 있는 낯선 사람을 만나서 이야기를 나누고, 그 사람에게 피해자가 사망했다는 말도 할 수 없는데, 잘할 수 있겠어?"

"대체 그게 무슨 소리야? 율리아."

그때 루벤이 그의 머리 뒤로 손을 올리고 의자에 기대앉으며 입을 열었다.

"미나가 평소에 얼마나 따뜻하고 부드러운 사람인데. 하지만 카페에는 내가 기꺼이 대신 가도록 하지. 율리아도 알겠지만, 난 누구라도 마음을 열게 만드는 재주가 있거든."

말을 마친 그가 의미심장한 눈빛으로 율리아를 바라봤다.

"루벤. 고마워. 덕분에 결정했어. 카페에는 미나가 가는 걸로."

율리아의 말에 미나가 고개를 끄덕인 뒤 곧장 자리에서 일어나서 회의실을 나섰다.

"두 분은 투바 벵트손에 대한 정보를 더 알아보세요."

율리아가 크리스테르와 루벤에게 지시했다.

"피해자의 사회 보장 번호랑 경찰 데이터베이스에 피해자 관련 정보가 있는지 더 찾아보고요."

지시를 받은 루벤과 크리스테르가 회의실을 나서려던 찰나, 율리아가 루벤의 팔에 손을 얹어 그를 나가지 못하게 막

앉다. 그리고 크리스테르가 회의실을 벗어나 복도로 빠져나갈 때까지 기다렸다.

"루벤."

율리아가 낮은 목소리로 말했다.

"여자들이라면 다 너한테 사족을 못 쓴다고 기고만장한 건 알겠는데, 아까 같은 말을 한 번만 더 하면 이번엔 진짜로 잘려서 집으로 쫓겨날 줄 알아. 그러면 집에 처박혀서 경찰로 근무할 때랑은 전혀 다른 일을 하게 되겠지. 물론 그것도 네가 새로운 직장을 구할 수 있을 때 이야기지만. 이미 우리는 너한테 충분히 많은 기회를 줬어. 이 팀은 아마 너의 마지막 기회일 테고. 이제까지 경찰청이 제공하는 양성평등 교육이란 교육은 이미 다 들었을 테니, 더 들을 교육도 남아 있지 않을 것 같네."

말을 마친 그녀는 말하는 내내 힘주어 잡고 있던 그의 팔을 놓고 그를 앞질러 회의실을 빠져나가 복도를 성큼성큼 걸어갔다. 그는 그녀의 멀어지는 등을 응시했다. 갑자기 그녀의 엉덩이를 보고 싶은 욕구가 싹 사라졌다. 제기랄, 공격적인 여자는 전혀 섹시하지 않다.

*

혼스툴은 경찰서에서 베스테르브론 다리만 건너면 바로라서 걸어서 갈 수도 있었다. 그러나 미나는 차를 몰고 카페로 향했다. 길 오른편에 위치한 파브 피카를 단번에 찾아낼 수 있었지만, 창문으로 햇빛이 반사되어 안에 누가 있는지는 전혀 보이질 않았다. 그녀는 멈춰 서는 대신 빈센트를 픽업하기로 한 굴마르스플란 쪽으로 계속 차를 몰았다. 아까 회의가 끝나자마자 그에게 전화를 걸어 다니엘을 만나러 가는 데 동행해 달라고 부탁한 터였다. 면담 시 참관인을 두는 것은 언제나 현명한 선택이었다. 그녀가 놓칠 수도 있는 다니엘의 행동을 포착할 누군가가 필요하니까. 루벤이 그 역할을 맡아 주는 건 상상이 되질 않았다. 게다가 빈센트와 함께 일하는 게 훨씬 재미있기도 했고.

미나는 굴마르스플란 광장에 차를 세웠다. 곧 그녀를 기다리는 빈센트의 모습이 보였다. 검정 재킷에 검정 터틀넥 스웨터, 갈색 신발 차림의 그를 보니 절로 미소가 지어졌다. 저것보다 더 독심술사처럼 보일 수 있을까. 아니, 어떻게 보면 잠복근무 중인 경찰처럼 보이기도 했다. 실제 말고 TV 드라마에 나오는 경찰 말이다. 이따가 다른 TV 채널도 좀 보라고 말해 줘야 할 것 같다. 어느새 빈센트도 미나를 발견하고 미소를 지었다.

곧 미나의 차로 다가온 빈센트가 차에 올라타며 물었다.

"그러니까 지금 만나러 가는 그 남자가 용의자인 건가요?"

"네, 반가운 인사 감사하고요."

그녀가 의미심장한 눈빛으로 그를 바라보며 말을 이었다.

"빈센트 씨도 오늘 안녕하시죠? 그리고 제가 운전하는 거 괜찮으신가요?"

미나의 말에 그는 당혹스러운 표정을 지었다가 이어서 얼굴을 찡그렸다.

"아, 미안합니다. 물론 저도 오늘 미나 씨가 안녕한지 궁금하죠. 그런데 아까 전화에서 미나 씨가 너무 파이팅이 넘쳐서, 저도 거기에 전염되었나 봅니다. 어쨌든 안녕하세요, 미나 씨."

"안녕하세요, 빈센트 씨."

그녀는 곧 광장을 빠져나와 쇠데르말름으로 차를 몰았다. 조수석에 앉은 빈센트가 자세를 바꾸자 좌석 밑에서 바스락거리는 소리가 났다.

"설마…… 이 좌석 아래 비닐을 깔아 놓은 건가요?"

그가 물었다.

"네. 차에서 사람을 죽일 때 흔적을 남기지 않으려면 필요하거든요. 빈센트 씨가 왜 거기 앉았을지 한번 생각해 보세요."

빈센트는 웃음을 터뜨렸고, 미나는 집중해 운전을 계속했다.

"미안해요. 그런데 오늘 피해자의 동료를 만나 뭘 알아내려고 하는 건가요?"

"피해자에 대해서 많은 걸 알 수는 없을 거예요. 피해자의 지인이나 친구들을 면담하면 의외로 피해자의 삶에 대해 아는 게 거의 없더라고요. 놀라울 정도로요. 가까웠던 사람들이 피해자가 어떤 사람이었는지 잘 말하지 못하는 경우도 많고, 피해자 자택을 수색하며 알게 된 사실과는 다른 이야기를 하는 경우도 많죠."

"자택을 수색할 때는 뭘 찾는데요?"

미나가 급히 차선을 변경하자, 빈센트가 좌석 가장자리를 꼭 움켜쥐며 물었다.

"흠. 여러 가지를 확인할 수 있죠. 가령 냉장고에 먹을 게 별로 없으면 그건 피해자가 외식을 자주 하는 사람이란 걸 의미하죠. 그걸 전제로 살인범을 포함한 낯선 사람을 만날 수 있는 예상 가능한 패턴과 경우를 추정해 볼 수 있고요. 그리고 냉장고에 없는 음식 재료를 근거로, 바깥에서 먹은 식사가 아침인지 저녁인지를 추측해 볼 수 있어요. 그러려면 무엇이 중요한 정보인지 파악하는 감각을 길러야 해요. 피해자 집에 악기나 미완성 그림이 있다면, 그건 피해자가 생전에 취미 생활을 했다는 걸 의미하죠. 투바와 앙네스 모두 같은 동호회 소속이었거나 같은 강좌를 듣다가 살인범을 만났을 수 있어요. 아 참, 성인용품도 많은 정보를 주죠."

"성인용품이요?"

빈센트가 놀라 되묻자, 그녀는 어깨를 으쓱했다. 사람들의 집에서 나오는 물건들에 놀라지 않게 된 지도 이미 한참이었다. 사람들의 침대 밑이나 헤드보드에 난 작은 구멍을 뒤지기 전에는 늘 마음을 단단히 먹어야 했다. 최악은 그런 곳에서 휴지만 나오는 경우였다. 그건 다른 곳에 물건들이 숨겨져 있다는 걸 의미했으니까.

"투바는 싱글이었대요. 저희가 알기에 앙네스도 연인은 없었다고 하고요. 만약 피해자 집에서 지배 성향의 성인용품이 나오면 특정 성적 취향이 모이는 클럽을 찾을 수 있죠. 거기서 살인범을 만났을 수도 있고요."

빈센트는 생각에 잠겨 고개를 끄덕이더니 입을 열었다.

"셜록 홈스의 수법은 조금 과장된 면이 있지만, 브런즈윅도 1956년에 우리가 집에 둔 물건들과 다른 사람들이 우리를 보는 시선 가운데 연결 고리가 있다는 가설을 세운 바 있죠. 이후 바우마이스터와 스완은 우리가 집을 장식할 때 사용하는 상징을 통해 소통한다는 이론을 발표했고, 1997년 샘 고슬링은 사람들의 성격과 침실에 있는 특정 물건 사이에 연결 고리가 있다는 이론을 발표했고요. 아주 흥미로운 이야기죠."

미나는 그를 재빨리 흘끗 쳐다봤다.

"이쯤 되니 왜 빈센트 씨가 어렸을 때 여자들한테 인기가 없었는지 그 연결 고리를 알 것 같네요."

그녀는 이렇게 말하며 링베겐 쪽으로 차를 몰았다.

그녀 앞에는 초보 운전 딱지를 붙인 볼보가 시속 30킬로미터로 느림보 운전을 하고 있었다. 전형적인 초보 운전자였다.

그때 빈센트가 다시 입을 뗐다.

"우리가 뭘 알아내든, 투바와 앙네스가 비슷한 라이프 스타일을 가지고 있었다는 걸 말해 주는 퍼즐 한 조각이 더 있어요. 두 살인 사건이 일어난 시간은 오후 2시와 3시, 한낮의 비슷한 시간대죠. 이걸로 미루어 보아, 두 사건은 비슷한 종류의 장소에서 일어났을 가능성이 높아요. 투바와 앙네스가 같은 레스토랑에서 점심 식사를 했을 가능성도 있겠죠."

빈센트의 말에 미나가 고개를 끄덕였다. 비록 그는 오늘 차려입은 검은 옷 때문에 TV 속 가짜 경찰 같아 보였지만, 그가 실제로 경찰이 되었대도 꽤 훌륭했을 거라는 생각이 들었다.

"저도 비슷한 생각을 했어요. 곧 페데르가 두 피해자의 부엌에 붙어 있는 배달 식당 전화번호와 메뉴를 조사할 거예요. 운이 좋으면 같은 식당을 찾을 수 있겠죠."

곁눈으로 빈센트가 가방을 열어 미나가 동료들 몰래 그에게 줬던 서류들을 꺼내는 것이 보였다. 곧 빈센트는 밀다의 부검 보고서를 읽기 시작했다.

"앞뒤가 안 맞습니다."

곧 빈센트가 혼잣말을 하듯 중얼거렸다.

"이 프로파일은 모순투성이예요."

"집에서는 뭐라고 해요? 빈센트 씨가 경찰 수사를 비밀리에 돕고 있는 거 말이에요."

빈센트는 보고 있던 서류철을 덮고 미나를 쳐다봤다. 그녀는 혼스가탄 쪽으로 차를 틀었다. 드디어 앞에서 느림보 운전을 하던 볼보와 이별이다. 이제 파브 피카에는 1, 2분이면 도착할 것이다.

"먼저 정정하자면 전 지금 경찰을 돕고 있는 게 아닙니다. 미나 씨 팀원들은 그에 대해 아주 확실한 태도를 보여 줬고요. 지금 전 미나 씨를 돕고 있죠. 기꺼이 돕고 싶은 마음이고요. 그리고 우리 가족으로 말할 것 같으면…… 이렇게 말해 두죠. 베냐민은 엄청 흥미진진한 일이라고 생각하고, 레베카는 내가 뭘 하든 날 창피해하고, 아스톤은 레고가 아닌 이상 그 어떤 일에도 관심이 없어요. 그리고 마리아는…… 마리아고요."

"제가 한번 맞혀 볼까요? 당분간 아내 되시는 분이 커피 한잔하자고 절 초대하는 일은 없을 것 같네요."

미나는 주차 자리를 찾기 시작했다. 경찰차를 가지고 나왔기에 원하는 곳 어디에나 주차할 수 있었지만, 사실 오늘 같은 경우에는 위장 차량을 가져오는 게 더 나았을 뻔했다. 다니엘을 겁먹게 만들고 싶지는 않으니 말이다. 자리를 찾은 그녀는 주차를 하고 시동을 껐다. 차에서 100미터 떨어진 곳에 파브 피카가 보였다.

"그렇게 생각할 수도 있겠네요."

빈센트가 앞선 미나의 말에 대꾸하더니, 다시 입을 열었다.

"그건 그렇고, 이 다니엘이란 사람한테…… 우리 전략은 뭔가요?"

"제가 말할 테니 빈센트 씨는 지켜보기만 하면 돼요. 어떤 일이 일어날지 모르니까 마음의 준비도 단단히 하시고요."

*

혼스툴의 카페 안, 다니엘은 눈을 가늘게 뜨고 카페 창문을 통해 밖을 내다봤다. 오늘처럼 봄 햇살이 비칠 때면 창문이 더러워진 것이 더욱 티가 났다. 투바는 유리창 청소부를 쓰는 법이 없었다. 그 대신 그녀가 직접 청소하는 편을 선호했다. 다니엘은 자신이 유리창을 닦아야 하는 게 아닌 이상, 그녀가 청소하는 걸 반대할 이유가 없었다. 그러나 투바가 마지막으로 창문을 닦고 나서 한참이 흘렀다. 그녀가 갑자기 카페에 나오지 않은 후로 닦은 적이 없으니 말이다. 그는 한숨을 내쉬었다. 더러운 창문을 못마땅한 눈으로 쳐다보는 손님들이 보이기 시작한 데다, 바깥 날씨가 따뜻해질수록 창문에 묻은 때와 먼지는 눈에 더 잘 띄게 될 테니 조만간 그가 창문을 직접 닦아야 할 것이다. 그는 낡은 행주를 물에 헹궈 짠 뒤, 손님과 그의 사이에 놓인 잔들을 닦기 시작했다. 유리 카운터에 탈색한 머리칼이 비치자 흡족한 미소가 절로 지어졌다. 이번 머리색이 무척 마음에 들었다.

그때 문이 열리더니 한 남자와 여자가 카페로 들어왔다. 자주 오는 손님들은 아니었다. 남자는 어디선가 본 적이 있는 사람이었는데 어디서 봤는지 기억이 나진 않았다. 분명 단골은 아닌데, TV에서 봤던가? 아님 인터넷에서?

어디서 본 듯한 남자가 저만치 떨어져 서 있는 동안, 여자가 성큼성큼 그에게로 다가왔다.

"다니엘 씨?"

그녀가 묻자 그는 고개를 끄덕였다.

여자는 미인이었다. 절제미가 있다고 할까. 그녀는 그의 몸에 착 달라붙는 티셔츠에는 아무 감흥이 없는 듯, 그의 손에 들린 행주만 쳐다봤다. 여자는 난감해 보였다.

"미나 다비라라고 해요. 경찰이죠. 투바의 동료 되시나요?"

젠장, 망했다. 경찰이라니. 이건 절대 좋은 일일 리 없었다. 그는 행주를 내려놓고 여자에게 악수를 청했다. 하지만 여자는 뜨거운 무언가에 손을 델까 무서워하는 사람처럼 화들짝 놀라 뒤로 물러섰다. 이상한 여자다. 그는 카페 안의 다른 손님들을 슬쩍 쳐다보고는, 예쁜 경찰에게 카운터 끝으로 자리를 옮겨 얘기하자는 제스처를 취했다. 곧 여자와 함께 온 남자가 그들을 따라왔다. 이런.

"투바한테 무슨 문제라도 생긴 건가요?"

그가 최대한 감정을 드러내지 않으려 노력하며 물었다.

절대 이상한 말을 해선 안 된다. 입에서 나오는 단어 하나하나를 신중하게 선택해야 한다. 딱 알맞은 정도의 의미를 담은 말만 해야 한다. 말투도 너무 퉁명스러워선 안 된다.

여자는 남자와 짧게 시선을 교환했다. 둘은 뭔가 알고 있는 게 분명했다.

다니엘은 남자에게 손을 내밀어 악수를 청했다.

"안녕하세요. 다니엘이라고 합니다."

"안녕하세요. 빈센트입니다."

남자가 악수를 받아 주며 인사했다.

남자의 악수에는 어딘지 노련한 데가 있었다. 인사하는 방식을 아주 조심스레 살피고 있는 것 같달까. 하지만 다니엘에게는 그에 대해 생각할 시간이 없었다. 그는 이들이 무엇을 아는지 알아내야 했다. 아니면 그에게 가망이란 없을 것이다.

"투바 씨가 실종되었다는 신고가 들어와서요."

예쁜 경찰이 입을 열었다.

"그래서 투바 씨와 가깝게 지냈던, 아니 지내는 분들에게 궁금한 걸 묻고 있어요. 투바 씨 조부모님께서 투바 씨가 여기서 일했다면서 다니엘 씨 이름을 알려 주었고요. 그 이상은 말씀 드릴 수 없습니다만, 혹시 뭐 들으신 거라도 있으신가요?"

"실종이라고요."

다니엘은 제발 티가 나지 않길 바라면서 숨을 내쉬었다.

"제가 아는 건 투바의 할머니 할아버지가 며칠 전 여기로 전화를 걸어왔다는 게 다예요. 커피 좀 드릴까요?"

여자는 고개를 저으며 사양했지만 남자는 에스프레소 한 잔이면 고맙겠다고 말했다.

"그럼 투바 씨의 조부모님을 아신다는 건가요?"

경찰이 놀란 표정으로 물었다.

"가끔씩 리누스를 데리고 여기 와서 커피를 드시고 갔거든요."

다니엘이 설명을 이어 갔다.

"투바가 리누스 어린이집에 안 나타났던 날, 투바에게 연락이 닿지 않자 어린이집에서 투바의 할머니한테 전화를 했어요. 그래서 그날 리누스는 할머니가 픽업했죠. 투바는 그린피스에서 개최하는 보트 시위에 참가할 예정이었는데, 할머니 할아버지 두 분 모두 당신들이 날짜를 착각해서 리누스를 데리러 가는 날인 걸 깜빡했다고 생각하셨대요. 아마 그전에도 비슷한 일이 있었던 모양이에요. 어쨌든 그날 이후 두 분이 매주 리누스를 데리고 여기에 와서 커피를 드셨거든요. 그동안 저는 혼자서 카페 일을 다 하고 있었고요. 일이 얼마나 많은지, 투바가 여행을 떠난 뒤로 저녁 근무도 제가 다 해야 해서 제 여자친구도 불만이 많아요. 저희 부활절 여행 계획도 엉망이 됐고요. 그런데…… 투바가 없어졌다고요? 그건 투바답지 않은데요."

다니엘은 빈센트라는 이름의 남자가 옆으로 빠져, 조용히 그가 말하는 걸 지켜보고 있는 게 마음에 들지 않았다. 꼭 그 무엇도 숨길 수 없는 탐조등 아래 서 있는 것 같은 기분이었다.

"투바 씨에게 무슨 일이 생겼을지 짐작 가는 것도 없나요?"

경찰이 물었다. 그가 투바 일까지 도맡아 하느라 에블린과 보낼 수 있었던 뜨거운 밤을 수없이 놓쳤다는 것에는 별 흥미가 없는 것 같았다.

"자의로 이렇게 리누스까지 놓고 떠날 사람은 절대 아니에요. 근처 병원들은 다 확인해 보신 거죠?"

경찰은 아주 짧은 순간 주저했다. 다니엘이 찾고 있던 틈이 보인 순간이었다. 그는 그가 가진 가장 매력적이고 순진무구한 미소를 지어 보였다. 지금 이 순간, 여자를 그의 편으로 만들어 필요한 정보를 얻어야 했다. 지난번 경찰에게 신문을 받았을 땐 거의 도망을 갈 뻔했다. 그것도 아주 멀리. 같은 일을 또 겪고 싶지는 않았다. 하지만 그가 찾아낸 틈은 금세 닫히고 말았다.

"아직까지 확인된 건 없어요."

경찰이 말하며 그에게 명함 한 장을 건넸다.

"뭐든 투바 씨에 대한 소식을 듣거나 생각나는 게 있다면 언제든 전화 주세요. 이건 제 개인 전화번호니까, 교환원을 통하지 않아도 돼요."

개인 전화번호라니. 뭐지? 지금 추파라도 던지는 건가? 그는 상대의 반응을 살피기 위해 놀리듯 미소를 지었지만, 돌아온 건 화난 듯 그를 째려보는 그녀의 눈빛뿐이었다.

"아 참, 그런데 혹시 여기 CCTV 있나요? 투바 씨가 실종되기 직전의 기록이 남아 있을까 해서요."

다니엘은 고개를 저었다. CCTV라니, 이런 거지 같은 카페에 그런 게 있을 리가. 경찰은 실망스러운 눈빛으로 그를 잠시 쳐다보더니 이만 가 보겠다고 인사를 건넸다. 곧 남자가 먼저 문을 연 뒤 여자를 위해 문을 잡아 주었고, 둘 다 카페를 나섰다. 그는 더러운 창문 너머로 그들이 걸어가는 모습을 지켜봤다. 그리고 이윽고 그들이 그의 시야에서 사라진 순간, 재킷을 집어 들고 문밖으로 뛰쳐나가 반대편 방향으로 무작정 달리기 시작했다. 머릿속에 수많은 걱정거리들이 소용돌이쳤지만, 카페는 걱정거리 축에도 들지 못했다.

차에 올라타자마자 미나가 물었다.
"어땠어요?"

미나는 시동을 켜는 대신 빈센트를 향해 몸을 돌렸다.

"뭔가 발견하신 거 맞죠? 말씀해 주시겠어요?"

빈센트는 곧장 대답하는 대신, 주섬주섬 가방을 뒤지기 시작했다.

"그 사람, 거짓말을 하진 않았어요. 하지만 그렇다고 우리한테 아는 걸 전부 다 말해 주지도 않았고요. 그 사람이 투바에 대해 이야기할 때 절대 '나'라는 주어를 쓰지 않았다는 거 알아챘어요? 딱 한 번 '나'라는 주어를 썼는데, 그건 자기가 일을 많이 하고 있다는 이야기를 할 때였죠. 대화에서 자신을 분리하는 건 거리를 둘 때 쓰는 기법이에요. 지나치게 감정적이 되거나 거짓말을 할 때 많이 쓰이는 수법이죠."

그가 두 개의 서류철을 다시 꺼내며 말을 이었다.

"그러니까 여기서 해야 하는 질문은…… 투바에 대한 대화가 다니엘한테 왜 그렇게 감정적으로 불편했을까? 우리가 그에 대해 뭘 알아내는 게 두려웠던 걸까? 하는 거죠."

그가 그녀에게 서류철을 건넸다.

"투바와 앙네스 모두 싱글이었다고 했죠. 안정적인 관계를 맺고 있는 파트너는 없었다고요. 투바는 아들 리누스와 함께 살고 있었죠. 전 남자친구는 3년 전에 그들 곁을 떠났고, 친부모도 해외에 살고 있고요. 앙네스는 남자 룸메이트랑 함께 살고 있었죠. 남자 룸메이트는 몇 달 전 경찰에서 조사를 받았고요."

미나가 고개를 끄덕였다. 빈센트가 그녀에게 건넨 서류는 그녀도 이미 수백 번 보고 또 본 것이었다.

"아까 저기서는 혹시 제 생각이 틀렸을까 봐 아무 말도 하지 않았지만, 역시 제 생각은 틀리지 않았어요. 미나 씨. 앙네스와 함께 살았던 친구 외모는 어떻다고 했죠?"

미나는 서류에서 봤던 그의 인상착의를 쉽게 기억했다.

"갈색 머리카락에 부스스한 헤어스타일, 20대 초반, 말랐지만 탄탄한 근육질 몸매. 앙네스의 룸메이트가 동성이 아닌 이성이라는 걸 알았을 때 잠시 용의선상에 올랐었죠. 저희가 아는 바로는 둘 사이에 연애 감정은 없었고요. 앙네스의 시신을 처음 발견한 사람이고, 이름은……."

뭔가 생각나는 게 있는지, 말을 하던 미나의 두 눈이 휘둥그레졌다.

빈센트는 고개를 끄덕여 그녀의 생각이 맞다는 걸 확인해 주었다.

"머리카락은 자를 수 있고, 색도 바꿀 수 있죠."

"앙네스의 룸메이트 이름은 다니엘 바가브리엘이었어요. 우리가 방금 전에 만난 그 사람이요."

그녀는 재빨리 차에서 뛰어내려 카페로 내달리기 시작했다.

*

빈센트는 첫째 아들의 침실 방문을 노크하며 아들을 불렀다.
"베냐민?"

대답은 없었다. 헤드폰을 끼고 있는 모양이었다. 빈센트는 아들 방에 아들의 허락 없이 들어가고 있다는 것을 인지한 채 문을 열었다. 역시 예상대로 베냐민은 헤드폰을 쓰고 있었다. 예상치 못한 것은 베냐민이 아무것도 입지 않고 드레싱 가운만 걸치고 있단 것이었다. 아빠를 보자 베냐민은 헤드폰을 벗고 게임을 중지했다. 곧 화면에 '패스 오브 엑자일'이라는 게임 제목이 떴다. 베냐민은 무슨 일이냐는 표정으로 아빠를 쳐다봤다. 가능하다면 잔소리는 하지 않는 게 좋을 것이다. 하지만 드레싱 가운만 걸친 아들을 보니 그럴 수는 없었다.

베냐민은 열아홉 살이고 초등학교에서 1년을 건너뛰어 월반을 했을 정도로 똑똑한 아이였지만, 그래도 부모로서 할 말은 해야 했다. 이제 베냐민도 자기 인생을 원하는 대로 살 수 있을 나이가 거의 다 되었다지만, 그래도 그와 같은 지붕 아래 사는 한 지켜야 할 규칙이란 게 있다.

"벌써 오후 5시 반인데 아직 옷도 제대로 안 입은 거냐? 대체 언제 일어난 건데?"

"몰라. 두 시간쯤 전에 일어났나?"

"4시까지 잤다고? 17시간을 잤다는 거야? 학교는?"

베냐민은 이제 자신이 아빠보다 더 컸다고 생각하는 아들의 눈빛으로 빈센트를 쳐다봤다. 빈센트는 저런 눈빛으로 그의 아버지를 쳐다본 적이 없었다. 그럴 수 있는 아버지가 있었던 적이 없었으니. 하지만 그래도 지금 이 순간 아들의 눈빛이 뭘 의미하는지는 알 수 있었다.

"아빠. 나 이제 대학생이야. 강의를 전부 다 온라인으로 올려 주는데 시스타까지 가는 건 시간 낭비 돈 낭비라고. 오늘 강의는 벌써 다 봤고요, 암기도 다 했답니다."

썩은 동물 냄새를 풍기는 방 안의 공기를 들이쉬며 빈센트는 베냐민에게 환기는 대체 언제 했느냐고 묻고 싶었다. 하지만 지금 베냐민의 도움이 필요한 건 자신이고, 벌써 방에서 내쫓길 짓을 여러 번 했으니 그러지 않는 것이 좋을 것 같았다.

빈센트는 잔인하게 살해당한 두 피해자 사이의 연결 고리를, 아직 그들이 찾지 못한 패턴을 찾아야 했다. 그로서는 요즘 젊은 사람들의 일상 패턴을 알 수 없으니, 그걸 베냐민에게 부탁하고 싶었다. 투바와 앙네스가 베냐민보다 몇 살 더 위긴 하지만, 그래도 그들이 살았던 세계는 자신보다는 베냐민의 세계와 더 닮은 꼴이지 않겠는가.

시신에 새겨진 번호와 망가진 손목시계는 그 안에 숨겨진 의미가 더 있을 거란 생각을 하게 했다. 이 살인 사건에는 뭔가 숨겨진 메시지가 있었다. 그도 그런 메시지를 찾는 데는 일가견이 있는 사람이었지만, 베냐민을 따라갈 순 없었다. 베냐민은 식은 죽 먹기처럼 이진법 코드를 해석하고, 이 사건 해결에 필요한 정보를 얻기 위한 컴퓨터 프로그램도 만들 수 있는 아이였다. 그런 이유로 그는 미나에게서 받은 얼마 되지 않는 정보를 베냐민에게 주고 아들이 뭔가를 알아내길 기대하고 있었다.

"뭐 때문에 그러는 건데?"

베냐민이 잠시 멈춰 놓은 게임 화면을 바라보며 의미심장한 표정으로 물었다.

빈센트는 방문을 조용히 닫았다. 나머지 가족들은 알 필요 없는 이야기였다.

"어떻게 되어 가나 해서."

빈센트는 의자에 놓여 있던 두꺼운 자바 책과 '워해머 40,000' 게임 가이드북을 치우고 의자에 앉았다.

"뭐, 아빠가 준 것 갖고는 별로 할 게 없었어."

그의 질문을 바로 알아챈 베냐민이 대꾸했다.

"더 줄 수 있는 다른 정보는 없는 거 확실해?"

"안타깝게도."

빈센트가 고개를 저으며 답했다.

"피해자들에 대해서 아는 건 그들의 이름이 투바 벵트손,

앙네스 세시라는 것, 그 여자들이 어떻게 생겼었는지, 무엇을 했는지, 어디에 살았는지 정도야. 또 박살 난 손목시계에서 알 수 있는 사망 시간도 있고. 그게 중요하다고 추측되긴 하는데, 그게 다야."

아들의 방바닥에는 옷들이 여기저기 널려 있었다. 세탁을 한 옷인지, 세탁을 해야 하는 옷인지 가늠이 되질 않았다. 빈센트는 선택의 여지가 없어 그 옷들 위로 발을 올려놓았다.

"그리고 피해자 몸에는 각각 로마 숫자 3과 4가 새겨져 있었고."

"그거야 그냥 숫자와 비슷하게 생긴 상처일 수도 있는 거잖아."

베냐민은 빈센트가 옮겨 놓은 책을 가져다가 책장에 꽂았다. 옷보다는 책이 더 걱정되는 모양이었다.

"물론이지."

빈센트가 말을 이었다.

"경찰들도 그게 숫자라고 확신은 못 하고 있어. 그래도 일단 두 상처 모두 숫자처럼 생긴 게 단순한 우연은 아닐 거라고 가정해 보는 거지."

베냐민이 머리를 긁적였다. 언제쯤이면 아들은 저 더벅머리를 빗으로 빗게 될까. 빈센트는 그날이 하루빨리 오길 바랐다.

"두 피해자가 범인과 알고 지내는 사이였는지 알 수 있으면 좋을 텐데."

베냐민의 말에 빈센트가 웃음을 터트렸다.

"그래. 그러면 많은 질문에 답할 수 있겠지. 하지만 지금으로선 아는 게 없구나. 흠, 두 피해자를 다 알고 있었던 남자가 하나 있긴 하지."

"그럼 됐네."

"나도 그렇게 생각했어. 그 남자가 일하던 카페에 찾아가서 만나 봤는데, 사이코패스 같은 분위기를 풍길 줄 알았더니 전혀 아니었어. 좀 이상해 보이긴 했지만…… 물론 그게 다는 아니겠지. 뭔가 숨겨진 게 있을 거야. 뭐, 아는 게 이렇게까지 없을 땐 모든 게 가능해 보이는 법이지. 부족한 데이터를 근거로 너무 많은 가능성을 생각해야 하고, 너무 많은 가설을 세워야 하니까."

"아빠. 오컴의 면도날 알지?"

"같은 현상을 설명하는 주장이 여럿 있다면, 가장 간단한 쪽을 선택하라는 원리지."

"그러면 답은……?"

"그 남자는 가장 간단한 설명이 아니야. 그렇게 보일 뿐. 아마 그 설명의 일부는 될 수 있겠지. 하지만 전체는 아니야. 지금 오컴의 면도날 원리는 잠깐 접어 두고, 이 남자 이야기는 못 들은 걸로 해라."

"어. 그럼 우선 분류법에 근거해서 한번 들여다보자."

베냐민은 엑셀 비슷하게 보이는 프로그램을 열었다. 화면에 살해된 두 여자, 투바와 앙네스의 사진이 떴다. 베냐민은 그녀들의 얼굴을 클릭해 화면 전체를 다 채울 만큼 사진을 확대했다.

"외모로 보면 둘은 완전히 다르게 생겼어. 그러니까 외모 말고 이 둘을 한 카테고리로 묶을 다른 기준을 찾아봐야 해. 이 둘이 함께 알고 있는 남자가 있다는 걸 제외하고 말이야. 이 여자들이 살해되기 몇 달 전부터 살해당할 때까지의 동선은 확인해 봤어?"

"휴대폰의 GPS 같은 거 말하는 건가? 그건 경찰들이 당연히 조사했을 것 같은데. 미나가 내 도움을 필요로 하는 일은 그런 게 아니야."

베냐민이 우스꽝스러운 표정을 지어 보였다.

"그럼 다행이고. 두 사람이 같은 장소에 있었던 건 아니더라도 비슷한 장소에는 있었을 수 있고 그게 단서가 될 수 있잖아. 두 사람이 비슷한 장소에 있지 않았다고 해도 요즘 디바이스에는 피트니스 앱이 계속 돌아가고 있으니 그 이동 기록이랑 GPS 기록을 대조해 보는 것도 좋을 거야. 둘 다 운동을 했다면 예측 가능한 동선으로 움직였을 테니까."

"피트니스 앱?"

빈센트가 생각에 잠긴 표정으로 되물었다.

미처 해 보지 못한 생각이었다. 세대 차이는 이런 부분에서 극명히 나타났다. 베냐민 세대에게는 휴대폰이 내가 하는 모든 일을 추적하는 게 당연한 일인 모양이었다. 그 휴대폰이 주머니 속에 있더라도 말이다. 어쩌면 경찰도 그 생각은 못 했을지 모른다는 생각에 그는 미나에게 짧은 메시지를 보냈다. 그리고 휴대폰을 다시 주머니에 넣기도 전에 문자가 왔다는 알림음이 울렸다.

"뭐래?"

누구에게 메시지를 보내는 건지 말하지 않았는데도 눈치 빠른 베냐민이 물었다. 아들이 똑똑한 놈이 아니었다면 더러운 빨래 더미에 발을 묻고 여기 이렇게 앉아 있지도 않았을 것이다. 곧 메시지를 확인한 빈센트가 웃음을 터트렸다.

"물론 그런 것도 다 확인하고 있대. 요즘은 다들 팟캐스트를 들으면서 뛰어서 그 어느 시절보다 가해자들이 피해자를 공격하기 쉽다고 하고. 그리고 투바의 휴대폰이 있었다면 큰 도움이 되었을 거라고 하네. 그런데 여기 이 문장 끝에 붙인 웃는 이모티콘은 비웃는 건가?"

베냐민이 놀란 표정으로 되물었다.

"투바 휴대폰은 시신과 함께 발견되지 않았나 봐?"

"휴대폰은 없었어. 투바는 속옷만 입혀진 채로 발견됐거든."

베냐민은 고개를 저었다. 어쩌면 아들 세대에겐 휴대폰을 잃어버리는 것이 발가벗겨진 채 신체 불구가 되어 발견되는 것보다 더 최악일지도 모른다. 그때 갑자기 아스톤의 목소리가 방문을 뚫고 들어왔다.

"핫초코에 아이스크림 세 스쿱 넣어 달라고! 두 스쿱 말고!"

화가 잔뜩 난 목소리였다.

빈센트는 미소를 지었다. 그래도 가족 중 누군가는 오늘 밤 원하는 것을 얻는구나 싶었다. 그는 다시 베냐민의 컴퓨터 모니터에 떠 있는 두 얼굴을 바라봤다. 화면에는 끔찍한 폭력에 희생당해 더는 이 세상에 존재하지 않는 두 젊은 여자의 얼굴이 떠 있었다. 그리고 그 화면 앞에는 이 두 여자가 생전에 조깅을 했을까 생각하는 그가 앉아 있었다. 참으로 황당한 상황이었다. 그는 화면 위 무언의 질문을 던지고 있는 두 여자의 눈을 더는 마주 볼 수 없어, 베냐민이 두어 해 전쯤 엄청나게 공들여 채색했던 워해머 피규어가 놓인 책장으로 시선을 옮겼다. 그때였다. 문이 벌컥 열리더니 아스톤이 입가에 초콜릿 우유를 잔뜩 묻힌 채 뛰어 들어왔다.

"여기서 뭐 해?"

아스톤이 신난 얼굴로 말을 이었다.

"엄마랑 나는 방금 전에 간식 먹었는데 형하고 아빠는 못 먹었지롱."

"노크 좀 해!"

베냐민이 소리쳤다.

아스톤은 앙네스와 투바가 자신들이 죽은 줄도 모르는 눈빛으로 그를 응시하는 화면 앞으로 훌쩍 뛰어왔다.

"누군데? 아빠 친구들이야?"

아스톤이 묻는 것과 동시에, 마리아가 문 앞에 나타났다.

"누가 아빠 친구들이야?"

마리아는 눈을 가늘게 뜨고 화면을 쳐다봤다.

"빈센트! 너무하는 거 아니야? 서른도 안 되어 보이는 애들이잖아!"

베냐민이 드레싱 가운을 더 꽉 여미며 붉으락푸르락한 얼굴로 외쳤다.

"마리아! 지금 우리 뭐 하는 중이거든!"

빈센트는 의자에 기대어 앉아 두 눈을 감았다. 오늘 더 이상의 진전은 없을 것이다.

"저녁 준비됐어. 데이팅 사이트에서 볼일 다 보면 먹으러 와."

마리아가 톡 쏘아붙였다.

"그러니까 지금 저녁 전에 간식 먹었다는 거야?"

빈센트가 의미심장한 눈빛으로 마리아를 쳐다보며 물었다.

마리아는 아무 대답 없이 그를 노려봤다. 그도 마리아도 아스톤이 자기 엄마 머리 꼭대기 위에 올라가 있다는 걸 알고 있었다. 또 빈센트와 베냐민, 레베카 사이가 마리아와 아스톤

만큼 친밀한 적은 한 번도 없었다는 것도 알았다.

"원래도 저랬어? 처음 만났을 때?"

마리아가 방을 나가자 베냐민이 빈센트에게 물었다.

"아니, 저렇진 않았지. 하지만 마리아는 자기가 변했다는 걸 모르고 있을 거야. 요즘 보면 다정하고 관대한 사람이 되려고 노력하고 있는 것 같아. 그게 전부는 아닌데, 그걸 모르는 거지."

"요즘 마리아는 하루 종일 타로 카드를 늘어놓고 펜듈럼으로 점을 치느라 바빠."

베냐민이 콧방귀를 뀌며 말했다.

"그 얘기를 할 때마다 엄마는 빵 터진다니까."

"너무 못되게 굴지 마. 악의는 없잖아."

베냐민은 어깨를 으쓱하더니 다시 컴퓨터 앞으로 돌아가 키보드 위에 손을 올려놓았다. 빈센트도 방에서 나가려고 의자에서 일어났다.

"아, 아빠, 그리고 하나 더. 살인이 일어난 날짜랑 시간 말이야. 그걸 문자 같은 걸로 해석해 봤어?"

빈센트는 고개를 끄덕였다. 그 생각도 안 해 본 게 아니었다. 첫 번째 살인의 희생자였던 앙네스가 1월 13일 14시에 살해당했다는 걸 알았을 때 그는 이미 해석을 시도했다. 알파벳의 열세 번째, 첫 번째, 그리고 열네 번째* 글자를 조합하면 M-A-N이 됐다. 앙네스가 여자인 걸 생각하면 조금 이상했다. 범인이 성별에 대한 무언가를 말하려고 하는 건 아닌지도 생각해 봤지만 그건 너무 억지 추론 같았다. 게다가 같은 방법으로 투바의 살인을 문자로 조합해 보자 그 가정은 무너졌다. 투바는 2월 20일 15시에 살해되었으니 같은 방식으로 알파벳의 스무 번째, 두 번째, 열다섯 번째 문자를 조합하면 T-B-O가 되었다. T-B-O라니, 주문 예정To Be Ordered? 터보? 그것도 아니면 정직하라To Be Honest? 그 어느 것도 그럴듯하게 들리지 않았다.

"해 봤지. 그런데 아무 수확이 없었어."

빈센트가 답했다.

"알겠어. 내가 이진법으로 계속 해석해 볼게. 모든 수는 무한히 많은 기수법에서 대칭이거든. 누가 알아, 13-1-14-20-2-5의 배열을 포함한 숫자가 있을지. 어쩌면 지도처럼 장소를 가리키는 것일 수도 있고."

"그럴 수도 있을 것 같네."

빈센트가 답했다. 그것들을 포함해 이미 수많은 옵션을 다 시도해 봤다고 말해서 아들의 열정을 꺾고 싶진 않았다.

---

* 앞으로 나오는 모든 내용은 '일-월-시간(13일-1월-14시)' 순서로 날짜를 표기하는 현지 방식을 참고하시어 읽어 주시기 바랍니다.—편집자 주

"그런데 나 이거 보수 주는 거야, 뭐야?"

"아, 그리고 지도 이야기가 나와서 말인데, 〈내셔널 트레져〉 본다고 너무 늦게 자지 말고. 그래도 어쨌든 해 볼 수 있는 건 다 해 봐. 그리고 지금은 저녁부터 먹자. 안 그러면 마리아가 속상해할 거야."

"그렇게. 근데 아까 내가 말한 것처럼 오컴의 면도날 원리를 따르면 훨씬 더 쉽게 문제를 해결할 수도 있어."

"그래. 네가 어떻게 생각하는지는 아주 잘 알겠어. 그런데 넌 카페에서 그 다니엘이라는 남자를 못 봤잖아. 그 사람은 카운터 하나도 제대로 못 닦는 사람이었어. 그 사람이 용의자가 아니라는 말을 하는 게 아니야. 사실 현재로서는 그 남자가 가장 유력한 용의자지. 하지만 다니엘이 말을 안 하려고 하는 걸 보면 숨겨진 뭔가가 있는 것 같아. 우리는 그게 뭔지를 알아내야 하고."

빈센트는 아들의 머리칼을 헝클어뜨리고 싶은 충동을 참았다. 그가 방문을 나설 때, 베냐민은 헤드폰을 다시 쓰고 멈춰 뒀던 패스 오브 엑자일 게임을 플레이하고 있었다. 저녁을 먹을 시간이라고 말해 봐야 아무 의미가 없을 것 같아, 그는 조용히 방을 나왔다.

1982년 크비빌레

예인은 부엌 문지방에 멈춰 섰다. 남동생이 잠옷 차림으로 식탁에 앉아 아침으로 요구르트를 먹고 있었다. 부엌문에서부터 딸기 잼 냄새가 진동을 하고 있었고, 주황색 방수 식탁보 위에 떨어져 있는 잼의 양으로 보아 동생이 제 손으로 아침을 만들어 먹은 것 같았다. 동생은 아침을 먹으며 낡디낡은 카드를 섞는 데 열중하고 있었는데, 카드 한 벌의 반은 바닥에 떨어져 있었다. 그걸 보니 절로 웃음이 났다. 아마도 아직 생각대로 되지 않는 새로운 마술 트릭을 연습하는 중일 것이다.

동생 옆에 앉은 엄마는 여전히 드레싱 가운을 입은 채, 머리를 팔로 감싸고 식탁 위에 엎드려 있었다. 엄마의 모습을 보자 예인의 얼굴이 차갑게 굳었다. 오늘은 엄마의 기분이 별로인 날인 게 분명했다.

서늘한 아침 바람이 맨다리에 닿자 엄마는 추운지 몸을 떨었다. 그러고는 입고 있던 티셔츠의 밑단을 잡아당겨 맨살이 드러난 허벅지를 덮었다. 밤새 창문이 열려 있었던 모양이다. 엄마는 부엌에서 잔 것일까. 그런 적이 종종 있었다.

"이리 와."

예인은 목소리를 낮춰 남동생을 향해 손짓하며 말했다.

아직까지는 조용했지만, 엄마 입에서 늘 반복되는 레퍼토리가 나오는 건 시간문제였다. 더 이상은 살고 싶지 않다, 나는 아무짝에도 쓸모없는 인간이다, 왜 남자들은 자꾸 날 떠나가냐, 나는 왜 빌어먹을 일자리 하나도 제대로 구하지 못하나 등등의 이야기를 동생이 들을 필요는 없었다. 아직 동생은 그런 어른들의 세계를 몰라도 된다. 엄마는 아직도 동생의 가장 친한 친구였다. 때로 예인은 그런 동생이 부러웠지만, 동시에 그건 동생이 어린아이이기 때문에 가능한 일이란 것도 알고 있었다. 그에 반해 자신은 이제 열여섯 살이 다 되었으니까. 원했던 건 아니었지만 예인에겐 져야 할 책임이 있었다. 적어도 일주일 정도는 더.

"엄마가 해 주는 삼각형 모양의 토스트 샌드위치를 만들려고 했는데 부서졌어."

동생이 슬픈 표정으로 말했다.

"괜찮아. 이리로 와. 엄마는 조금 쉬면 금방 괜찮아지실 거야. 가끔 엄마가 피곤할 때 어떻게 되는지 너도 잘 알잖아."

"엄마를 깨우고 싶진 않았어."

동생이 요구르트 그릇의 바닥을 긁으며 대꾸했다.

그러더니 요구르트 그릇과 나머지 설거짓거리를 들어 싱크대로 옮겨 둔 다음 예인에게로 걸어왔다.

엄마는 미동도 없이 그대로 엎드려 있었다.

"새로운 카드 기술을 연습하는 거야?"

예인이 동생을 부엌 밖으로 이끌며 물었다.

"응. 그런데 아직 잘 안 돼."

"그 여자 삼총사 불러서 걔들이 좋아하는지 아닌지 시험해 봐."

"걔네 이름은 말라, 시칸, 로타야. 여자 삼총사라고 하니까 소설에 나오는 멍청한 패거리같이 들리잖아. 그리고 걔들 오늘 집에 없어."

동생이 투덜댔다.

"누나도 오늘 혼자야. 원래도 늘 혼자지만. 적어도 넌 여기 친구들은 있잖아. 누나는 도시에 두고 온 삼총사 친구들이 너무 보고 싶어."

동생은 미끼를 물지 않았다.

"도시에는 극장도 있고 놀이공원도 있고 차들도 많거든. 내 삼총사 친구들도 있고. 그런데 여기엔 아무도 없잖아."

"으으으으으…… 알겠다, 누나 지금 다 큰 것처럼 보이려고 그렇게 말하는 거잖아. 그런데 생각해 보면 누나랑 엄마가 여기 이사 왔을 때 누나는 나보다 조금 더 컸어. 그전에 도시에 살 때 극장을 가 봐야 얼마나 많이 가 봤겠어? 그리고 차가 많은 게 좋으면 저기 치즈 공장 밖에도 트럭 엄청 많아. 그리고 뭐, 삼총사? 그거 다 책에서 읽고 상상해서 만들어 낸 이야기 아니야? 맞지?"

"어쩌면. 그래도 그리운걸."

예인은 잠시 멈췄다가 주머니에서 플라스틱으로 만든 무언가를 꺼냈다.

"오늘 너랑 나 둘뿐이니까 누나가 너한테 문제를 내 줄게."

동생의 두 눈이 반짝거렸다. 동생은 예인이 내 주는 문제를 좋아했다.

예인은 작은 플라스틱 틀 모양의 무언가를 동생에게 건넸다. 틀 안에는 1부터 15까지 숫자가 적힌 열다섯 개의 작고 네모난 플라스틱 조각들이 놓여 있었다. 원래 16이 있어야 할 자리는 비어 있어서 나머지 열다섯 개 조각들의 위치를 옮겨 숫자 순서대로 배열할 수 있었다.

"너무 쉬워."

동생이 숫자 퍼즐을 보자마자 말했다.

"나 요즘 그런 퍼즐은 완전 빨리 풀 수 있거든."

"무슨 문제를 내 줄지 끝까지 들어야지. 1부터 15까지 숫자를 순서대로 배열해. 대신 14, 15 이렇게 마지막 두 숫자의 위치만 바꾸는 거야."

동생은 예인 손에서 퍼즐을 가져가더니 물끄러미 바라봤다.

"완전 쉬워."

그 말을 끝으로 동생은 2층의 자기 방으로 뛰어갔다.

멀어지는 동생의 뒷모습을 보며, 예인은 동생을 속인 것에 죄책감을 느꼈다. 하지만 엄마랑은 동생 없이 그녀 혼자 이야기해야 했다. 지금부터 한 시간 후에 동생을 찾으러 가면 된다. 동생이 계단을 올라 방으로 뛰어가자 계단에서 삐걱거리는 큰 소리가 났다. 하지만 이젠 계단 소리에 엄마가 깨도 상관없었다. 아니, 솔직히 말하면 엄마가 저 소리에 깨어나는 게 더 좋을 것이다.

예인은 다시 부엌으로 돌아갔다. 엄마는 더 이상 엎드린 자세가 아니라 앉은 자세였지만 여전히 얼굴은 손으로 가리고 있었다. 볼품없이 긴 머리는 감지 않아 떡이 져 있었고, 입고 있는 드레싱 가운은 어깨에서 미끄러져 열린 채였다. 그런 엄마의 모습을 보며 예인은 동정과 경멸을 동시에 느꼈다. 엄마의 감정이 끊임없이 널뛰기를 하는 건 엄마의 잘못이 아니었다. 예인은 학교 양호 선생님에게 학교 숙제가 있다는 핑계를 대고 심리학 책 한 권을 빌려 읽었다. 책에 따르면 당사자에게 선택의 여지가 없는 유전적 위험 인자가 있다고 했다. 책에 나온 내용은 딱 엄마 모습이었다.

책에는 그러한 증상에 대한 치료법도 나와 있었다. 리튬을 먹는다든지 하는 것이다. 하지만 엄마는 약을 먹지 않았다. 약이 웬 말인가. 심지어 엄마는 자신이 아프다는 것도 몰랐다. 고의는 아니었겠지만 그 때문에 예인은 포로가 됐다. 동생을 보호하기 위해, 또 엄마를 돌보기 위해 예인은 항상 3분 대기조가 되어야 했다. 그녀의 인생은 그 어디에도 없는 것처럼.

하지만 앞으로는 그녀의 인생을 찾을 것이다.

예인은 식탁에 흩뿌려진 잼에 닿지 않게 조심하며 식탁에 앉았다.

"엄마, 아침 먹을래?"

이제 정말 엄마와 이야기를 해야 한다. 그러나 그날이 오늘은 아니란 걸 예인은 알고 있었다.

*

경찰서의 접수처는 딱 봐도 대학 입시를 준비하고 있을 나이 대의 학생들로 바글거리고 있었다. 미나는 한눈에 그들이 경찰서에 견학을 온 학생들임을 알아챘다. 열일곱 살의 학생 서른 명이 바깥이 춥다고 한꺼번에 경찰서 건물에 들어오는 일은 없을 테니 말이다. 그녀가 알기로, 경찰서에 견학을 오는 학생들은 보통 이 건물에서 한 블록 떨어진 곳에 위치한 세븐일레븐에 모여 거기서 시간을 보내다가 돌아가는 편을 선호했다. 하지만 오늘 학생들은 지도 교사와 함께 이곳까지 들어와 있었다. 교사는 학생들에게 방문자 배지를 나눠 주며 가슴 높이에 달라고 했지만, 아무도 말을 듣는 것 같지는 않았다.

"이리로 와. 새끼야, 나 여기 있잖아."

반에서 잘나가는 학생인 게 분명한 누군가가 소리치자, 친구들은 크게 웃음을 터트렸다.

호르몬 넘치는 10대 무리를 뚫고 지나가야 하는 상황에 빈센트가 어떻게 반응할까 궁금해졌다. 학생들이 그를 알아보기라도 한다면 분명 불편할 텐데. 하지만 이제 와서 그에게 옆문으로 들어오라고 말할 수도 없는 노릇이었다. 그렇다고 그저 쳐다보기만 해도 지저분해 보이는 저 청소년 무리를 뚫고 그녀가 직접 그를 안내하는 건 더더욱 상상도 할 수 없는 일이었다. 장갑과 안면 보호 마스크가 있다면 가능할 수도. 아니, 그게 있다고 해도 안 될 것 같았다.

미나는 학생들 무리가 모여 있는 벽과는 꽤 거리를 두고 그 반대편 벽에 서 있었다. 그럼에도 불구하고 10대들의 땀 냄새를 맡을 수 있었다. 그 냄새에 온몸이 코팅되는 기분이었다. 상황이 상황이니만큼 빈센트는 알아서 저 난관을 헤쳐 나와야 할 것이다. 그녀도 유명인 덕을 조금 볼 수 있는 것 아니겠는가. 그 유명인이 나이 마흔일곱의 멘탈리스트라 하더라도 말이다.

빈센트는 그녀의 건너편, 학생들이 몰려 있는 쪽으로 등장했다. 난데없는 10대 무리에 눈이 휘둥그레진 그는 곧 고개를 숙이고 인파 사이를 뚫고 걷기 시작했다.

"엇, 빈센트 발데르다!"

그때 그를 알아본 누군가가 외쳤다.

요즘 학생들은 틱톡에서 유명한 사람이 아니면 못 알아볼 줄 알았는데, 의외의 유명세에 미나는 꽤 놀랐다.

"헐, 빈센트! 이제 경찰 마음도 읽는 건가요? 그럼 우리 차례는요?"

아까 소리쳤던 학생이 빈센트를 향해 목청 높여 말하자, 빈센트는 발걸음을 멈춰 방금 전 말한 학생을 찾아 눈을 마주치며 입을 열었다.

"그러게, 안됐네. 오늘 아침에 벌써 너희 어머니랑은 했거든."

학생은 예상치 못한 빈센트의 말에 잠시 당황하는 듯하더니, 곧 빈센트를 향해 엄지손가락을 치켜세우며 웃음을 터트렸다. 미나는 조용히 홀로 미소를 지었다. 사적인 빈센트 발데르는 사람을 사귀고 관계를 맺는 데 문제가 있는 사람이었지만, 마스터 멘탈리스트의 가면을 쓸 때면 전혀 그렇지 않아 보였다.

마침내 학생 무리를 뚫고 나온 빈센트가 그녀를 향해 손을 흔들어 인사했다.

학생들은 벌써 그에 대해서는 새카맣게 잊은 듯 저희들끼리 떠드느라 정신없었다. 지도 교사는 학생들의 시선을 모으려 목소리를 높였지만 아무 소용 없어 보였다.

"경찰 교육생 나이가 점점 더 어려지네요."

빈센트가 말했다.

"요즘 교육생 나이를 알면 깜짝 놀라실걸요. 방금 전 말한 학생도 아마 대학 입시 준비 과정만 끝나면 바로 경찰 대학에 지원할 거예요."

빈센트는 미소 띤 얼굴로 고개를 끄덕이는 것으로 대답을 대신했다. 곧 둘은 엘리베이터를 향해 걷기 시작했다.

"그런데 오늘은 왜 경찰서에서 만나자고 한 거예요? 전 여기서 환영 받지 못하는 존재인 줄 알았는데요."

"그게 무슨 말이에요. 제 점심시간인데, 당연히 제가 만나고 싶은 사람을 만날 수 있죠. 오늘 팀 사람들은 여기 없어요. 지난번 파브 피카에 다녀온 뒤로 다니엘 바가브리엘을 찾으려고 수색을 시작했거든요. 다니엘은 그날 카페에서 도망친 뒤로 집에 돌아오지 않았어요. 그래서 지금 루벤이 열쇠 수리공을 데리고 다니엘 집으로 가 있고요. 짜증 나게 루벤은 다니엘 바가브리엘을 자꾸 다니엘 가가멜이라고 부르지만요."

둘이 엘리베이터 앞에 도착했을 땐, 이미 세 명이 엘리베이터를 기다리고 있었다. 그걸 본 미나는 단번에 계단으로 방향을 틀었다. 사람들로 가득한 박테리아 박스 안에 들어갈 생각은 추호도 없었다. 엘리베이터에 같이 탈 수 있는 인원수에도 그녀만의 분명한 기준이 있었다.

"바가브리엘은 가브리엘의 아들이란 뜻이죠."

빈센트는 엘리베이터 앞에 멈춰 서려다가 잽싸게 방향을

들어 미나를 따라가며 말했다.

"루벤이라는 이름도 아들이라는 뜻을 가지고 있고요. 제가 그랬다고 루벤 씨한테 전해 줘요. 그런데 우리 지금 어디 가는 겁니까?"

"사무실에 지갑을 두고 와서 잠깐 들르려고요. 같이 점심을 먹으려면 지갑을 가지고 가야 할 것 같아서요."

미나는 긴 다리로 여러 계단을 한 번에 오르면서도 말을 쉬지 않았다.

"루벤은 다니엘이 범인이라고 확신하고 있어요. 셋이 삼각관계였을 거라고요. 아니, 정확하게는 '연쇄 살인범이니 로마 숫자니 하는 헛소리는 됐고, 사건의 배경은 다니엘이 두 여자랑 자고 있었다는 거라고, 그렇게 간단한 걸 왜 꼬아 생각하느냐'고 말하고 있죠. 자기처럼 전문가로서의 경험이 있으면 정답을 바로 알 수 있다나요."

"어느 정도의 경험을 말하는 거죠?"

빈센트가 조금 숨이 차는 목소리로 물었다. 매일 경찰서의 계단을 오를 일이 없는 그로서는 숨이 찬 것도 당연했다.

"루벤이 제 경찰 학교 1년 선배이긴 하죠."

미나의 말에 빈센트는 계단이 울릴 정도로 크게 웃음을 터트렸다.

"이제까지 제가 예상했던 것들은 다 틀렸다는 말이네요. 다른 사람들은 뭐라던가요? 그리고 계단을 한 번에 두 개씩 올라가야 하는 이유라도 있습니까?"

"미안해요. 지팡이라도 드려야 되나요?"

"미나 씨가 감탄한 건 내 지성이었지, 운동선수급 체력은 아니었잖아요. 몇 층이나 더 남았습니까?"

"두 층 더 올라가야 해요. 잠시 쉬었다 가는 게 좋을 것 같네요, 할아버지."

그 말에 빈센트는 멈춰서 벽에 기대어 섰다.

그보다 앞서가던 미나가 계단을 내려와 그의 옆에 섰다.

"다른 팀원들도 아직 빈센트 씨의 가설을 확신하지는 못하고 있어요. 이상해 보이지만 결국은 아무것도 아닌 것들이 워낙 많으니까요."

"전 동의 못 하겠는데요. 저는 시간이 가면 갈수록 그 숫자는 카운트다운이 맞다는 확신이 들거든요. 다니엘은 범인을 찾는 데 도움이 되겠지만, 그 사람이 범인으로는 안 보여요. 이 일은 그렇게 쉽게 끝나지 않을 겁니다."

빈센트가 계단에 앉자 미나도 그의 옆에 따라 앉았다.

"투바가 마지막으로 목격된 날 정황이 찍힌 CCTV가 없는 게 아쉽네요."

미나가 한숨을 쉬며 말을 이었다.

"아직까지 투바를 봤다는 목격자가 하나도 없거든요. 투바가 실종된 날과 실종되기 전 며칠 동안 카페에 누가 오갔는지도 봤으면 좋겠는데."

"카페에는 카메라가 없었다고 해도……."

빈센트가 집중하느라 한쪽 눈썹을 치켜세우며 다시 입을 열었다.

"카페 주변 상황이 어땠는지 기억나요? 구체적으로?"

빈센트의 시선이 허공에 멈췄다. 이어 그의 눈동자가 왔다 갔다 움직이더니 그가 다시 입을 열었다.

"빌딩 코너에 세븐일레븐이 있었어요. 빌딩 앞에는 나무가 한 그루 서 있었고 그 나무를 둘러싸고 둥근 벤치가 있었습니다. 자전거 고정대에는 자전거들이 넘치게 세워져 있었고 레스토랑이 두 군데 있었죠. 하나에는 손님이 많았고 나머지 하나는 손님 없이 텅 비어 있었고요. 핫도그를 팔던 가판도 있었죠. 다섯 명이 줄을 서 있었고, 거리 맞은편에는…… 맞아요. 거기 은행이 있었어요. 내 기억에는 노르디아 은행이었던 게 거의 확실합니다. 보통 은행은 높은 수준의 보안을 유지하죠. 운이 좋다면……."

"오, 대단한데요? 율리아에게 말해서 노르디아 은행의 CCTV 녹화분 확인을 크리스테르한테 맡겨야겠어요. 그런 일엔 크리스테르가 최고거든요."

"크리스테르 씨요?"

빈센트가 뜻밖이라는 표정으로 묻자 미나가 미소를 지었다.

"이전부터 말씀드리고 싶었는데요. 곁에서 보기엔 저희 팀이 TV 경찰 드라마에 나오는 날카로운 경찰들보다 못나 보이겠지만, 사실 저희도 각자 잘하는 게 하나씩은 있어요. 크리스테르는 누구도 찾지 못하는 패턴을 찾는 데 기이할 정도의 능력을 가지고 있죠."

"알 것도 같네요."

빈센트가 중얼거렸다.

"크리스테르가 뭔가 평범하지 않은 걸 찾아냈으면 좋겠어요. 너무 자주 등장하는 인물이라거나, 카페에 늘 오다가 갑자기 발길을 끊은 사람이라거나. 저는 잘 모르지만 크리스테르가 제일 잘 하는 일이니까요."

미나의 말에 빈센트가 고개를 끄덕였다.

"두 층 더 남았다고 했나요?"

갑자기 빈센트가 놀리는 듯 미소를 지으며 묻더니, 곧장 빠른 속도로 계단을 뛰어오르기 시작했다. 그러고는 순식간에 모퉁이를 돌아 그녀의 시야에서 사라져 버렸다. 미나의 귀에 그가 두 계단씩 밟아 계단을 오르는 소리가 들렸다. 그의 체력에는 전혀 문제가 없는 게 확실했다. 빈센트는 그걸 증명해 보이려고 일부러 그녀를 쉬어 가게 만들었고, 그녀는 그걸 다 알면서도 그의 장단에 맞춰 주었을 뿐이다.

"빈센트 씨?"

미나가 불러 봤지만 답은 없었다. 그녀가 부르는 소리를 듣기엔 너무 멀리 가 버린 듯했다. 순간 미나는 무의식적으로 주머니에 손을 넣었다. 그러자 손끝에 네모난 무언가가 느껴졌다. 지갑이었다. 주머니 속에 지갑을 넣었던 것을 완전히 잊어버렸다. 그녀는 계단 위를 쳐다보고는 미소를 지었다. 그를 따라 사무실로 올라가는 대신, 빈센트가 다시 돌아오길 잠자코 기다릴 생각이었다.

*

욥란드 베스뷔에 위치한 테라스가 딸린 작은 주택은 그의 어머니 집을 닮아 있었다. 깨끗하고 깔끔하게 정돈된 실내, 여기저기 놓인 작은 장식품들, 주름이 잘 잡힌 커튼, 구석구석 빈틈없이 닦인 바닥. 조용한 거실에 크게 울리는 똑딱똑딱 시계 소리, 앉은 자국이 역력한 안락의자 두 개, 그리고 손님이 거의 없었다는 것을 보여 주기라도 하듯 새것 같은 소파. 소파는 실제로 사용하기엔 너무 화려했다. 그의 어머니도 보라색 꽃 프린트가 있는 초록색 소파를 가지고 있었다. 햇살이 강한 날이면 어머니는 소파 천의 색이 바래기라도 할까, 그 위로 커다란 천을 씌워 놓곤 했다.

"커피 한잔 드시겠어요?"

피해자의 할머니, 메르타가 물어 왔다. 사실 그는 커피를 좋아하지 않았다. 커피를 마시면 초조해지고 신경이 날카롭게 곤두섰다. 커피를 마시면 생각이 또렷해지는 것도 마음에 들지 않았다. 그로서는 정신이 말짱한 것보다는 졸린 듯 흐리멍덩한 상태가 훨씬 편했다. 하지만 그러면서도 일을 하다 보면 때로 커피가 필요한 순간이 있다는 것도 잘 알고 있었다. 피해자 가족들은 늘 하던 대로 찻잔에 커피를 내려 대접하는 데서 편안함을 느꼈고, 그러면 이야기도 더 편하게 할 수 있었다. 그리고 질문을 하는 그 또한 어색한 순간마다 커피를 조금씩 마실 수 있었다. 운이 좋다면 커피와 함께 달콤한 디저트도 나올지 모르는 일이다.

"네, 한잔 주십시오. 감사합니다."

그는 주방을 둘러보며 답했다.

군나르는 벌써 식탁에 앉아 있었다. 초점 없이 식탁만 뚫어져라 쳐다보고 있는 그는 정신이 딴 데 팔린 사람 같았다. 피해자의 가족에게서 종종 볼 수 있는 모습이었다. 처음에는 무슨 일이 일어났는지 실감 나지 않아 현실과 비현실 사이의 경계에서 헤매기 마련이다.

주방은 아늑했다. 그 단어 말고는 딱히 그 분위기를 설명할 말이 떠오르지 않았다. 창에는 빨간 월귤이 그려진 커튼이 달려 있고, 식탁 위로는 커튼과 세트로 보이는 방수 테이블보가 깔려 있었다. 창밖으로는 베고니아가 보랏빛 꽃을 피웠고, 식탁 위에는 부활절을 맞아 나뭇가지들이 놓여 있었다. 벽에는 펜으로 그린 새 그림 액자가 걸려 있었다. 크리스테르는 그림 속 새가 매일 거라 추측했다.

"멋지네요."

크리스테르가 그림을 가리키며 입을 열었다. 방 안의 정적이 괴로웠지만, 메르타가 커피를 내려 와 함께 식탁에 앉기 전에는 신문을 시작하고 싶지 않았다.

"송골매입니다."

군나르가 고개를 들어 그림을 바라보며, 낮은 목소리로 답했다.

"할란드주를 대표하는 새지요. 이 새 이름을 딴 맥주 양조장이 있다는 건 아실 겁니다. 송골매는 세상에서 가장 빠른 동물 중 하나예요. 하강 시 비행 속도가 시속 320킬로미터에 달하거든요. 아주 뛰어난 사냥꾼이지요. 8킬로미터 밖에 있는 비둘기를 포착하고 사냥할 수 있을 정도로요."

"새를 잘 아십니까?"

크리스테르가 무심하게 물었다.

새에는 좀처럼 흥미가 생기지 않았다. 아니, 사실 동물이란 동물은 다 싫었다. 동물은 결국 사라지거나 그의 눈앞에서 죽었으니까. 어렸을 적, 삼촌이 아기 고양이를 선물해 준 적이 있었다. 그는 그 고양이를 정말 사랑했다. 하지만 어느 날 학교에서 집에 돌아오자 고양이는 사라져 있었다. 어머니 말로는 그가 문을 열어 놓아서 집을 나갔을 거라고 했다. 그렇게 고양이를 잃어버리고 몇 주 동안 그는 눈물로 하루하루를 보냈다. 그 후 2년쯤 뒤에 어머니의 남자친구에게서 토끼 한 마리를 선물 받았다. 그런데 이상하게도 똑같은 일이 일어났다. 이후로 그는 혹시나 문이 열리게 될까 꼭 확인하고 문을 닫는 버릇이 생겼다. 그 일들을 겪으며 그는 동물이든 사람이든, 누군가에 감정적으로 애착을 갖게 되는 건 쓸데없는 일이라는 걸 배우게 됐다.

"여가 시간에는 준프로급으로 들새를 관찰하는 걸 취미로 하고 있지요."

군나르가 아까보다는 기운이 든 표정으로 말을 이었다.

"이 취미를 가진 지는 오래되었습니다. 이제까지 스웨덴에 서식하는 432종의 새를 내 눈으로 보았지요. 스코네에 사는 베르틸 스벤손 씨를 바짝 추격 중입니다. 그 사람은 459종의 새를 보았거든요."

"스웨덴에는 몇 종의 새가 서식하는데요?"

크리스테르가 물었다. 그는 평생 가도 망원경을 들고 숲속과 시골을 돌아다니며 새를 찾는 즐거움은 이해하지 못할 것이다.

"모두 507종이 있지요."

군나르의 그 말을 끝으로 다시 주방은 정적 속으로 빠져들었다.

새에 대한 잡담을 더 이상은 이어 가지 못할 것 같던 그 순간, 다행히도 메르타가 커피와 귀리 쿠키 한 접시를 가지고 나타났다. 그녀는 군나르 옆의 의자에 앉았다.

"투바 씨에 대해 몇 가지 여쭤볼 게 있어서 이렇게 찾아왔습니다."

크리스테르는 최대한 부드럽게 말했다.

"먼저 왜 투바 씨 부모님이 아닌 조부모님이 실종 신고를 했는지 여쭤보고 싶은데요."

메르타가 괴로운 표정으로 군나르를 쳐다보더니 입을 열었다.

"투바의 부모, 그러니까 우리 딸 말린과 사위인 칼은 투바가 열여섯이 되던 해에 스웨덴을 떠나 프랑스의 작은 집에 살기 시작했어요. 인생의 가을에 접어들었다나 뭐라나. 애 같은 짓이었지요. 그 후로 스웨덴에 돌아오질 않았어요. 투바는 혼자 남겨졌죠. 리누스가 태어나자마자 리누스 아빠였던 투바의 남자친구도 그 애 곁을 떠났고요. 가족에 있어선 그 아이가 참 운이 없었죠. 그래도 그 애한테는 우리 예쁜 리누스랑 저희가 있었어요. 그 애랑 리누스에게는 언제나 저희가 있었죠."

메르타가 식탁 위에 올려놓은 나뭇가지의 싹을 만지작거리며 말했다. 크리스테르는 고개를 끄덕이며 가져온 노트에 조용히 무언가를 메모했다.

"리누스의 아버지에 대해 좀 더 말씀해 주시면 좋겠는데요. 그리고 투바 씨의 친부모님 연락처도 알려 주시고요. 그런데 실종 신고는 왜 그렇게 늦게 하신 건지요? 투바 씨가 여행을 떠나기로 되어 있었다고 했나요?"

크리스테르의 질문에 군나르가 아까는 없던 힘이 실린 눈빛으로 메르타를 쳐다보더니 입을 열었다.

"투바는 환경 운동가였습니다."

"그게 정확히 무슨 뜻이지요? 교통을 막고 행진하는 시위 같은 것에 참여하는 시위자였다는 말씀인가요?"

크리스테르가 평소 그런 시위를 얼마나 별 볼 일 없다고 생각하는지 전혀 숨기지 않는 표정으로 물었다.

"그 애는 그린피스의 일원이었어요."

메르타가 조금 날카로워진 목소리로 대꾸했다.

"아, 그렇군요. 그린피스, 오래된 단체죠."

예상치 못한 답에 놀랐는지, 크리스테르가 한쪽 눈썹을 치켜세우며 다시 말을 이었다.

"아직도 활동하는 사람들이 있는 줄은 몰랐네요. 고래 포획을 막고, 뭐 그 비슷한 활동을 하는 곳이잖아요."

"그 비슷한 활동을 하죠. 투바는 아주 적극적으로 활동했어요. 어쩌면…… 우리 영향을 받은 건지도 모르죠."

메르타가 군나르의 팔을 쓰다듬은 뒤 다시 입을 뗐다.

"1970년대에 우리 부부는 환경 보호 운동에 아주 적극적으로 참여했어요. 나이가 너무 많이 들기 전까지는 꽤 열심히 활동했지요."

크리스테르는 노부부가 거센 파도가 치는 바다 위의 노르웨이 석유 굴착 장치를 포위하고 있는 장면을 상상해 보려 했다. 부활절을 기념하는 나무 잔가지와 송골매가 그들의 관심을 차지하기 전, 지금으로부터 50년 전에 노부부가 그런 모습이었다니. 하지만 놀랍게도 그런 노부부의 모습을 그리 어렵지 않게 머릿속에 그릴 수 있었다. 지금의 군나르와 메르타는 노쇠한 모습이었지만 아직도 그들에게서는 뜨거운 열정이 느껴졌다. 그러나 사람이라면 누구나 언젠가는 죽어 세상을 떠나고, 만년설은 종국에는 녹고, 오존층도 사라질 것이다. 야생 동물을 파는 중국의 빌어먹을 재래시장에서 생겨난 치명적인 바이러스는 전 세계로 퍼질 것이고 말이다. 결국 이 지구는 멸망하게 되어 있다. 그 운명은 어떻게 해도 바꿀 수 없다.

"투바는 시위에 참가할 계획이었어요."

군나르가 입을 열었다.

"시위에 참여하면 2, 3주는 있다 오는 게 보통이었지요. 게

다가 그런 시위는 비밀리에 진행되거나 바다 한가운데서 진행되는 경우가 대부분이기 때문에 그 기간 동안 우리랑 연락하는 일은 거의 없어요. 그래서 처음에는 투바가 없어졌다는 걸 눈치채지 못한 겁니다."

"그럼 리누스는요?"

크리스테르가 물었다.

"리누스도 엄마랑 잠시 떨어져 있는 데는 익숙했어요. 우리집에 아이 방이 따로 있을 정도로 우리와 함께 시간을 많이 보냈으니까요. 하지만 환경 보호 활동을 할 때가 아니면 투바는 아이한테 충실했어요. 그 애는 환경 운동을 리누스에게 더 나은 미래를 선물하기 위한 방법으로 보았죠. 그래서 어린이집에서 투바가 리누스를 데리러 오지 않았다는 전화가 왔을 때, 우리는 우리가 날짜를 헷갈린 줄로만 알았어요. 투바는 시위에 참여하러 벌써 떠났고 우리가 리누스를 데리러 갔어야 하는데 깜빡했구나 싶었지요. 시위대 보트가 돌아오기 전까진 그 애가 없어진 줄도 몰랐어요. 그런데 알고 보니 아예 배에 타지도 않았더군요."

메르타가 떨리는 목소리로 말하더니 군나르의 손을 세게 잡았다.

"혹시 투바 씨에게 원한을 가진 사람이 있었습니까?"

크리스테르는 다시 한번 최대한 부드러운 목소리를 내어

물었다.

"아니면 혹시 투바 씨가 다니엘 바가브리엘이라는 사람에 대해 말한 적이 있었나요?"

크리스테르의 질문에 메르타와 군나르는 시선을 교환했다. 곧 군나르가 자리에서 벌떡 일어났다. 할란드주를 대표하는 새 송골매가 그의 머리 바로 위에 앉은 듯 보였다.

"투바는 남자 운이 없었지요."

군나르가 떨리는 목소리로 말했다.

"우린 다니엘을 압니다만, 투바는 다니엘에 대해 말하기를 꺼려 했습니다. 몇 번이고 그 사람이 자기를 해칠 것 같다는 이야기만 했지요."

메르타가 군나르의 손을 꼭 잡았다.

"그 사람이 우리 애를 얼마나 심하게 해친 건가요?"

크리스테르는 답을 피하려 귀리로 만든 쿠키를 한 입 베어 물었다.

*

다니엘은 블라인드를 밑으로 내렸다가 올렸다가, 다시 내렸다. 블라인드를 내려 사람들이 안을 못 들여다보게 하는 게 나을지, 블라인드를 올려 경찰이 오는 걸 안에서 빨리 보는 게 나을지 결정을 내릴 수 없었다. 아무래도 바깥의 경계를 살피는 게 나을 것 같아서 그는 다시 블라인드를 반쯤 올리고 창밖으로 보이는 주차장을 내다봤다. 그는 스톡홀름 교외의 메르스타에 위치한 요세프의 아파트를 잠시 빌려 지내고 있었다. 요세프에겐 당장 필요가 없는 집인 데다, 혹시 경찰이 감시하고 있을까 봐 혼스툴의 아파트로는 돌아갈 엄두가 나지 않았다. 그가 요세프의 방 하나짜리 아파트에 숨어 있다는 것을 경찰은 절대 모를 거다.

아파트는 좋게 말해 검소하게 꾸며져 있었다. 침대도 없어 바닥에 놓은 매트리스가 전부였다. 하지만 지금은 잠자리의 편안함을 따질 때가 아니었다. 다시 편안하게 잠들 수 있는 날이 올까, 생각해 봐도 알 수는 없었다.

앙네스와 함께 살던 아파트를 떠난 뒤로는 에블린과도 살아 보고, 다른 친구 몇 명의 집을 거치는 등 여기저기 옮겨 다니며 살았다. 앙네스 사건을 조사하던 경찰은 그의 동태를 주시하고 있으면서도 새 주소는 묻지 않았다. 듣기에 스웨덴 경찰은 그의 고향 시리아의 경찰과는 다르다고 했다. 하지만 그런 스웨덴 경찰도 앙네스 살해 혐의로 그를 거의 체포할 뻔했다.

처음에 경찰은 앙네스의 죽음과는 아무 상관 없다는 그의 말을 믿지 않았다. 그는 그가 가진 최대한의 매력을 발산하고 결백함을 호소했지만 경찰은 그가 어떻게든 그 사건과 연관이 있을 거라고 확신했다. 그중 한 명은 그가 총을 쏴서 앙네스를 죽였다고 생각하는 것 같았다. 하지만 결국 경찰은 증거를 찾지 못했고, 그를 풀어 줘야 했다. 앙네스가 우울증을 앓았던 것은 사실이었으니 말이다.

경찰에서 풀려나며 그는 앞으로 어디서 살든, 남은 평생 동안 경찰은 최대한 피하며 살겠다고 다짐 또 다짐했다. 경찰은 믿을 수 없는 존재라고 말이다. 그런데 그 다짐이 무색하게 그는 경솔하고 부주의했다.

앙네스의 시신이 발견된 후 투바가 실종되기까지는 한 달여의 시간이 있었다. 투바가 실종되었다고 경찰에 신고한 사람은 투바의 조부모가 아니라 그였어야 했다. 그랬다면 혐의를 피할 수 있었을 텐데, 어쨌든 지금은 너무 늦어 버렸다. 그날 만났던 두 명의 경찰이 당시에는 그가 누구인지 모르고 카페로 찾아왔다 해도, 그의 정체를 파악하는 건 이제 시간문제일 것이다. 예쁜 여자 경찰은 아무것도 모르는 것 같았지만 그 남자는 다니엘을 한 번에 알아본 것 같았다. 분명 어디서 본 것 같은데 어디에서 봤는지는 기억나지 않는 그 남자 말이다.

에블린에게 전화를 해야 할까, 전화를 해서 지금 상황을 설명해야 하나 고민이 됐다. 지금쯤 에블린은 그가 어디로 사라진 건지 궁금해하고 있을 것이다. 그녀가 너무 보고 싶어서 속이 다 뒤틀리는 것 같았다. 무엇보다 그녀의 주방에 앉아

와인을 마시며, 그녀가 담배에 불을 붙이고 일상에 대해 시시콜콜 이야기하는 걸 듣고 싶었다. 아니, 얘기보다 더 재미있는 것을 해도 좋을 것이다. 그는 장난스럽게 그의 입에 담배 연기를 내뿜으며 키스하던 그녀를 생각하며, 머릿속으로 그의 앞에 선 그녀를 그려 봤다.

하지만 지금 이 상황에 그녀까지 말려들게 해서 좋을 건 없다는 생각도 들었다. 이 일은 그 혼자서 처리해야 했다. 사미르에게 전화를 할까도 잠시 생각했다. 사미르는 그가 저지르지도 않은 일 때문에 지금의 자신보다도 더 힘든 시간을 보낸 적이 있었다. 그때 일어난 일에 대한 사미르의 말을 전적으로 다 믿을 수 있는지는 모르겠지만, 그래도 사미르는 지금 자신에게 유용한 팁을 몇 가지 줄 수 있을 것이다.

하지만 경찰이 그의 휴대폰을 모니터링한다면 사미르와 통화한 기록은 수상쩍어 보일 것이다. 아무래도 전화는 하지 않는 게 좋을 것 같았다. 이 상황은 그 혼자 헤쳐 나가야 했다.

다니엘은 주머니 속에 들어 있는 명함을 만지작거렸다. 그의 예상대로 경찰이 지금 그를 찾고 있다면, 계속 이렇게 도망만 다닐 수는 없었다. 아직은 그가 사라지고 시간이 얼마 지나지 않았으니 예상치 못한 상황에 깜짝 놀라 잠시 자취를 감추었던 것이라고 경찰에 변명할 수 있겠지만, 이 시기를 놓친다면 그마저 어렵게 될 게 분명했다. 결백한 사람은 경찰에 연락하기까지 절대 이렇게 오랫동안 질질 끌지 않는다. 투바는 그의 동료였고, 따라서 그가 그녀를 걱정하고 그녀를 돕는 건 당연한 일이었다. 교도소행을 피하는 가장 좋은 방법은 먼저 선수를 쳐서 경찰에 제 발로 찾아가는 것일 터였다.

시리아에서는 경찰을 피하려면 경찰에 오토바이가 없길 바라면서 무작정 뛰어 도망가라는 소리가 있지만, 스웨덴에서 경찰을 피하는 가장 좋은 방법은 제 발로 경찰을 찾아가는 것이다. 결백한 사람들이 그러듯 말이다.

그는 블라인드를 올렸다.

그리고 닫았다.

주머니 속에 다시 손을 넣어 명함을 더듬었다.

어쩌면 그의 생각이 맞을 것이다.

*

학생들이 운동장으로 쏟아지듯 뛰어나왔다. 눈에 띄지 않으려면 어디에 서 있어야 하는지 정확히 알고 있는 미나는 그 자리에 서서 숨죽여 아이들을 바라봤다. 대부분의 아이들은 저럴 바엔 차라리 교복을 입지, 할 정도로 비슷한 옷을 입고 있었고 그 가운데 다르게 차려입은 몇몇 아이들은 단번에 눈에 띄었다. 부활절 연휴가 끝나고 학교로 돌아온 첫날이라 그런지 아이들의 웃고 떠드는 목소리와 그 에너지가 평소보다 훨씬 높았다.

수많은 학생들 가운데 섞여 있었지만, 미나는 어렵지 않게 소녀를 찾아냈다. 그 나이대의 학생을 소녀라 부를 수 있다면 말이다. 아이와 성인의 중간 단계랄까. 어두운색 머리칼을 하나로 질끈 묶은 소녀는 청바지에 밀리터리 룩의 얇은 재킷, 하얀색 운동화 차림에 군청색 피엘라벤 칸켄 백팩을 메고 있었다. 정말이지 예뻤다. 믿을 수 없을 정도로.

미나는 아이가 휙 뒤를 돌아보자 깜짝 놀랐지만, 블로수트 지하철역의 지상 승강장에 서 있는 한 아이의 눈에 그녀가 보일 리는 없다는 것을 알고 있었다. 아이는 그녀를 볼 수 없지만, 이 지상 승강장에서는 아이가 다니는 드로트닝 블랑카스 학교의 입구가 훤히 들여다보였다. 미나는 소녀와 그녀가 서로를 마주 보는 상상을 했다. 소녀는 잠깐 무언가를 찾는 듯 주위를 두리번거리다가 곧 시선을 거두었다.

그리고 몇 분이 지났을까. 소녀는 학교 정문으로 쑥 들어가 건물 안으로 사라졌다. 스웨덴어, 스페인어, 수학, 경제학, 뭐든 공부하는 과목의 수업을 들으러 교실로 가는 거겠지.

그때 지하철이 속도를 늦추며 승강장으로 들어오기 시작했다. 열차가 승강장에 완전히 멈춰 서자, 미나는 자리에서 돌아섰다. 사람들이 낯선 이와 눈을 마주치기라도 할까 봐 무관심한 표정으로 바닥만 바라보며 열차에 올라타는 동안, 미나는 지하철역 출구를 향해 걷기 시작했다. 근처에 차를 주차해 두었다. 지하철을 타는 건 꿈에도 생각해 본 적이 없었다. 열차 안을 빽빽하게 채운 사람들 주위에 육안으로 보일 정도로 두꺼운 박테리아 구름이 떠다닐 게 분명했다.

열차가 떠나자 승강장에는 그녀 혼자 남겨졌다. 미나는 다시 한번 뒤돌아서서 학교 쪽을 보고 싶은 충동을 애써 참았다. 닫힌 학교 문을 보면서 그들 사이의 넘을 수 없는 벽을 실감하고 싶지는 않았다. 상실감에 온몸이 아파 왔다.

지하철역에서 나온 미나는 신문 가판대를 지나쳤다. 각 신문의 1면은 실종된 로베르트의 기사로 도배되어 있었다. 새롭게 발견한 사실, 유력한 아이의 자취. 냉소에 가까운 기사들이었지만 놀랍진 않았다. 그녀에겐 저를 봐 달라는 듯 행복하게 웃고 있는 로베르트의 눈을 바라볼 힘도 없었다. 때로 세상은 끔찍한 곳이다.

그때 그녀의 주머니에서 전화벨이 울렸다. 처음에는 받지 말까 고민했지만, 곧 그녀는 휴대폰을 꺼내며 마지막으로 학교를 다시 쳐다봤다. 통화는 짧지만 유의미했다. 내일, 앙네스 세시의 무덤을 발굴한다고 했다.

*

빈센트는 비행기 좌석의 주머니에 들어 있는 안전 카드를 건성으로 읽었다. 스웨덴 동부 순스발로 향하는 여객기는 ATR 72-500 기종으로, 안전 카드에 따르면 총 72명의 승객을 태울 수 있다. 그가 비행기에 탑승하며 셌던 승객 수는 모두 30명, 그러니까 수학적으로 따지면 모든 승객은 짜증 나는 이웃 승객을 만날 걱정 없이 옆자리를 비워 둔 채 편안하게 비행할 수 있다는 뜻이었다. 물론 그런 기대가 무색하게, 빈센트의 옆 좌석은 텅 비는 대신 누군가가 앉았다. 그것도 얼마나 음악을 크게 듣는지, 헤드폰에서 백 비트 리듬이 새어 나오는 그런 사람이. 곧 옆 좌석에 앉은 남자는 음악에 맞춰 노래를 흥얼거리기 시작했다.

빈센트는 이런 소형 여객기가 정말 싫었다. 소형 여객기를 타면 마치 커다란 관을 타고 여행하는 기분이 들었다. 그는 호흡을 다스리기 시작했다. 스멀스멀 그를 덮쳐 오는 폐소 공포증을 물리칠 방법으로 그가 사용하는 건 이성을 주관하는 뇌 부위에 과제를 주는 것이었다. 그러면 감정을 통제하는 뇌의 영역인 해마에 그를 공포에 질리게 할 자원이 부족해지고, 폐소 공포증도 물리칠 수 있었다.

그는 다시 안전 카드를 들여다봤다. 72개 좌석에 30명 승객, 둘을 더하면 102. 1을 A, 2를 B로 치면 0은 O가 되니까, 102는 AOB. AOB는 1992년 '올 댓 쉬 원츠'라는 싱글로 공전의 히트를 친 '에이스 오브 베이스'의 약자였다. 그는 문제가 너무 쉽게 풀렸다는 실망감에 젖어 창밖을 바라봤다. 그래도 폐소 공포증을 물리치는 데는 성공했으니 되었다.

빈센트는 일루전과 마술 소품 제작에서는 스웨덴 최고로 꼽히는 생 베르얀데르를 만나러 순스발로 향하는 길이었다. 미나가 구해 준 사진들도 챙겨 왔다. 공식적으로 그는 수사에 관한 한 외부인이었으니, 아마 미나는 상부의 허락 없이 사진을 그에게 주었을 것이다. 하지만 이 마술 상자를 이해할 수 있게 도울 사람이 있다면 그건 그 누구도 아닌 베르얀데르일 게 분명했다. 그와 10년 넘게 알고 지낸 빈센트는 일루전 소품 제작에 있어 베르얀데르는 모든 것을 다 알고 있고, 그가 모르는 것은 알 가치도 없는 것이라 굳게 믿었다.

한 시간 후, 빈센트는 순스발 공항의 도착장에 들어서서 주변을 둘러봤다. 도착장에는 손님을 마중 나온 사람이 네 명 있었다. 그중 눈에 띄지 않는 수수한 옷차림의 중년 사내가 곧바로 빈센트의 눈에 들어왔다. 누가 보면 지방 의회에서 일하는 직원인 줄 알겠지만, 베르얀데르가 원하는 것이 바로 그런 거란 걸 빈센트는 잘 알고 있었다.

"어이, 친구. 잘 지내셨나. 오랜만이야."

빈센트는 손을 뻗어 베르얀데르에게 악수를 청하며 인사를 건넸다.

베르얀데르는 빈센트가 내민 손을 두 손으로 잡으며 인사를 받았다. 일루전 아티스트에게 최고의 마술은 자신을 안 보이게 만드는 것이다. 베르얀데르도 그랬다. 그의 가족을 제외하고는 그의 직업은 물론이고, 그의 존재를 아는 사람도 거의 없었다. 순스발은 작은 마을이었고, 베르얀데르는 사람들의 눈에 띄지 않고 살아가는 것에 더없이 만족했다.

곧 둘은 베르얀데르가 몰고 온 스바루 아웃백에 올라탔고, 베르얀데르는 지체 없이 주차장을 빠져나갔다.

"그래서 나랑 무슨 이야기를 하고 싶다고? 전화상으로는 엄청 말을 아끼더군."

"사실 오늘 자네한테 보여 줘선 안 되는 것을 보여 주려고 왔어. 어쩌면 이와 관련된 대화도 하면 안 될 테지만, 자네 의견이 필요해서. 그리고 난 자네가 비밀이라면 사족을 못 쓰는 걸 알지. 그 이야기는 이따가 다시 자세히 하기로 하고. 우리 정말 오랜만이지?"

"그러게. 진짜 오랜만이야. 친구가 찾아와 주니 나야 고맙지. 요즘 날 찾아오는 사람도 거의 없으니 더 반갑고."

어느새 차는 베르얀데르의 집 앞에 도착했다. 그의 작업실로도 쓰이는 곳이었다.

"마술의 심장에 온 걸 환영하네."

문간에 선 베르얀데르가 문을 열었다. 빈센트는 집 안으로 들어섰다. 그의 집은 산타의 작업실 같기도, 목공 교습소 같기도 한 모습이었다. 용도를 알 수 없는 기계들이 벽을 따라 줄지어 세워져 있었다. 그중 그가 아는 기계라고는 두 개의 둥근 톱니바퀴가 맞물려 있는 기계와 산업용 3D 프린터뿐이었다. 모든 기계에는 먼지와 나뭇조각들을 밖으로 빼내는 두꺼운 파이프가 연결되어 있었다. 실내에는 최후에 어떤 용도로 사용될지 알 수는 없으나 제작이 완료된 상자가 놓여 있었고, 프레임 주변으로는 나뭇조각과 경첩, 페인트, 얇은 자석들이 어지럽게 널려 있었다. 방 안을 둘러보던 빈센트가 발걸음을 멈췄다. 그의 눈높이에 천장에서 내려온 밧줄에 고정해 놓은 나무판 한 장이 매달려 있었다. 수평으로 내려온 가늘고 기다란 나무판 양쪽으로는 커다랗고 굵은 못 두 개가 박혀 있었다.

"이건 뭐야?"

"요즘 작업 중인 개인적인 프로젝트야. 혹시나 해서 말해두는데 주문은 아직 안 받고 있네."

빈센트의 질문에 베르얀데르가 자랑스러운 표정으로 답했다.

베르얀데르는 나무판 앞에 서서 나무판 양쪽에 박힌 못 위치에 손바닥이 가도록 두 팔을 활짝 벌렸다.

"십자가야. 못이 손을 뚫고 들어가는 착시 효과를 줄 수 있지. 놀랍도록 현실적으로 보이거든. 못이 손에 박히는 것 같은 착시가 일어날 때 양쪽 손에서 각각 200밀리리터의 피를 뿜어내도록 설계했지. 사형 집행인에게 입히려고 수도승의 망토도 맞춰 놨어. 어디 한번 보겠나?"

빈센트는 고개를 저었다. 미나는 저걸 보고 무슨 생각을 할까 궁금해졌다. 일루전이든 아니든, 요즘 그의 인생에는 피와 신체 절단이 넘쳐났다. 곧 그는 미나가 준 사진이 담겨 있는 플라스틱 서류철을 꺼낸 뒤, 작업대에 놓인 금속 쥠쇠를 옮기고 그 자리에 사진을 늘어놓았다.

"이 사진 좀 봐 봐. 어떻게 생각해?"

빈센트가 묻자 베르얀데르가 사진 위로 상체를 구부려 사진을 들여다봤다.

"칼을 꽂아 넣는 마술 상자잖아. 검 상자라고도 하고. 사람마다 부르는 이름은 다르지만 자네도 이게 뭔지는 당연히 알고 있을 텐데?"

빈센트는 고개를 저었다.

"전에 이런 상자를 본 적이 있나?"

"아니. 누가 만든 건데?"

"그 대답을 자네가 해 주길 바랐는데 아쉽군. 혹시 자네한테 이 상자를 만들 재료를 주문한 사람은 없었나? 아니면 이 상자 완제품을 최근 팔았다는 업자를 안다든지, 그것도 아니면 그냥 도안만 판 사람이 있다든지?"

빈센트의 질문에 베르얀데르는 코웃음을 치며 사진을 가

리켰다.

"내가 저런 조잡한 걸 만드는 데 관여했을 거라고 생각해? 말도 안 되는 소리지. 내가 이 업계에서 최고란 걸 자네도 잘 알지 않나. 내 라이벌도 저런 쓰레기보다는 더 잘 만들걸."

"그럼 저건 전문가 솜씨가 아니라 아마추어가 자체 제작했다는 건가?"

"흠. 그렇게 단순하게 대답할 수는 없고. 도안은 간단하게 말할 수 있는 부분이 아니거든."

"그건 또 무슨 뜻인데?"

베르얀데르는 책장으로 성큼성큼 걸어가 무언가를 찾는 듯 뒤적이더니, 곧 스프링 제본된 세 권의 책을 가지고 왔다.

"폴 오즈번의 《일루전 시스템》이란 책이야. 1권, 2권, 3권 이렇게 세 권으로 이뤄져 있지."

그가 빈센트 앞에 책을 차례로 내려놓으며 말을 이었다.

"아마 일루전 도안에 있어서는 가장 최신 출처일걸. 한번 봐 봐. 어때, 자네도 하나 만들 수 있을 것 같아?"

빈센트가 책을 들어 도안 페이지를 훑으며 답했다.

"나도 해 볼 수 있을 것 같은데."

"그래 보여도 아마 십중팔구 실패할 거야. 이 도안을 사는 사람들은 다 마술사들이지. 하지만 도안을 사다가 직접 만드는 대신, 나 같은 전문가를 돈 주고 사서 만드는 게 훨씬 나아.

소품을 제작하는 목공 기계를 샀다고 다가 아니야. 재료를 충분히 이해하고 있어야 하지. 재료에 대한 이해가 없는 상태에서 도안을 보고 만들면 결과물이 너무 무겁게 만들어지거나, 나사를 잘못 쓰는 등 말도 안 되는 실수를 하게 되거든. 고전적인 도안에 고의로 숨겨 놓은 오류가 있다는 걸 고려하면 충분히 있을 수 있는 일이야."

빈센트는 이해할 수 없었다.

"왜 그렇게 부실한 도안을 파는 거지?"

"부실해도 도안을 출판하면 자신의 일루전을 널리 알리고 저작권도 취득할 수 있거든. 동시에 당사자가 아닌 다른 사람은 절대 해낼 수 없다는 메시지도 줄 수 있고 말이야. 마술사들끼리 창작물의 소유권이 누구에게 있는지를 두고 싸운 이야기는 자네도 많이 들어 봤을 거야. 내 창작물이라는 걸 주장하기 위한 전통적인 방법은 바로 그에 대한 책을 쓰는 거였어. 하지만 동시에 다른 사람들이 나만의 창작물을 모방하게 내버려둘 수는 없는 노릇이지. 모든 마술사는 저마다 특별하고 독특하길 바라니까. 그러니까 책을 내되 작은 실수들을 고의로 끼워 넣었던 거고."

"누군가 그 도안을 따라하다가 오류가 생기면 어떻게 되는 건데?"

"그럼 뭐 숨겨진 문이 안 열리거나, 벽이 안 붙어 있고 분리

되거나, 전체가 무너지거나 하는 거지. 그러니까 내 말은 일루전 소품을 만들 때, 도안을 실제로 작동하게 하려면 도안에서 무엇을 바꿔야 하는지 잘 알고 있어야 한다는 거야. 그 과정에서 나만의 흔적을 남기게 되니까 긍정적인 부분도 있고. 사람마다 다른 방식으로 변화를 가미할 테니."

'숨겨진 문이 안 열리거나'라니. 빈센트의 깊은 곳에서 기억 하나가 스치고 지나갔지만, 그는 곧장 그 기억이 떠오르지 못하도록 꾹 눌러 버렸다. 대신 답답한 마음으로 건반을 치듯 사진 위를 손가락으로 두드렸다.

"그래. 그러니까 이 상자는 프로가 만든 건 아니라는 거지. 또 말해 줄 수 있는 건 없는지 사진을 한 번 더 봐 줄 수 있겠나?"

베르얀데르는 눈을 가늘게 뜨고 사진을 더 자세히 살펴봤다.

"흠. 이건 찍은 지 좀 된 사진인가? 상자 모델이 구식이라 하는 말이야. 상자의 구조도 시간이 지나면서 많이 바뀌었거든. 이건 1960년대에 만들어졌던 마술 상자랑 비슷한 모양인데. 그런데……."

사진 한 장을 집어 들고 자세히 들여다보던 그의 표정이 구겨졌다. 곧 그는 사진을 내려놓고 손으로 자신의 입을 틀어막았다.

"빈센트, 대체 이런 걸 누가 만들었다는 거야?"

그의 손가락 사이로 희미한 목소리가 흘러나왔다.

"그건 내가 묻고 싶은 질문이야."

베르얀데르는 벤치에 기대어 앉았다. 얼마나 놀랐는지 얼굴도 하얗게 질려 있었다.

"왜 그러는데?"

빈센트가 걱정스런 표정으로 물었다.

베르얀데르는 애써 정신을 가다듬고 다시 책장으로 걸어갔다.

"검 상자의 경우에는 공개된 것 중에 쓸 만한 도안들이 있지."

그는 원하는 책을 찾으려 책장의 책들을 훑었다.

"검 상자는 만들기도 쉬워. 이걸 봐 봐."

그가 책의 한 도안을 가리키며 말을 이었다.

"마술사 조수는 칼 구멍을 고려해 한 치의 오차도 허용되지 않는 정확한 자세로 상자 안에 앉아야 하지. 칼 구멍은 겉에서 보기에는 상자 전체에 걸쳐서 뚫려 있는 것처럼 보이지만, 사실 그중 실제로 이용되는 구멍은 상자 안의 조수를 찌르지 않도록 정확한 거리를 계산해 뚫려 있어. 몇 년 전에 그 거리를 극단적으로 좁힌 독일의 한 마술사가 공연 중에 조수의 갈비뼈 일곱 개를 부러뜨리고 턱뼈도 부러뜨린 일이 있었지. 하지만 상자 안에는 반드시 공간이 있어. 그런데 빈센트……."

베르얀데르가 사진 한 장을 집어 들더니 설명을 이어 갔다.

"이 상자에는 공간이 없어. 이 상자에 들어간 사람은 반드시 칼에 찔리게 되어 있다는 거지. 피할 데가 없거든. 그런데

…… 이 도안은 구식이지만 엉터리 도안은 아니야. 제대로 된 도안을 보고 만든 상자란 거야. 이 상자는 그저 일루전, 그러니까 환상의 요소를 없애 버렸을 뿐이야."

베르얀데르가 빈센트를 똑바로 처다보며 물었다.

"빈센트. 대체 이거, 뭔데?"

"친구, 그건 이제 우리가 알아내야 할 숙제야."

*

CCTV 영상을 보는 것은 페인트가 마르는 것을 지켜보는 것만큼이나 고통스럽고 지루한 일이었다. 크리스테르는 두 눈을 깜빡였다. 땅거미가 지면서 사무실 사람들은 속속 퇴근하기 시작했다. 물론 언제든 사무실에 남아 야근하는 사람은 있었지만, 저녁과 심야 시간에 사무실에 있는 사람은 낮에 비하면 훨씬 적었다. 사람들은 모두 가족이 기다리는 집으로 가고 싶어 했다. 가족이 기다리고 있지는 않았지만, 크리스테르도 얼른 집에 가고 싶었다. 그는 고독을 숙명으로 받아들였고, 고독에 익숙했다.

그는 투바가 실종되기 3일 전부터 실종 당일까지의 CCTV 녹화 영상을 받아 왔다. 사실 생각해 보면 이상한 일이었다. 그가 은행에 연락을 취했을 때 은행 측에서 서둘러 설명했던 것처럼, 이런 종류의 CCTV 녹화분은 보통 24시간만 보관되기 때문에 오래전에 삭제되었어야 했다. 하지만 그가 이 영상이 필요한 이유를 밝히자, 은행 측은 깜짝 놀란 척을 하면서 IT 직원들의 부주의로 CCTV 영상이 아직 서버에 남아 있다고 알려 왔다. 사실 은행이 무슨 핑계를 대든 그에게는 상관없는 일이었다. 아직 CCTV 녹화분이 삭제되지 않아 제일 기쁜 사람은 그였으니까.

적어도 이 지루하기 짝이 없는 CCTV 녹화분을 실제로 보기 전까진 그랬다. 은행 정문을 향해 설치된 카메라 화면에는 거리 맞은편의 카페도 담겨 있었다. 안타깝게도 카페의 문은 화면 밖에 위치해 보이지 않았지만 그 앞으로 난 인도와 차도는 찍혀 있었고, 카페의 큰 유리창을 통해 카페 안도 조금은 들여다보였다. CCTV에 찍힌 사람들은 대부분 혼자가 아니었다. 함께 웃음을 터트리는 연인과 부부, 무언가에 대해 말다툼을 벌이고 있는 것 같아 보이는 두 사람, 커다란 개를 산책시키는 사람, 조모와 손주로 보이는 할머니와 어린아이 등 사람들은 누군가와 함께 카페를 찾았다.

작은 치와와를 안은 여자도 두 명 나왔다. 그는 이렇게 빌어먹게 작은 강아지가 유행하는 것을 이해할 수 없었다. 그에겐 개 목줄을 채워 놓은 쥐랑 다를 게 없는데 말이다.

크리스테르는 두 눈을 깜빡이며 커피 잔을 들어 커피를 몇 모금 마시더니 인상을 구겼다. 늘 그렇듯 커피는 차디찼다. 인생은 그에게 좀처럼 뜨거운 커피를 대접하지 않았다.

그는 계속해서 화면을 쳐다봤다. 파브 피카 안에서 한 남자가 혼자 커피를 마시다가 가게 밖의 길로 나왔다. 크리스테르는 더 자세히 보려고 상체를 앞으로 기울였다. 남자에게는 어딘지 익숙한 데가 있었다. 화면이 선명하지 않아 표정을 볼 수는 없었지만, 남자는 살짝 다리를 절고 있었다. 무언가가 떠오를 듯 말 듯하게 만드는 모습이었다. 하지만 끝내 그의 뇌는 더 이상의 정보를 떠올리지 못했다. 그의 걸음걸이는 어딘지 익숙했지만, 뭐가 익숙한 건지 알아내려 그가 기억을 더듬을수록 그 기억은 멀리 도망갔다.

때로 생각해 내야 할 무언가가 곧바로 기억나지 않거나, 아는 게 당연한 단어가 곧장 입에서 나오지 않을 때 그는 걱정에 휩싸였다. 그의 어머니는 치매로 10년 가까이 앓다가 세상을 떠났다. 크리스테르는 그의 어머니처럼 치매에 걸리는 일만큼은 피하고 싶었다. 제일 무서운 건 껌이나 짝짝 씹는 스무 살짜리 어린애가 그의 기저귀를 갈아 주고 엉덩이를 닦아 주는 것이었다. 그래서 그는 그의 어머니가 값비싼 보석들을 보관했던 작은 상자에 조그만 알약 하나를 숨겨 두었다. 그게 필요한 날이 오면, 그 약으로 존엄하게 그리고 재빨리 죽음을 맞이할 것이다.

그는 녹화분을 뒤로 감아 살짝 다리를 저는 남자를 다시 한 번 들여다보았다. 여전히 떠오르는 건 없었다. 그의 기억은 더 이상 협조를 안 할 생각인 것 같았다. 크리스테르는 한숨을 내쉰 뒤 서류철을 덮고 자리에서 일어나 코트를 주워 입었다. 오늘 밤은 이 정도에서 물러나야겠다.

*

미나는 출근 직전에 모임에 들렀다. 보통 모임에는 시간 여유를 두고 가는 경우가 많았지만, 소녀를 보고 온 다음 며칠 동안은 현실에 곧바로 복귀하기가 쉽지 않았다. 우선 흥분된 마음을 가라앉히고 진정할 방법을 찾아야 했다. 빈센트에게 전화를 할까도 했지만, 소녀는 그녀의 또 다른 비밀이니 설명하기 어려울 것이다. 이 상실감은 다른 비밀로 눌러 없애는 게 낫다는 생각이 들었다.

그녀가 도착했을 때 사람들은 모두 착석해 있었다. 그녀는 조용히 들어가서 빈 의자 하나를 골라 앉았다. 모임 장소에는 언제나 지나치다 싶을 정도로 의자가 많이 놓여 있었다. 누구도 이곳에 그의 자리가 없다고, 자신은 환영 받지 못하는 존재라고 느껴서는 안 되기 때문이다. 너무도 많은 사람이 자신은 어디에도 어울리지 않는 존재라고, 또 어디서도 환영 받지 못한다고 느껴 이곳에 찾아온다. 그녀는 '스코네에서 온 남자'와 '보라색 숄을 두른 여자'에게 고개를 끄덕여 인사를 건넸다.

돌고래 소녀는 팔뚝 위까지 소매를 걷어 올리고 있었다. 그녀의 팔뚝 주변에는 랩이 감겨져 있었고 랩 아래로는 '벼랑 끝에 서서 아슬아슬하게'라는 문구가 보였다. 문구 주변의 피부는 성난 듯 붉게 달아올라 있었다. 미나는 머릿속으로 돌고래 소녀의 피부 밑에서 살인적인 박테리아가 우글거리며 뼈로 돌진해 살아 있는 모든 것을 죽이는 광경을 떠올렸다. 그녀는 바지에 손을 문지르고서 꼬리에 꼬리를 무는 생각을 멈추기 위해 허벅지를 세게 꼬집었다. 돌고래 소녀는 미소를 지으며 손을 들어 인사를 건네 왔다. 미나도 미소로 화답하려 했지만, 스스로도 그녀가 방금 지은 미소는 부자연스럽고 딱딱하게 느껴졌다.

'개와 함께 온 남자'는 그녀의 맞은편에 앉아 있었다. 이제 '개와 함께 온 남자'가 아니라 '보세와 함께 온 남자'라고 이름을 바꿔야 하나. 그의 옆에는 휠체어를 탄 여자가 앉아 있었다. 일전에 남자가 말했던 그의 아내 같았다.

남자의 개, 보세는 미나를 보고 귀를 쫑긋 세웠다. 그러더니 주인이 목줄을 잡아당길 새도 없이 곧장 미나를 향해 달려왔다. 그녀 앞에 선 보세는 훌쩍 뛰어올라 그녀의 무릎에 앞발을 대고 그녀의 얼굴을 핥고 싶어 안절부절못했다. 미나는 겁에 질려 꼼짝도 못하고, 그저 미친 듯 바지를 털기 시작했다. 적어도 오늘은 비가 오지 않아 개의 발바닥이 젖어 있지는 않았지만, 그래도 이 옷은 버려야 할 것이다. 미나가 바지를 털자 보세는 미나의 무릎에 대고 있던 발바닥을 그녀의 손으로 옮겼다. 그러자 개 주인이 달려와 목줄을 잡아당겼다.

"미안합니다. 의자 다리에 묶어 놓은 줄 알았는데, 아니었네요."

"아니에요. 괜찮습니다. 사과하지 않으셔도 돼요."

미나가 딱딱하게 답했다.

"제가…… 개를 조금 무서워해서요."

"네. 충분히 이해합니다. 얘가 덩치가 좀 커야죠. 그래도 아주 순하고 착해요. 잘 안 이러는데, 아무래도 그쪽이 엄청 마음에 들었나 봐요."

남자가 보세를 자기 자리로 다시 끌고 가는 동안, 미나는 옅은 미소를 억지로 쥐어짜 내며 자리에 가만히 앉았다. 미친 듯 빠르게 뛰었던 그녀의 맥박이 서서히 제 속도를 찾기 시작했다. 모두의 시선이 그녀에게 집중되는 걸 느끼며, 그녀는 바닥으로 시선을 옮겼다. 그녀는 자신이 눈에 띄지 않길 바랐다. 누가 그녀를 쳐다보는 것도 싫었고, 그녀가 어딘가의 공간을 차지하는 것도 싫었다. 그저 없는 존재이고 싶었다. 없는 사람인 듯 앉아 그저 듣고 보고 배우기만을 원했다. 이제까지는 그럴 수 있었다. 지금껏 3년 동안 이 모임에 참석해 왔지만, 아직까지 한 번도 이야기를 들려 달라고 지목된 적은 없었으니 말이다.

휠체어를 탄 여자가 그녀를 향해 다정한 미소를 지어 보였지만 미나는 못 본 체했다. 보세는 발 위에 얼굴을 얹고 주인이 앉은 의자 밑에 엎드려 있었다. 촉촉한 갈색 눈은 미나를 쳐다보고 있었다. 거절과 배신을 당해 슬픈 눈을 한 채.

휴식 시간에 미나는 모임 장소 구석에 가만히 앉아 있는 편을 택했다. 대부분의 사람들은 삼삼오오 무리를 지어 서서 혹은 앉아서 커피를 마시고, 비스킷을 먹으며 담소를 나눴다. 미나는 구석에 앉아 주머니에서 휴대폰을 꺼냈다. 아무런 메시지도 오지 않은 것을 확인한 후, 미나는 캔디크러시 앱을 켰다. 그녀는 레벨 20이었다. 이 레벨에 오기까지 셀 수 없이 많은 시간을 이 게임에 투자했다. 시간 낭비처럼 보일 수 있겠지만 그녀에겐 긴장을 푸는 데 이만한 게 없었다. 화려한 색깔의 캔디들이 움직이고 지워지고 다시 채워지는 것을 보고 있으면 뇌 전체의 긴장이 풀렸다. 이건 시작만 있고 끝은 없는 게임이었다.

"보세를 대신해서 사과할게요."

그때 들려온 갑작스러운 목소리에 미나는 깜짝 놀랐다. 목소리는 그녀의 왼편에서 들려왔다.

"다 커서 우리한테 온 개예요. 입양했거든요. 그런데 우리가 바랐던 만큼 훈련을 제대로 시키진 못한 것 같네요."

휠체어에 탄 여자는 미나를 향해 미안한 듯 미소를 지어 보였다. 미나는 들리지 않게 한숨을 내쉬고 휴대폰을 다시 주머니에 넣었다. 아무리 노력해도 이런 잡담은 피할 수 없었다. 사람들은 다른 사람의 보디랭귀지를 읽는 데 정말 젬병이었다. 때로 그녀는 사람들이 손을 제대로 씻는 방법을 알고, 손에는 라텍스 장갑을, 얼굴에는 마스크를 끼고 곳곳에 '옆 사람과 거리를 두세요'라는 커다란 표지판이 걸려 있는 세상을 꿈꿨다.

"아니에요. 정말 괜찮습니다."

여자가 제발 이런 자신의 마음을 눈치채고 휠체어를 다른 방향으로 굴려 자리를 피해 주길 바라며, 미나가 답했다. 하지만 휠체어를 탄 여자는 그 어디에도 갈 생각이 없는 듯 부드러운 미소를 띤 채 미나를 바라봤다. 그때 개와 함께 온 남자가 양손에 커피 잔을 들고 그들 곁으로 다가와, 한 잔을 휠체어에 탄 여자에게 건넸다. 그러고는 미나를 향해 미안한 미소를 지었다.

"미안합니다. 평소에 잘 안 드시길래 저희 것만 가져왔어요······."
"아뇨. 괜찮습니다."

남자의 뒤로 보세가 고분고분 따라오는 게 보였다. 하지만 보세는 기회만 있다면 다시 미나를 향해 뛰어올라 그녀의 얼굴을 핥을 기세였다. 그녀는 조심스레 뒷걸음질 쳤다.

"걱정 마세요. 제가 목줄을 꽉 잡고 있으니까요."

남자가 미나 맞은편에 앉으며 말했다.

그녀는 당장 자리를 박차고 일어나 이 방을 나가고 싶은 충동을 애써 눌렀다. 그녀는 그들과 친해지고 싶지 않았다. 그들의 이름과 성을 알고 싶지 않았고, 그들이 어디 사는지도 알고 싶지 않았다. 그들의 직업이 무엇인지, 예전에는 무슨 일을 했었는지도 전혀 알고 싶지 않았다. 알고, 싶지, 않았다. 그들은 그녀의 영역을 침범할 정도로 가깝게 다가와 있었다. 위험했다. 그들은 낯선 사람들이다. 그녀는 업무상 필요할 때만 낯선 사람들과 이야기를 나눴다. 업무상 필요한 일이 아니라면 알지도 못하는 사람들과 이야기를 나눌 필요는 전혀 느끼지 못했다. 더 솔직히 말해서는 아는 사람들과도 대화를 나눌 필요를 느끼지 못했다. 평소 그녀가 먼저 연락하는 법이 없는 것에 그녀의 지인들도 지쳐 갔기에, 원래도 짧았던 지인의 명단은 점점 더 짧아지고 있었다.

"케너트가 그러는데 경찰관이시라고요."

여자가 말했다.

"네."

미나가 단답으로 대꾸했다.

제기랄, 이름이다. 이미 여러 차례 모임을 통해 그의 이름이 케너트라는 건 알고 있었지만, 이름은 지나치게 개인적이다. 너무 친밀한 느낌이랄까. 낯선 사람들과 일 이야기를 하는 것도 싫었다. 케너트, 제길, 벌써부터 그를 이름으로 부르다니. 어쨌든 케너트와 다른 사람들이 지난 모임 때 그녀와 율리아가 수사 내용을 가지고 통화하는 걸 듣게 된 적이 있지만, 그건 순전히 실수였을 뿐이었고 그 후로 그런 일은 다신 일어나지 않았다. 앞으로도 일어나서는 안 될 일이었다. 그녀의 인생을 이루고 있는 여러 영역은 단단한 방화벽으로 그 구획이 명확하게 나눠져 있었다. 그건 그녀가 인생을 통제하는 유일한 방법이었다.

미나는 실내를 둘러봤다. 휴식 시간이 끝나고 다시 모임이 재개될 시간이 다 된 것 같은데, 아직 아닌가? 물론 모임의 2부에 참석할 필요는 없었다. 참석은 언제나 자발적으로 결정하는 것으로, 그녀는 언제든 여기서 나갈 수 있었다. 하지만 숨막힐 것 같은 침묵에 그녀는 자신을 저지할 새도 없이 휠체어를 가리키며 물었다.

"그런데 휠체어는 왜 타고 계신 거예요?"

"척추 측만증 때문에요."

여자가 무덤덤하게 답했다.

"아, 그렇군요. 지난번에 케너트…… 씨가 말해 주셨던 것 같네요."

다시 침묵이 덮쳤다. 미나는 이를 악물었다. 어쩐지 아까보다 보세가 더 가까워진 것 같은 기분이 들었다. 아주 조금씩, 보세가 그녀를 향해 몰래 다가오는 것만 같았다. 그녀는 의자를 뒤로 쭉 빼서, 불결한 개가 그녀를 향해 훌쩍 뛰어오르지 못할 정도로 거리를 두었다. 축축하고 무거운 담요 같은 침묵이 그들을 감쌌다. 미나는 다시 한번 이쯤에서 그만 나갈까 생각했다. 아니면 자리라도 바꿔 볼까. 어쩌면 이 어색한 자리를 빠져나가기 위해 돌고래 소녀에게 타투에 대한 질문을 할 수도 있다. 하지만 그녀의 불결한 팔뚝으로부터 최대한 거리를 유지하는 편이 더 나을 것도 같았다.

그때 그녀의 휴대폰에서 알림음이 울렸다. 그녀는 반색하며 주머니에서 휴대폰을 꺼냈다. 그리고 메시지를 확인하고 잠시 생각한 뒤 곧장 답을 써서 보냈다. 그녀가 다시 고개를 들었을 땐 케너트와 그의 아내 모두 호기심 어린 표정으로 그녀를 쳐다보고 있었다. 그녀는 자리에서 일어나 의자 뒤에 걸쳐 두었던 코트를 집어 들었다.

"죄송해요. 일 때문에요. 오늘 만나서 반가웠어요."

그녀는 휠체어에 앉은 여자를 향해 고개를 끄덕이며 말했다. 그녀가 서둘러 자리를 뜨자, 보세가 서운한 눈빛으로 그녀의 뒷모습을 좇았다. 손을 씻고 싶었지만, 건물 밖으로 나가는 길에 있는 화장실도 부러 들르지 않고 지나쳤다. 저 화장실에 가면 지금 그녀에게 묻어 있는 것보다 더 많은 박테리아를 묻혀 나올 것이 분명했다. 차에 가면 물티슈도, 손 소독제도 있으니 그걸로 닦으면 될 것이다.

*

크리스테르는 한숨을 내쉬었다. 노르디아 은행의 CCTV 녹화분을 보느라 무의미하게 보낸 시간이 벌써 몇 시간인지. 그는 노르디아 은행에게서 받은 72시간 녹화분의 거의 말미에 와 있었다. 이제 곧 그들이 아는 것처럼 투바는 저 문을 나서서 사라질 것이고 시신으로 발견될 것이다. 하지만 카메라에는 그녀를 납치하는 데 사용되었을 불길한 검은색 밴도, 그녀의 뒤를 쫓아가 공격한 마스크를 쓴 괴한도 찍히지 않았다. 녹화분에서는 그 어떤 패턴도 찾지 못했다. 무엇도 나타나지 않았다.

이렇다 할 장면은 아무것도 없었다. 조금 익숙하게 느껴졌던, 살짝 다리를 저는 사내가 그의 신경을 갉아먹는 기분이었지만 그냥 그러도록 내버려두는 것밖에는 할 수 있는 게 없었다. 무언가가 기억나지 않는다면 체념하면 된다. 간단하다. 그가 무슨 마술사도 아니고 말이다. 마술이 필요한 거라면 빈센트를 부르면 될 일이다.

크리스테르는 CCTV 파일을 닫고 다시 한숨을 내쉬었다. 그를 기다리고 있는 다음 일도 구미가 당기지 않기는 마찬가지였다. 앙네스가 자살한 것으로 보이는 시신으로 발견되었던 당시, 그녀의 아버지인 예스페르 세시에게 연락하라는 임무를 받은 사람은 바로 그였다. 앙네스의 어머니인 샬로테 세시는 앙네스가 어릴 적에 세상을 떠났고, 예스페르는 앙네스가 홀로 생활할 수 있을 정도로 크자마자 아르비카로 이주해 새 가정을 꾸렸다.

피해자 가족과의 대화에 있어 크리스테르는 팀에서 가장 경험이 많았고, 그런 이유로 피해자 가족에게 연락하는 것은 항상 그의 몫이었다. 동료들은 그도 그들만큼이나 그 일을 좋아하지 않는다는 걸 모르는 것 같았다. 경험이 많다고 다 잘하는 것은 아닌데 말이다. 피해자 가족과 이야기하라는 임무가 떨어지면, 그는 언제나 차분하고 침착한 태도를 유지하긴 했지만 사실 그들을 위로하는 데는 젬병이었다.

그는 앙네스 아버지와의 대화를 선명히 기억하고 있었다. 경찰로 일한 지난 세월 동안 항상 살인 사건만 수사했던 건 아니기에, 그는 일을 하며 사람들과 온갖 종류의 대화를 다 나눠 봤다. 어떤 가족은 그가 경찰이라고 이야기만 꺼내도 감정을 주체하지 못했다. 실종 신고를 했던 고양이가 죽은 채로 발견되었다는 소식을 전하러 전화를 한 건데도 그랬다. 주인들이 반려동물의 죽음에 그렇게 힘들어하는 건 언제 봐도 놀라웠다. 동물들은 항상 사라진다는 것을 그들도 알아야 할 텐데. 또 경찰이 그렇게 부주의하고 태만해서 되겠냐고 그를 질책하는 사람들도 있었다. 분실했다는 마이클 코어스 가방은 완벽한 상태로 발견되었는데 휴대폰이 없어졌다고 난리를 쳤던 여자처럼 말이다. 그는 참고 참다가 결국 지금 어느 휴대폰으로 그와 통화하고 있는 거냐고 물어야 했다. 사람들이란 …… 대체 왜 그러는 걸까?

피해자 가족에게 가족의 죽음을 전화로 알려야 할 때는 더 힘들었다. 아무 도움도 주지 못하고, 수화기 저편에서 무너져 내리는 그들의 목소리를 듣고 있노라면 무력감이 몰려왔다.

하지만 예스페르 세시는 이제껏 그가 만나 온 피해자 가족과는 달랐다. 그는 뭐랄까…… 끝까지 예의 발랐다. 충격적인 소식에 대처하는 그만의 방식이었을 수도 있다. 피해자 가족들이 나쁜 소식에 대처하기 위해 사건과 자신을 감정적으로 분리하는 건 종종 볼 수 있는 일이니까. 하지만 예스페르 세시는 그런 부류는 아니었다. 아르비카에 새로 정착한 예스페르 세시에게는 새로운 아내와 다섯 살 난 아들이 있었고, 아르비카로 떠난 뒤에는 스톡홀름에 사는 딸과 거의 연락도 하지 않고 지냈다. 크리스테르가 그에게 비보를 전하려 전화를 했을 때, 예스페르는 꼭 몇 년 전 저녁 식사를 함께한 먼 친척에 대해 말하듯 앙네스에 대해 이야기했다. 크리스테르는 그와 이야기하며 등골이 오싹했던 걸 기억하고 있었다.

그런데 그 예스페르에게 다시 전화를 해서 그에게는 관심이 하나도 없을 질문들을 해야 한다니. 제기랄. 어쨌든 빨리 해치우고 오늘 업무를 마무리하고 싶었다. 다들 말하듯 내일은 내일의 태양이 떠오르니까. 사람들은 꼭 내일이 더 나을 것처럼 말하지만, 사실 그런 일은 없다는 걸 그는 잘 알고 있었다.

그는 책상에서 일어나 복도로 통하는 문을 열었다.

어려운 대화를 해야 할 때, 어떤 이들은 문을 닫지만 크리스테르는 문을 열어 두는 편을 선호했다. 열린 문으로 보이는 복도 풍경과 복도에서 들려오는 잡음은 현실감을 잃지 않게 해 주었다. 물론 복도 풍경과 잡음이 이상적인 현실이라고 할 수는 없었지만, 그래도 그의 작고 답답한 사무실보단 나았다. 어쨌든 더 크긴 하니까.

새로운 개인 정보 보호법 때문에, 그녀의 사건이 범죄가 아니라는 결론이 나자마자 앙네스 가족에 대한 정보는 데이터베이스에서 삭제되었다. 이제 경찰은 범죄 예방 측면에서만 개인 정보를 저장할 수 있었고, 자살로 종결된 앙네스의 사건은 그 범주에 들지 않았다. 아직 크리스테르에게 그런 질문을 한 사람은 없었지만 만약 누군가 EU의 개인 정보 보호법에 대해 묻는다면 그는 주저 없이 그 법은 쓰레기라고 답할 것이다. 사람들에 대해 알아야 할 정보를 저장하는 게 뭐 그리 유해하다고 저 난리들인지. 그는 사람들이 왜 갑자기 비밀스럽게 구는지 이해할 수 없었다. 누군가 그에게 그의 사회 보장 번호 마지막 네 자리 숫자를 물어본다면 그는 기꺼이 이야기해 줄 텐데.

얼마 전에 앙네스의 가까운 가족에게 그녀의 무덤을 다시 파야 한다는 반갑잖은 소식을 알렸을 국립법의학연구소에 물어보면 예스페르의 번호를 알아낼 수 있겠지만, 그는 그 대신 예스페르의 현 직장 전화번호를 구글에 검색해 보는 방법을 택했다.

구글에서 '아르비카 뉘헤테르'라는 웹 사이트에 최근 실렸던 예스페르의 기사도 하나 발견했다. 예스페르는 노르웨이의 우익 정당인 진보당에 강력한 영향을 받은 스웨덴 극우 정당 '스웨덴의 미래'에서 적극적으로 활동하고 있었다. '스웨덴의 미래'는 세금을 내지 않는 사람은 복지 혜택을 누려선 안 된다고 선언하며 인기를 얻기 시작했는데, 이들은 일말의 주저함도 없이 그 문제를 '이민자 문제'라 명명했다.

크리스테르는 기사에 박힌 예스페르의 사진을 들여다봤다. 점점 가늘어지고 있는 머리칼을 뒤로 넘긴 앙네스의 아버지가 파란 재킷을 입고 목에는 붉은 스카프로 포인트를 준 차림으로 그를 향해 차갑게 미소 짓고 있었다. 당장 항해에 나설 것 같은 모습이었다. 아르비카의 지방 의회에서 일하고 있는 에스페르는 글에서 이듬해에 일어났으면 하고 바라는 변화를 말하고 있었다. 크리스테르의 머릿속에 이민자는 팔에 이민자임을 표시하는 완장을 차야 한다고 기쁜 표정으로 선언하는 미래의 에스페르의 모습이 그려졌다.

그는 그의 글을 더는 읽을 수 없어 읽기를 멈추고, 곧장 아르비카 지방 의회에 전화를 걸었다. 세 번 정도 교환원을 거친 끝에 에스페르와 연결되었고, 에스페르는 전화벨이 울리자마자 곧장 전화를 받았다.

"그만해."

크리스테르가 말을 꺼내기도 전에 에스페르가 먼저 입을 열었다.

"여기로는 전화하지 말라고 했잖아. 그림이 안 좋다고."

"어, 안녕하십니까. 저는 스톡홀름 경찰의 크리스테르 벵트손인데요."

"아, 죄송합니다."

에스페르가 아까와는 완전히 다른 목소리로 말했다.

"죄송합니다. 제 아내인 줄 알고 실례했습니다."

"아니요. 저는 말씀드린 것처럼 경찰관 크리스테르 벵트손입니다. 일전에 연락을 드렸었……."

"기억하고 있습니다."

예스페르가 그의 말을 자르고 들어왔다.

"그렇게 빨리 잊을 수 있는 대화는 아니죠."

크리스테르는 예스페르의 목소리에 베름란드주의 억양이 없는 것에 놀랐다. 지난번 통화했을 때는 분명 있었던 것 같은데. 그러고 보니 방금 전 읽은 기사에선 예스페르가 할란드주의 할름스타드에서 태어나 자랐다고 쓰여 있었다. 때로 기억은 오염된다. 그의 귀에 들리는 목소리에는 분명 할란드주의 억양이 실려 있었다. '그렇게 빨리 잊을 수 있는 대화는 아니죠'라니, 재미있는 말이었다. 예스페르 같은 사람이라면 분명 이 일을 빨리 잊으려 노력했을 거라고 장담하는데 말이다.

"다시 전화 드려 죄송합니다. 알고 계시겠지만 따님의 죽음에 대한 수사가 재개되었습니다. 따님이 살해당했다는 걸 입증할 새로운 정보를 찾기 위해 무덤도 발굴했고요."

예스페르는 별다른 말 없이 침묵을 지켰다.

크리스테르는 잠시 기다렸다가 다시 말을 이었다.

"혹시 따님에게 원한을 가진 사람이 있었는지요? 아니면 협박을 받았다는 이야기를 전해 들으신 적은 없는지, 또 따님에게 빚이 있었다거나, 범죄에 연루된 적은 없는지······."

"어디서 감히 내 딸이 범죄자였다는 말을 꺼내는 겁니까!"

크리스테르의 말이 끝나기도 전에 그의 귀가 얼얼할 정도로 예스페르가 크게 소리를 질렀다.

"한 마디만 더하면 당신은 물론이고 스톡홀름 경찰 전체를 명예 훼손으로 고소할 겁니다! 무능한 저능아 집단 같으니! 난 이제까지 한 번도 앙네스가 자살로 세상을 떠난 거라고 생각한 적 없습니다. 그것도 빌어먹을 그 극장 앞에 있는 공원에서, 연극의 한 장면처럼 목숨을 끊는다니, 그럴 리 없지요!"

예스페르의 목소리에는 부자연스러운 데가 있었다. 크리스테르는 아뿔싸 싶어 그의 이마를 탁 하고 쳤다. 그는 예스페르가 일하는 지방 의회로 전화를 걸었다. 누군가 그들의 대화를 엿들을 수 있다고 생각한다면, 예스페르에게는 퇴로가 필요할 것이다. 스웨덴의 미래 소속인 정치인에게 나쁜 무리와 어울렸던 딸이 있다고 하면 대중의 눈에 좋게 보일 리 없으니 말이다. 크리스테르는 예스페르가 진심으로 걱정하거나 화를 내고 있다고는 생각하지 않았다. 절대 그럴 리는 없었다. 그는 그저 관중을 의식해 헌신적인 아버지 흉내를 내고 싶은 것뿐이다.

"제가 너무 무신경한 말을 했나 봅니다. 일부러 그런 건 아니니까 이해해 주십시오."

크리스테르가 인내심을 발휘해 말을 이었다.

"따님과 오랫동안 멀리 떨어져서 사셨으니, 따님이 스톡홀름에서 어떻게 살았는지 아는 게 별로 없으셨겠지요. 지금은 아르비카에서 무척 바쁘게 지내고 계시고요. 아, 그리고 새로운 가족 꾸리신 거 축하드립니다."

"말조심하시죠."

예스페르가 차갑게 대꾸했다.

부드러운 할란드주의 억양이 그의 차가운 말투와 극명한 대조를 이뤘다. 크리스테르의 무의식 속에서 무언가가 움직이고 있었다. 크리스테르가 놓쳐선 안 되는 패턴이 여기를 봐 달라고 애타게 외쳤다. 하지만 그가 그 패턴을 포착하려는 순간, 그것은 미꾸라지처럼 그의 손을 빠져나갔다. 그는 예스페르의 말에 사무적으로 답했다.

"말조심하고 자시고 할 게 어디 있겠습니까. 앙네스는 독립한 성인이었습니다. 오늘 이렇게 전화를 드린 이유는 수사가 재개되었다는 것을 알려 드리는 것 그 이상도, 이하도 아니고요."

예스페르는 다시 입을 꾹 다물고 침묵했다. 수화기를 통해 들리는 소리로 보아, 그는 걷고 있는 것 같았다. 다른 방으로 장소를 옮기고 있는 것일 테다.

"그…… 테러리스트."

예스페르가 목소리를 낮춰 말했다.

"내가 당신이라면 그 테러리스트부터 조사할 겁니다."

"누구를 말씀하시는 거죠?"

아드레날린이 솟구치는 것을 느끼며 크리스테르가 물었다.

"앙네스가 같이 살던 그자 말입니다. 이란이었나 시리아였나 그 부근에서 왔다던. 간신히 입에 풀칠만 하면서 살던 거렁

뱅이였죠. 앙네스가 그놈을 불쌍하게 생각하지 않았다면 아마 살 데도 없었을 겁니다. 제가 장담하건대, 그놈은 앙네스가 살던 아파트에서 혼자 살고 싶어서 안달이 나 있었을 거예요."

"왜 그 사람을 테러리스트라고 생각하시는 겁니까?"

크리스테르가 메모를 남기는 데 필요한 펜을 찾으며 물었다.

"그놈은 테러리스트가 아닐지도 모르죠. 어쨌든 그들 무리를 말하는 겁니다. 돈을 벌기 위해서는 뭐든 하는 놈들이죠. 내 딸을 죽이는 것을 포함해서 말입니다."

"저는 그 둘이 좋은 친구였다는 인상을 받았는데요."

도무지 보이질 않는 펜 찾기를 포기하며 크리스테르가 대꾸했다.

이 대화가 기록할 가치가 있는 대화인지 확신이 들지 않았다.

"앙네스가 그런 놈하고 친구였다고요? 절대 그럴 리 없습니다. 바로 그런 순진해 빠진 생각 때문에 오늘날 우리 나라가 규제도 없는 무방비 상태의 이 모양 이 꼴이 된 거죠. 그걸 최전선에서 가장 먼저 알아야 하는 사람은 경찰이라고 생각합니다만, 이 통화 내용으로 짐작하건대 당신도 진짜 스웨덴을 모르는 것 같군요. 부끄러운 줄 아십시오. 그놈을 잡기 전엔 다시 연락하지 마시고요."

예스페르는 그 말을 마치고 일방적으로 전화를 끊었다. 크리스테르는 한숨을 내쉬고는 아르비카 뉘헤테르의 기사에 실린 그의 사진을 쳐다봤다. 평상시의 크리스테르라면 딸의 열여덟 생일에 딸을 버리고 다른 가정을 택한 아버지를 좋게 생각하지 않겠지만, 이 경우엔 예스페르가 앙네스를 떠난 건 딸에게 준 가장 큰 선물이 아니었을까 하는 생각이 들었다. 적어도 몇 년 동안 앙네스는 날이면 날마다 반복되는 그의 설교를 듣지 않아도 되었을 테니까.

하지만 그것도 잠시뿐, 앙네스는 그날들을 얼마 즐기지 못하고 죽고 말았다.

경찰은 이미 다니엘 바가브리엘을 신문했지만, 혐의점을 찾을 수 없어 풀어 주었다. 어쨌든 당시 그는 혐의가 있어 보이지 않았다. 하지만 미나의 보고에 따르면 그는 경찰의 카페 방문 직후 카페에서 나와 도주했고, 지금껏 나타나지 않고 있었다. 상황이 좋지 않았다. 아니, 좋지 않은 정도가 아니라 최악이었다. 게다가 투바의 조부모도 투바가 살아생전 다니엘이 그녀를 해칠 거라 생각하고 있었다고 증언했다. 빌어먹을.

그는 의자에 다시 앉아 눈을 비볐다. 오늘은 긴 하루였고, 그리 좋은 하루도 아니었다. 앙네스와 투바에게 일어난 끔찍한 일들을 과소평가하고 싶지는 않았다. 하지만 동시에 사람은 누구나 결국 죽기 마련 아닌가. 다음은 누구 차례일지, 언제 그 차례가 돌아올지 아무도 모르는 것이 세상일이다. 때로 크리스테르는 축 늘어진 검정 옷을 입고 큰 칼을 든 누군가가 그의 문 앞에 서 있는 상상을 했다. 죽고 싶어서 그런 생각을 하는 건 아니었다. 그래도 어쨌든 검정 옷에 큰 칼은 조금 뻔하긴 했다. 어느 정도의 변주가 가미된다면 더 좋을 것이다. 삶과 죽음, 빌어먹을.

그는 한숨을 내쉬며 컴퓨터 화면에 떠 있는 CCTV 장면의 재생 버튼을 눌렀다. 3일 치 분량을 다시 볼 생각은 아니었다. 하지만 녹화분을 화면에 띄워 놓으면 남들 눈엔 그가 일하고 있는 것으로 보일 것이다. 그는 양손의 손가락을 깍지 껴서 배 위에 올려놓은 뒤 등받이에 등을 기대 몸을 젖히고 눈을 감았다. 다니엘이 범인은 아니었으면 좋겠다는 생각이 들었다. 에스페르에게 또 다른 먹잇감을 주고 싶지는 않았다. 하지만 지금으로서는 모든 것이 그를 범인으로 지목하고 있었다. 한숨이 절로 나왔다. 유감스럽게도 가끔은 인종 차별주의자의 말이 맞을 때가 있다.

*

스레브레니차에서 그는 목수였다. 그의 손으로 이런저런 것들을 만들었다. 그의 아버지도, 아버지의 아버지도 모두 목수였다. 그리고 아버지와 할아버지 대에서 축적된 지식이 정제되어 그에게 전해졌다. 적어도 할머니는 늘 그렇게 말씀하셨다. 그는 나무를 보면 그 안에 무엇이 들었는지, 그걸 무엇으로 만들어야 할지, 또 어떤 모양으로 만들어야 할지 바로 알았다. 그 시절에는 그의 두 손으로 아름다운 것들을 많이도 만들었다. 그는 나무가 타고난 운명에 맞지 않는 물건을 만드는 법이 없었다.

하지만 이제 그는 더 이상 창작을 하는 사람이 아니다. 전쟁은 그의 창작 욕구를 모조리 앗아 가 버렸다. 죽음은 아름다움에 탐닉했던 그의 눈을 멀게 했다. 전쟁 전에는 기쁨이 있었다면, 이후에는 전쟁의 무게로 이뤄진 검은 덩어리만이 남았다. 그의 안에는 전쟁의 슬픔이 가득했다. 전쟁의 고통은 그의 관절에 고여, 무언가를 창작한다는 생각만으로도 주먹을 움켜쥐게 만들었다.

대신 전쟁은 그에게 새로운 재능을 남겨 주었다. 구덩이. 시체를 묻기 위한 구덩이를 파는 재능 말이다. 얼마나 많은 사람을 묻었는지, 그는 자신이 묻은 사람의 수를 세는 것을 어느 순간부터 그만두었다.

그는 이제 관을 묻기 위한 구덩이를 파며 살고 있다. 교회의 지원 덕에, 한 구덩이에 한 사람씩 묻을 수 있다.

하지만 이전엔 그렇지 않았다.

그땐 수많은 시체를 한데 던져야 했다. 거의가 남자와 소년의 시신이었다. 깊은 구덩이를 파고, 동물을 매장하듯 사람들을 구덩이에 한꺼번에 던져 넣었다. 죽은 시신의 살과 살이 부딪혀 나는 소리가 울려 퍼졌다. 사람들은 시신이 걸치고 있는 조금이라도 값나가는 것은 모조리 빼앗았다. 하지만 대부분은 훔칠 거라곤 아무것도 없는 맨몸이었다. 그들은 모두 가난하고 하찮은 사람들이었다.

때론 감방에 갇힌 학살자 블라디치도 시체들이 구덩이에 떨어지는 환청에 시달릴까 궁금했다. 8천 구에 달하는 보스니아계 무슬림의 시신이 거대한 구덩이에 던져지던 소리가 감방 벽과 벽 사이에 울려야 마땅하겠지만, 그 개자식은 따뜻한 난방이 들어오는 감방에서 풍족한 음식을 즐기고, TV까지 보며 쾌적하게 살고 있을 것이다. 8천 명이나 되는 사람을 학살한 사람은 보통 괴물이 아니다.

"안녕하십니까. 저는 굴착기를 가져온 오베라고 합니다. 어떻게 땅을 파는 게 좋을지 알려 주시죠."

니콜라는 오베라는 사내가 내민 손을 잡아 악수했다. 50대 정도로 보이는 오베는 다부진 체격에 대머리였는데, 머리의 맨살이 온통 타투로 덮여 있었다. 그가 가져온 소형 굴착기에는 '오베의 미니 굴착'이라는 회사 이름이 붙어 있었다. 니콜라는 그를 수상쩍은 눈으로 쳐다봤다. 스레브레니차에서 타투를 한 사람은 감옥에서 적어도 10년은 보낸 범죄자를 의미했는데 여기서는 그게 어떤 의미인지 알 수 없었다. 하지만 그는 결국 남자를 돌려보내지 않기로 결심하고서 입을 열었다.

"먼저 바깥층을 조심스럽게 파 주세요. 관이 가까워지면 에밀과 제가 교대해서 무덤을 팔 테니까요. 보통 관은 지면에서 2, 3미터 아래 있으니까 안전하게 1.5미터 정도까지만 파 주시면 됩니다. 그 이상 파지 마시고요."

타투로 덮인 머리를 한 남자는 고개를 끄덕이더니 가져온 굴착기를 향해 걸어갔다. 니콜라는 여전히 의심이 가득 담긴 눈빛으로 그의 뒷모습을 쳐다봤다.

그때 한 남자와 여자가 그들에게로 걸어왔다. 그들 바로 뒤로 전신 방호복을 입은 남자와 여자도 따라왔다.

"미나 다비리예요. 경찰서에서 나왔습니다."

제일 앞에 선 여자가 먼저 인사했다.

"이쪽은 빈센트 발데르 씨고요."

"오베 씨를 데려온 사람이 바로 접니다."

경찰 옆에 선 남자가 말했다.

"일을 아주 잘하시는 분입니다. 제 이웃이기도 하고요. 저희 집에서 가장 가까운 집에 사시는 분이죠. 오베 씨가 전화드렸죠?"

"그 사람, 전과자입니까?"

니콜라가 다짜고짜 물었다.

이런 상황에선 솔직한 게 최선이었다. 그가 어떤 사람들과 일하는지 확실히 알아야 했다. 그의 질문에 남자가 그를 빤히 쳐다봤다.

"전과자요? 그건 아닐 텐데요. 왜…… 왜 그런 질문을 하시는 거죠?"

니콜라는 퉁명스레 고개를 끄덕이며 답했다.

"아닙니다. 괜찮아 보이네요."

그러자 미나가 그들 뒤에 있는 남녀를 고개로 가리키며 말했다.

"과학수사 팀도 와 있어요. 관이 나오면 바로 투입되어서 발굴을 진행할 겁니다."

니콜라는 다시 한번 고개를 끄덕였다. 그는 원체 말수가 적은 사람이었다. 말을 늘어놓기보단 그저 묵묵히 일하는 편을 선호했다. 스웨덴 사람들은 가끔 말이 너무 많았다. 마치 침묵을 견딜 수 없어 그 빈틈을 메우려고 필사적으로 노력하는 것 같았다. 하지만 개인적으로 그는 침묵이 좋았다.

니콜라와 에밀은 몇 걸음 뒤로 물러나 굴착기가 지나갈 길을 만들어 줬다. 둘은 서로 말을 하지 않아도 통하는 형제 사이였다. 피를 나눈 형제는 아니었다. 하지만 둘은 스레브레니차에서 함께 구덩이를 팔 때부터 지금까지 서로의 곁을 떠난 적이 없었다. 니콜라도, 에밀도 모든 것을 다 잃었다. 그들의 가족은 이름도 없는 거대한 무덤 어딘가에 묻혔다. 아직까지 발견되지도, 발굴되지도 않은 무덤 말이다.

둘은 스웨덴에 함께 건너와서 린셰뷔에 방 두 개짜리 작은 아파트를 빌렸다. 니콜라는 요리를 했고 에밀은 설거지를 했다. 둘은 그렇게 거기 있었다. 살았다는 말은 그들에게 과분했다.

머리에 타투가 있는 남자는 굴착기를 능숙하게 운전했고, 얼마 지나지 않아 무덤의 제일 바깥층을 조심스레 모두 파냈다. 니콜라는 눈을 가늘게 뜨고 여자 경찰과 함께 온 남자를 쳐다봤다. 그는 굴착기가 하는 일의 전 과정을 유심히 지켜보고 있었다. 그 남자를 보니 어쩐지 그의 동생 네르민이 생각났다. 네르민은 니콜라보다 똑똑했다. 니콜라가 그의 두 손으로 무언가를 만들었다면, 네르민은 그의 뇌로 무언가를 만드는 사람이었다.

전쟁 전, 네르민은 대학에서 수학을 가르쳤다. 가끔 니콜라는 동생이 그리웠다. 지난 수십 년 세월 동안 네르민은 뼈와 먼지가 되었는데, 자신은 어떻게 이렇게 살아 있을 수 있는 건지 이해가 되지 않았다.

"과학수사대한테는 저에 대해 뭐라고 말했어요?"

남자가 여자에게 물었다.

남자는 니콜라가 여기 있다는 걸 까맣게 잊은 것 같았다.

"아무 말도 안 했는데요? 율리아의 팀은 꽤 신생이라 사람들은 누가 그 팀에 있는지, 어떤 고문이 수사에 참여 중인지 잘 몰라요. 그냥 우리 팀 소속인 척하세요. 아무도 눈치채지 못할 테니까."

니콜라는 저도 모르게 고개를 저었다. 사람들은 웬 비밀이 그렇게 많은 것일까. 심지어 여기서도 비밀이 있다니. 너무 많은 비밀은 좋지 않다. 아무도 믿지 못할 때 일은 고꾸라지게 되어 있다. 굴착기가 갑자기 방향을 돌리며 멈췄고, 이어서 굴착기의 문이 열렸다.

"이쯤이면 됩니까? 아니면 더 팔까요?"

니콜라는 손에 삽을 들고 무덤 쪽으로 걸어갔고, 에밀도 그의 뒤를 따랐다. 둘은 굴착기가 파 놓은 무덤 안을 들여다봤다. 이어 니콜라는 지면에서부터 굴착기가 판 곳까지의 거리를 쟀다. 니콜라가 에밀을 쳐다보자, 에밀이 이 정도면 됐다는 듯 고개를 끄덕였다.

"이제 여기서부터는 저희가 하겠습니다."

니콜라의 그 말을 끝으로 니콜라와 에밀은 굴착기가 파 놓은 구덩이로 들어가 삽으로 땅을 더 파기 시작했다. 아주 오래전, 이곳에서 멀리 떨어진 땅에서 일어났던 다른 죽음에 대한 기억으로 그의 가슴은 미어졌다.

지금도 그랬다.

언제나 그랬다.

*

처음에는 전화벨 소리도 듣지 못했다. 마리아가 그의 발을 차기 전까지는.

"받을 거야, 말 거야?"

마리아가 물었다.

빈센트는 연령별 위기와 행동 패턴을 분석한 책에 푹 빠져 있었다. 인생의 각 단계별로 흔히 볼 수 있는 관점, 가치, 행동을 요약한 이 책에 따르면 사람들은 그들의 생각만큼 서로 크게 다르지 않았다. 원래 그는 가족을 이해해 보려고 이 책을 샀다. 9살과 15살, 19살, 40살이 다 똑같은 방식으로 사고할 거라고 생각하는 실수를 범하고 싶지 않았다. 하지만 책을 읽기 시작하자 이 책이 근거로 사용한 데이터가 그의 가족에 해당되는 데이터는 아닐 거란 의심이 들기 시작했다.

그리고 지금은 범인을 이해하려고 이 책을 읽고 있었다. 어쩌면 살인에 나타난 행동을 분석해 범인의 나이와 성별, 배경을 추산할 수 있을 것이다. 하지만 아무리 생각해도 범인의 행동에는 모순이 존재했고, 그는 그 사실을 머릿속에서 떨칠 수 없었다.

"빈센트?"

마리아가 짜증이 잔뜩 난 목소리로 다시 말했다.

"지금 전화 울리고 있잖아! 아님 내가 여기서 당신 대화를 엿들을까 봐 전화도 못 받는 거야?"

그제야 그는 읽고 있던 책을 덮고 커피 테이블 위에 놓인 그의 휴대폰을 쳐다봤다. 화면에는 미나의 이름이 떠 있었다. 그가 재빨리 전화기를 집어 들자, 마리아는 신경질적으로 TV를 켰다.

"당신 애인한테 안부 전해 줘. 아스톤은 깨우지 말고. 오늘 학교에서 힘들었으니까."

그는 곧장 서재로 향했다. TV4 채널에서 하는 〈렛츠 댄스〉 프로그램 소리와 누구 목소리가 더 큰가 경쟁하지 않으려면 선택의 여지가 없었다.

그는 서재 문을 열며 전화를 받았다.

"미나 씨, 저예요."

"크리스테르가 투바의 조부모님을 만나고 와서 작성한 보고서를 방금 읽었어요."

수화기 너머 미나가 말했다.

그는 책상 앞 의자에 앉아 천천히 의자를 돌렸다. 미나라면 전화기를 먼저 소독하지 않고는 테이블 위에 놓여 있던 전화기를 곧장 받거나, 주머니 속에 들어 있던 전화기를 꺼내 바로 귀에 대지 않을 것이다. 그러는 대신 미나는 늘 사용 전에 깨끗이 살균 소독한 헤드폰이나 에어팟을 이용해 전화를 받을 것이다. 헤드폰이나 에어팟은 몇 번이나 쓰고 새것으로 바꿀까? 이번 크리스마스에 그녀에게 선물을 한다면 여분의 에어팟을 선물해야겠다는 생각이 들었다.

"크리스테르는 앙네스의 부친, 예스페르와도 이야기를 해봤어요. 그런데 투바의 조부모, 앙네스의 부친 세 사람 다 누구를 언급했게요?"

"다니엘 바가브리엘이겠죠."

추측이었지만, 그가 할 수 있는 유일한 추측이기도 했다.

"마스터 멘탈리스트 님. 정답이에요. 정황상 그럴 수밖에 없지만요. 어쨌든 메르타와 군나르의 말에 따르면, 생전에 투바는 다니엘이 자신을 해칠 것 같다고 무서워하면서 그 사람 이야기는 잘 하지 못했대요. 예스페르는 다니엘이 앙네스의 아파트를 차지하고 싶어 했다고 말했고요. 예스페르의 경우 인종 차별주의자라 그렇게 말했을 수도 있지만요."

"다니엘이 카페에서 그렇게 도망친 데는 이유가 있을 겁니다."

빈센트의 말에 미나는 침묵에 잠겼다. 그녀의 뒤로 배경 소리가 커졌다가 다시 작아졌다. 근무 중에 동료들 몰래 그에게 전화를 한 것 같았다. 그는 그녀가 다시 입을 열기를 기다렸다. 그녀의 이야기를 듣는 것이 좋았다.

배경 소리가 사라지자 그녀가 다시 입을 열었다.

"그래서 빈센트 씨가 작성한 프로파일은 뭘 말해 주는데요? 루벤 말이 맞을까요? 정말 범인은 다니엘인가요?"

빈센트는 그들이 파브 피카를 방문했을 때 잠시 관찰했던 다니엘의 모습을 떠올렸다. 거실 TV에서 〈렛츠 댄스〉 심사위원인 토니 어빙이 완벽한 슬로 폭스트롯이었다고 경연을 평가하는 소리가 벽을 뚫고 그의 서재까지 들려왔다. 그가 금방 돌아오지 않자 마리아가 TV 볼륨을 일부러 더 높인 게 분명했다. 이 통화에 대한 대가는 이따가 단단히 치러야 할 것이다. 하지만 그건 그때 가서 생각하기로 했다.

"다니엘을 만났던 그 날, 그는 초조해하면서 뭔가를 숨기는 듯한 모습을 보였어요. 하지만 그 이상도, 이하도 아니었죠. 그를 구석으로 더 몰아붙이면 폭력적으로 변했겠지만, 제가 보기에 다니엘은 화를 억누르고 있지는 않았거든요. 그랬다면 안륜근을 그렇게 움직이는 대신 더 냉소적인 모습을 보였겠……."

"안륜…… 뭐요?"

미나가 그의 말을 자르고 물었다

"그렇게 눈으로 웃지 않았을 거라고요. 또 억눌린 분노가 있었다면 우리한테 받은 스트레스 때문에 손이나 얼굴에 일종의 틱 반응이 나타났을 거예요. 하지만 그런 반응도 일어나지 않았죠. 물론 한 번 만난 걸 가지고 일반화하는 건 위험한 일이지만요. 우리한테 폭력적인 모습을 보이지 않았다고 해서 다른 상황에서도 그러리라는 보장도 없고요. 하지만 제가 이전에도 말한 것처럼 이 범인은 양면적인 모습을 가지고 있어요. 폭발적이고 폭력적인 모습과 침착하고 계획적인 모습을 다 가지고 있죠. 다니엘이 그 두 면을 다 가지고 있는지는 좀 더 두고 봐야 할 거예요."

"지금으로서 급선무는 다니엘을 찾아내는 것 같네요. 설사 다니엘이 살인에는 혐의점이 없더라도, 현재 상황으론 '스웨덴의 미래' 지지자들이 그 사람을 공격할지도 몰라요. 앙네스의 아버지 되는 사람이 그 당에서 한자리하는 사람인데, 지금 엄청 화가 나 있거든요. 그 사람이 자기 손에 직접 피를 묻힐 것 같진 않지만, 페이스북 페이지에 다니엘 사진을 올리고 당 지지자들한테 '올바른 일을 해 달라'고 호소할 가능성이 없진 않죠. 이전에도 있었던 일이고요."

빈센트는 낮은 신음 소리를 내며 의자를 다시 한번 돌렸다.

"스웨덴의 미래 당이라. 멍청이 집단이죠. 지금 우리가 그 사람들도 상대해야 한다는 건가요?"

빈센트가 묻자 미나가 답했다.

"멍청이 집단이요? 멍청한 집단이 아니라 무서운 집단인 것 같지만, 어쨌든 고마워요. 다시 얘기해요."

그 말을 끝으로 그녀는 전화를 끊었다.

빈센트는 통화가 끝난 뒤에도 손에 휴대폰을 들고 잠시 그 자리에 그대로 앉아 있었다. 마리아에게로 돌아가려면 힘을 끌어모아야 했다. 벽을 통해 〈렛츠 댄스〉 진행자가 오늘 밤

경연을 요약하는 소리가 들리는 것으로 보아, 방송이 끝나 가고 있는 것 같았다. 그는 휴대폰 화면에 다시 미나의 이름이 뜨기를 바라며, 뚫어져라 휴대폰 화면을 들여다봤다. 하지만 전화는 다시 걸려 오지 않았다. 그는 심호흡을 한 뒤 문을 열고 다시 거실로 향했다.

"나 여기 앉아서 다 들었어."

마리아의 언성이 높아졌다.

"바로 옆방에서 그 여자랑 폰섹스를 하다니, 정말 역겨워! 창피한 줄 알아, 당신!"

그는 무력하게 그의 아내를 쳐다봤다. 머릿속에 그녀의 말을 멈출 수백 가지 답변이 소용돌이쳤다. 지난번 아내와 다투었을 때 했던 말보다 완벽한 반박이었지만, 지난번 다툼보다 그들의 관계를 더 악화시킬 게 뻔한 말들이었다. 결국 그는 아무 말도 하지 않고 굳게 입을 다물었다.

*

다니엘은 메르스타에 있는 아파트 안에서 최대한 버티고 있었다. 하지만 계속 숨어 있을 수만은 없었다. 식료품도, 화장실 휴지도 필요했고 잠시 나가 바깥 공기도 쐬어야 했다. 그는 화장실 거울에 비친 자기 모습을 뚫어져라 쳐다봤다. 까칠하게 자란 섹시한 수염 대신 지저분한 수염이 볼썽사납게 좌우 짝짝이로 볼을 덮고 있었다. 면도를 하지 않으면 이 꼴이 되는 걸 알고 있었기에 평소 늘 말쑥하게 수염을 정돈해 왔는데 말이다. 일주일 동안 감지 못한 머리는 기름진 헬멧처럼 머리에 탁 달라붙어 있었다. 염색했던 머리카락도 많이 자라 뿌리 부분이 갈색으로 올라왔다. 한마디로 그의 몰골은 엉망진창이었다.

에블린이 그의 이런 모습을 보지 못하는 게 차라리 다행이었다. 지금 그의 모습을 본다면 에블린은 아마 암에 걸린 노숙자 같다고 독설을 퍼부을 것이다. 그녀는 생각한 말이 있으면 상대가 상처를 받든 말든, 뇌를 거치지 않고 그대로 입 밖으로 내뱉었다. 그런 그녀가 그 어느 때보다도 그리웠다. 하지만 이 모습으로 에블린을 찾아가면 그 자리에서 그녀에게 차일지도 모르는 일이다. 지금 그에게서 악취가 난다 해도 이상할 건 없었다.

문제는 그들이, 그러니까 경찰이 그의 거취를 알고 있느냐는 것이었다. 그는 멍청할 정도로 부주의했고, 투바에 대해서도 거짓말을 했다. 흠, 뭐 완전한 거짓말은 아니었지만 그래도 아는 것을 다 말하지는 않았으니, 결국 그건 그에게 부메랑이 되어 돌아올 것이다. 이렇게 두 번이나 위험한 처지에 놓이고 말다니. 더 이상의 실수는 용납할 수 없었다.

다니엘은 다시 거울을 쳐다봤다. 우선 허구한 날 입고 있던 티셔츠와 바지 말고 무언가를 더 걸치고 밖으로 나가야 했다.

하지만 그가 아파트를 나서는 순간, 잠복하고 있던 경찰이 그를 덮쳐 의식을 잃을 때까지 구타할 거라는 생각을 떨칠 수가 없었다. 그게 아니더라도 그를 본 누군가가 그를 목격했다고 경찰에 신고를 할지 모른다. 이미 그의 얼굴이 박힌 수배 전단이 이 아파트에서부터 슈퍼마켓으로 가는 길의 가로등에 쭉 깔렸을지도 모르는 일이다. 물론 아무 이유도 없이 그렇게 된 건 아니지만.

"정신 차리자."

그는 일부러 큰 목소리로 말했다.

그러나 아무 소용도 없었다. 밖에 나가기가 너무 무서웠다. 하지만 두려움을 계속 내버려둔다면 결국 그 공포는 그를 마비시킬 것이다.

그는 거울에 비친 자신의 모습을 세 번째로 들여다봤다. 그러고는 손을 들어 제멋대로 자란 수염을 훑고, 얼룩진 티셔츠를 꼼꼼히 들여다봤다. 사미르에게 전화를 해서 음식과 옷을 좀 가져다 달라고 부탁해 볼까 싶은 생각도 들었다. 하지만 사미르는 음식, 옷과 함께 다른 문제들도 안겨다 줄 것이다. 잔뜩 흥분해서는 팔러 다니는 작은 가방들을 여기로 가져와 이곳을 가게 삼아 쓸지도 모르는 일이다. 그건 이 아파트의 주인인 요세프도 싫어할 거다. 아니다. 사미르에게 연락하는 건 좋은 생각이 아니다. 다니엘은 도주 후 한 번도 에블린에게 연락하지 않았지만, 그가 사미르랑 엮인 걸 알면 에블린은 당장에 그를 찰 것이다. 그녀를 잃고 싶지는 않았다. 세상에 그만한 가치가 있는 일은 아무것도 없었다.

그는 에블린을 생각하며 결정을 내렸다.

더 이상 이렇게 먹잇감이 될 수는 없었다. 이제 그도 공격에 나서야 했다. 그 말인즉슨 경찰이 그를 찾아내길 기다리는 대신, 그가 먼저 나서서 경찰에 연락을 취해야 한다는 뜻이었다. 그리고 앞으로 오랫동안, 아니 영원히 경찰이 그를 잊을 수 있도록 설득력 있게 상황을 설명해야 할 것이다. 그는 거울에 끼워 두었던 명함을 빼서 전화기를 들고 번호를 눌렀다.

수화기 저편에서 누군가 전화를 받았지만 그녀가 무슨 말을 하는지 잘 들리지 않았다. 다른 사람 말이 들리기엔 그의 머릿속 웅웅거리는 소리가 너무 컸다.

이윽고 그가 입을 열었다.

"안녕하세요. 얼마 전에 제가 일하던 곳으로 묻고 싶은 게 있다며 찾아오셨었죠. 투바, 투바 벵트손에 대해 궁금한 게 있으시다고요."

2권에서 계속

옮긴이 임소연

고려대학교 중어중문학과, 이화여대 통번역대학원 번역학과를 졸업했다. 졸업 후 영국과 중국, 이탈리아, 미국 등을 옮겨 다니며 소설, 자기계발, 심리학, 에세이, 교양 등 다양한 분야의 책을 번역했다. 옮긴 책으로는 《1984》, 《송나라의 슬픔》, 《니체라면 어떻게 할까》, 《시시콜콜 네덜란드 이야기》, 《나는 세계 일주로 유머를 배웠다》, 《바람 쐬고 오면 괜찮아질 거야》 등이 있다.

박스 1

초판 1쇄 2024년 11월 19일

지은이 카밀라 레크베리, 헨리크 펙세우스
옮긴이 임소연

책임편집 이정
표지디자인 정나영

펴낸이 차보현
펴낸곳 어느날갑자기
출판등록 2017년 8월 31일 제2021-000322호
블로그 https://blog.naver.com/dayonepress
인스타그램 https://www.instagram.com/oneday_press
유튜브 '책략가들' https://www.youtube.com/@dayonepress

박스 1 ⓒ 카밀라 레크베리, 헨리크 펙세우스, 2024
ISBN 979-11-6847-987-6 04850

* 잘못된 책은 구입하신 서점에서 바꾸어 드립니다.
* 오탈자 및 오류 제보는 dayonepress@naver.com으로 보내 주시기 바랍니다.
* 이 책의 출판권은 지은이와 펜슬프리즘(주)에 있습니다. 내용의 전부 또는 일부를 재사용하려면 반드시 양측의 서면 동의를 받아야 합니다.
* 어느날갑자기는 펜슬프리즘(주)의 임프린트입니다.